*Ulrich Alexander
Boschwitz*

*Menschen neben
dem Leben*
.-.-.-.-.-.-.-.-.-.

Roman

*Herausgegeben und mit
einem Nachwort versehen
von Peter Graf*

Klett-Cotta

Der Herausgeber:

PETER GRAF, geboren 1967, leitet den Verlag Das Kulturelle Gedächtnis und ist Inhaber der Walde + Graf Verlagsagentur. Ein Schwerpunkt seiner publizistischen Arbeit ist die Wiederentdeckung vergessener Texte, so etwa des 2013 wiedererschienenen internationalen Bestsellers »Blutsbrüder« von Ernst Haffner.

Klett-Cotta
www.klett-cotta.de
© 2019 by J. G. Cotta'sche Buchhandlung
Nachfolger GmbH, gegr. 1659, Stuttgart
Alle Rechte vorbehalten
Printed in Germany
Cover: ANZINGER UND RASP Kommunikation GmbH, München
unter Verwendung eines Fotos von © ullstein bild –
Süddeutsche Zeitung Photo / Scherl
Gesetzt von Dörlemann Satz, Lemförde
Gedruckt und gebunden von CPI – Clausen & Bosse, Leck
ISBN 978-3-608-96409-7

1. Kapitel

Walter Schreiber war ein gutmütiger Mensch. Sein ganzes Wesen strömte Jovialität und Verständnis aus. Er lebte, und er nahm dieses Recht nicht nur für sich alleine in Anspruch. Er gönnte auch anderen ihre Existenz, soweit sie nicht mit Gemüse handelten.

Sein Geschäft ging gut. Dabei lag Schreibers Gemüsekeller in einer ausgesprochenen Armeleutegegend. Die Mietskasernen der Umgebung waren vollgestopft mit Menschen, die sehr wenig verdienten, denn die Zeiten waren schlecht. Viele waren auf staatliche Unterstützung angewiesen und stempelten, wieder andere bekamen weder Unterstützung noch fanden sie Arbeit. Aber trotzdem brachten sie es fertig, genügend Geld aufzutreiben, um bei Walter Schreiber Kartoffeln und billiges Gemüse kaufen zu können. Auch in den schlechtesten Zeiten hat man sich noch nicht abgewöhnen können zu essen.

Walter Schreiber zerbrach sich nicht den Kopf darüber, wie sie es machten. Er stand, freundlich über sein breites, wohlwollendes Gesicht lächelnd, unten in seinem Keller und verkaufte. Seine Preise waren nicht höher als bei anderen, und Kredite gewährte er, das gebot ihm sein Sinn für Gerechtigkeit, grundsätzlich nicht.

»Was dem einen recht ist, ist dem anderen billig«, pflegte er zu sagen. »Da es unmöglich ist, zweihundert Menschen zu pumpen, pumpe ich gar keinem. Denn was der eine bekommt, kann ich dem anderen nicht abschlagen, und schlecht geht es allen, auch mir.«

Aber manchmal verschenkte er Dinge. Vor allem dann, wenn sie nicht mehr zu verkaufen waren. Bis in sein Quartier war bereits der Grundsatz der Qualität gedrungen, und obwohl die Menschen nicht allzu wählerisch waren, lehnten sie es doch ab, noch im Herbst die reichlich angekeimten Kartoffeln des Vorjahres zu kaufen. Wenn selbst der niedrigste Preis niemanden mehr zum Kauf verlockte, vermochte er sich auch so von der Ware zu trennen und verschenkte sie.

Schreibers Gemüsekeller, zu dem von der Straße eine Treppe herunterführte, war sehr geräumig und für seine Zwecke beinahe zu groß. Den Hauptraum hatte er, soweit es ihm möglich gewesen war, geschäftsmäßig ausgestattet. Er war gut beleuchtet, und die nackten Mauerwände hatte er mit Tapetenpapier beklebt. Gemüse, Obst und Kartoffelkiepen waren auf das Beste geordnet.

Vor ihm hatte ein Kohlenhändler beide Räume genutzt, doch der kleine Nebenkeller, der durch eine Tür und einige Treppenstufen mit dem Hauptraum verbunden war, stand bei Schreiber leer, auch weil er noch einen Meter tiefer lag und so feucht war, dass er für das Gemüsegeschäft absolut ungeeignet war. Er bewahrte hier nur alte Gemüsekörbe und Backobstkisten auf.

Jedes Mal, wenn er ihn betreten musste, empfand er ihn als regelrechtes Ärgernis. Nur ein kleiner Fensterschacht führte hinauf zur Straße und ließ durch das trübe gesprungene Glas ein hässliches Licht ein. Die Luft war so muffig und ungesund, dass er immer husten musste, wenn er, um einen Gegenstand zu holen, hineinging. Am liebsten hätte er den Raum, den ihm der Hauswirt quasi umsonst dazugegeben hatte, mit einer dicken Mauer von seinem Geschäft getrennt. Denn jeden Morgen dauerte es eine gewisse Zeit, bis die stickige Luft, die von dort über Nacht in den Hauptkeller eingedrungen war, auslüftete.

Schreiber stand vor seinem kleinen Pult, auf das er sehr stolz war, da es dem ganzen Geschäft eine ernste, kaufmännische Note gab, und rechnete zusammen. Es war zwei Uhr. Für eine kurze Zeitspanne war nichts zu tun, das Geschäft ruhte. Da hörte er jemanden die Treppe heruntersteigen. Er verließ das Pult und ging, sich geschäftig die Hände reibend, auf den mutmaßlichen Kunden zu.

Ein alter Mann betrat den Keller, und Schreiber betrachtete ihn erstaunt. Er war bei seinen Kunden keine große Eleganz gewohnt, aber dieser Mann war nicht bekleidet, sondern behangen. Um seine Schultern schlotterte ein viel zu weites Jackett. Die ehemals wohl amerikanisch geschnittene Sporthose, jetzt eine farblose Menge Stoff, war viel zu breit und verhüllte sackartig seine Beine. Der ehemalige Besitzer musste ein gut beleibter, großer Mann gewesen sein. Denn anders ließ sich die Differenz zwischen Träger und Getragenem nicht erklären. Dieser hier war klein, und wenn er ging, so hatte es den Anschein, als würde er einen Rock statt Hosen tragen. Der Schritt reichte ihm bis zu den Knien und die offensichtlich zu langen Hosenbeine waren so abgeschnitten worden, dass sich zahllose Fransen gebildet hatten. Dazu trug er einen Hut, der ihm recht gut passte und das Lächerliche und Vogelscheuchenartige seiner übrigen Erscheinung nur noch mehr hervorhob. Sein Gesicht war gelb und knochig. Mit matten Augen sah er sich in dem Raum um.

Schreiber war gespannt, wonach der Mann verlangen

würde. Das Höchste der Gefühle sind ein paar Pfund Kartoffeln oder Mohrrüben, dachte er.

Der Alte ging auf ihn zu. »Guten Tag«, grüßte er. Seine Stimme klang undeutlich und außerordentlich gleichgültig. »Ich habe gehört, Sie haben hier einen Kellerraum frei. Ich möchte ihn vielleicht nehmen.«

Schreiber antwortete zunächst nicht. Er sah den Mann noch einmal eingehend an. Ein eigenartiger Kerl war das. Noch dazu fremd in der Gegend. Schreiber kannte die Leute aus der Nachbarschaft. Diesen Menschen hatte er nie zuvor gesehen.

»Von wem haben Sie das denn?«, fragte er wissbegierig.

»Weiß nicht mehr. Irgendeiner sagte es im Asyl, glaube ich. – Stimmt es denn nicht?« Erwartungsvoll sah ihn der Mann an.

Schreiber nickte bestätigend. »Doch, doch. Stimmt schon. Aber in den Raum werden Sie nicht einziehen können. Es ist ein schöner Geschäftskeller, aber wohnen kann man wohl nicht darin.«

»So, so«, der Mann trat noch einen Schritt näher. Schreiber bemerkte einen starken Fuselgeruch. »Na, ich will ihn mir mal ansehen. Wohnen will ich dort gar nicht. Nur schlafen. Er muss aber ganz billig sein.«

Schreiber dachte nach. Gott, wenn man noch ein paar Pfennige herausschlagen konnte. Warum nicht? Hoffentlich war der Mann ehrlich und brach nicht in seine Vorräte ein. Aber das würde sich schon verhindern lassen.

Zu seinem letzten Gedanken nickte er energisch mit dem Kopf. Dann sagte er: »Kommen Sie. Ich zeig ihn Ihnen.« Er ging auf den Nebenkeller zu, und der Alte – Schreiber schätzte ihn auf fünfundsechzig bis siebzig – trottete hinter ihm her.

Schreiber machte vor der schmutzigen, großen und mit Bandeisen zusammengehaltenen Türe halt, suchte in seinen Taschen nach dem Schlüssel und sagte, während er ihn zweimal im Schloss drehte, vorbereitend: »Es ist ein bisschen schlechte Luft drinnen.«

Der Alte reagierte nicht darauf. Jetzt, um die Mittagszeit, war der Keller von einem fahlen Licht erhellt. Beide stiegen die Stufen herunter, und ihnen schlug die modrig feuchte Luft entgegen. In einer Ecke lagen, zu einem Haufen zusammengeschichtet, Kiepen und Körbe.

Der Mann ging prüfend durch den Keller. Er schritt die Wände entlang, tastete sie ab, zwängte sich an den Körben vorbei und besichtigte alles mit großer Gründlichkeit. Schreiber wurde ungeduldig. Er stieg die Treppe halb wieder herauf, um in sein Geschäft zu spähen, aber es waren keine Kunden zu sehen.

»Na, wie gefällt er Ihnen?«, fragte er.

Der Mann hielt ihm statt einer Antwort die vom Berühren der Wände feucht gewordenen Hände hin.

»Ja, ja«, gab Schreiber bedauernd zu. »Ein wenig klamm ist er schon.«

»Was soll er denn kosten?«

Schreiber runzelte grüblerisch die Stirn. Endlich sagte er großzügig lächelnd und mit herablassendem Ton: »Ich will Ihnen den Keller für eine Mark fünfzig pro Woche lassen, das ist geschenkt billig.«

Der Alte erklärte sich einverstanden. Er kramte aus seiner Hose eine Handvoll kleiner und kleinster Geldmünzen und zählte sie auf.

Während Schreiber gewissenhaft nachrechnete, fragte er den Alten: »Wann kommen Sie?« Dieser nahm seinen Hut ab, senkte, wie zum Gruß, seinen glattpolierten Schädel und antwortete: »Ich heiße Fundholz. Emil Fundholz. Ich werde heute Abend kommen, zusammen mit Tönnchen und vielleicht auch Grissmann.«

Als er hörte, dass den Mann noch zwei andere begleiten sollten, machte Schreiber ein erstauntes Gesicht.

»Wenn Sie hier zu drei Personen wohnen wollen, ist es aber teurer als eine Mark und fünfzig.«

Er hatte noch nie irgendwelche Wohngelegenheiten vermietet. Aber wie somnambul ahnte er, was Vermieter in solchen Fällen zu sagen pflegten.

Der Alte schüttelte energisch den Kopf. »Nur ich und Tönnchen werden hier wohnen. Der Grissmann ist nur Besuch«, erklärte er.

Schreiber nahm das zur Kenntnis und notierte die Namen. »Aha, Grissmann ist nur Besuch. Aber für Tönnchen, oder wie der Mann heißt, muss eine Mark extra bezahlt werden.«

Der Alte hielt ihm seine geöffnete Hand hin. »Na dann geben Sie mir mein Geld wieder«, sagte er gleichmütig.

Schreiber hörte, wie ein Kunde sein Geschäft betrat. »Ich habe keine Zeit mehr«, sagte er vielbeschäftigt. »Aber ich will mal nicht so sein. Lassen wir es also dabei. Aber mehr als zwei dürfen hier nicht schlafen, sonst kostet es auf jeden Fall mehr. Wir wollen es so machen: Sie kommen abends immer um sieben Uhr, und dann schließe ich Sie in den Keller ein. Morgens komme ich um halb sechs aus der Markthalle und lasse Sie wieder raus.«

Diese Lösung war ihm soeben eingefallen, und er fand sie ausgezeichnet. So konnte er vermieten, ohne Angst haben zu müssen, dass man ihm abends den Keller leer stahl.

Fundholz folgte ihm undeutlich protestierend, aber Walter Schreiber bediente bereits überaus heiter eine Arbeiterfrau, die nach Kartoffeln, Mohrrüben und Suppenwürfeln verlangte. Fundholz stand abwartend dabei.

Die Frau musterte ihn erstaunt. »Schönes Wetter heute«, sagte sie.

Fundholz antwortete nicht und sah abwesend an ihr vorbei.

Walter Schreiber sprang ein und bestätigte. »Sehr schön sogar!« Er lachte der Frau zu und zwinkerte listig.

Fundholz schien das nicht zu bemerken und zog ein riesiges blau und grün gestreiftes Baumwolltuch aus seiner Hosentasche und schnaubte kräftig hinein. Die Frau bezahlte lachend und ging, während Walter Schreiber mit ärgerlich gerunzelter Stirn zu Fundholz sah. Was wollte der Mann noch? Dieser wandelnde Lumpensack vergrämte ihm am Ende noch die Kundschaft.

»Ja, das mit dem Einschließen um sieben Uhr, das geht nicht!« Fundholz sprach fester und entschlossener als vorhin. »Um elf Uhr können Sie uns einschließen, aber nicht um sieben!«

Schreiber sah ein, dass man erwachsene Männer nicht um sieben Uhr schlafen legen konnte und willigte ein: »Schön. Ich werde jeden Abend um zehn Uhr hier sein und euch reinlassen. Aber wenn ihr nicht pünktlich seid, könnt ihr im Tiergarten schlafen. Ich muss morgens früh raus und kann nicht noch den Portier für Nachtschwärmer spielen.«

Der Alte lachte meckernd. »Nachtschwärmer ist gut. Nachtschwärmer ist sehr gut.« Immer noch lachend, stieg er die Treppe des Kellers hinauf. Oben angekommen drehte er sich noch einmal um. »Also denn, um zehn Uhr heute Abend.«

Dann setzte er seinen Hut wieder auf und verschwand aus Schreibers Blickfeld.

2. Kapitel

Walter Schreiber wohnte nur wenige Häuser von seinem Gemüsekeller entfernt in einer Zweizimmerwohnung. Wenn es nicht gerade sehr kalt war oder regnete, stand er unten vor der Tür auf der Straße und rauchte. Er bekam leicht das Gefühl der Enge. Er hatte drei Kinder, das älteste war sieben Jahre alt, und sie lärmten furchtbar in der kleinen Wohnung.

Aber da er ein gutmütiger Mensch und zudem stolz darauf war, so lebendige Kinder zu haben, dachte er gar nicht daran, sie ernstlich daran zu hindern, sich auszutoben. Nur wenn er schlafen wollte, musste absolute Ruhe herrschen.

Seine Frau war schon seit längerer Zeit krank. Die Ärzte meinten Tuberkeln. Walter Schreiber gab nichts auf Ärzte und nichts auf Homöopathen. Er vertraute vielmehr seinem eigenen gesunden Menschenverstand und der von ihm ersonnenen Heilkunst. Und die besagte, dass seine Frau immer schwächlicher geworden war und sogar Blut zu husten begonnen hatte, weil sie nicht genug aß. Deshalb zwang er sie täglich, eine große Portion Fleisch zu vertilgen, denn Fleisch gab Kraft!

Einen Luxus, den er sich selbst nur selten leistete. Aber es war eigenartig. Sie wurde immer schwächer, fieberte stets, sobald sie gegessen hatte, und entwickelte eine wahre Abscheu vor Fleisch und Fett. Doch Walter Schreiber setzte immer wieder durch, dass sie das, was er für das beste Heilmittel hielt, auch tatsächlich zu sich nahm. Obwohl seine Frau wegen jedem Beefsteak einen Krach machte, als wollte er sie umbringen. Wo Fleisch doch so teuer war und er immer nur das Beste für sie besorgte.

Er verstand einfach nicht, wie seine Frau so töricht sein konnte und kein Fleisch essen mochte, während er selbst vorwiegend Gemüse, das er zum Einkaufspreis, also sehr billig, für seinen Privatbedarf rechnen konnte, verzehrte. Seine Frau wusste nicht, was für sie gut war. Ständig verlangte sie einen Arzt. Dabei bekam man für das, was ein Arzt kostete, zehn Beefsteaks, errechnete Schreiber nachdenklich, während er vor der Tür stand. Die Pfeife wollte heute nicht so recht schmecken. Aber das kam sicher auch daher, dass man sich ständig ärgern musste und zu unregelmäßig zog. – Die Menschen wissen alle gar nicht, was für sie gut ist, dachte er ungehalten.

Im Korridor stand, eng aneinandergedrückt, ein Liebespaar. Schreiber missbilligte das. In seiner Jugend war man besser erzogen gewesen. Außerdem kannte er das Mädchen. Es war Hilde Schultze aus dem vierten Stock. Früher hatte er das Mädchen ganz gut leiden mögen, doch sie war ihm gegenüber frech geworden, als er sie einmal aufmunternd in die Backen hatte kneifen wollen. Jetzt stand sie da mit einem Kerl. Da sah man, wohin das führte. Seine wohlwollende Zuneigung war abgewiesen worden, aber irgend so ein Lausejunge, der …

Aber es war ja schon zehn. Er musste den Strolchen aufschließen. Überhaupt. Was waren das für Kerle? Das musste man unbedingt feststellen. Eine Mark fünfzig war halb geschenkt. Wenn da tatsächlich jemand schlafen konnte, dann musste der Keller mehr wert sein als eine Mark fünfzig.

Er schlenderte zu seinem Geschäft. Schon von Weitem sah er drei Leute davor stehen. Einer war außerordentlich dick. Ein richtiges Bierfass von einem Mann. Das war wohl der Kerl, den der Alte vorhin Tönnchen genannt hatte. Schreiber trat an die Gruppe heran, und der Dicke lachte ihm entgegen. Er war nicht dick im eigentlichen Sinne, nicht einfach nur wohlbeleibt. Er war aufgetrieben, regelrecht aufgeschwemmt. Der Stoff der Jacke spannte sich über seinen fetten Armen, als seien es zwei Würste. Die Hände waren klein und schwabbelig.

Im Lichte der Straßenlaterne kam Schreiber das Lachen des Mannes direkt unheimlich vor. Er war ein nüchterner Mensch und glaubte weder an Gespenster noch an Erscheinungen, aber jetzt lief ihm ein kalter Schauer den Rücken herunter. Das bewegungslose Lachen schien sich in das Gesicht des Dicken eingeschnitten zu haben, die glanzlosen Augen versanken hinter Fettpolstern, und der ganze Kopf des Mannes glänzte speckig, was seinen Zügen zusätzlich etwas Ungefähres und Schwammiges verlieh.

Tönnchen hielt ihm die Hand entgegen. Walter Schreiber drückte sie, aber die feuchte, massige Hand glitt wie von selbst aus seinem Griff. Schreiber wischte sich die seinige an der Hose ab, während Tönnchen unaufhörlich weiterlächelte. Endlich kam Schreiber die Erleuchtung. Idiotisch war der Kerl. Nachdem er für das vorher nicht Fassbare eine Erklärung gefunden hatte, war er besserer Stimmung.

Der alte Fundholz lehnte an der Mauer und verfolgte uninteressiert das Geschehen. Weder hatte er Tönnchen vorgestellt, noch sonst irgendein Lebenszeichen von sich gegeben, doch Schreiber war beruhigt. Ein Idiot und noch dazu ein ungefährlicher, dann war ja alles in Ordnung. Jetzt wollte er sich den Grissmann mal näher ansehen. Der stand einige Meter von ihm entfernt und machte keinerlei Anstalten näher zu kommen.

Walter Schreiber öffnete den Keller. Bin doch gespannt, dachte er, ob der Kerl hier auch wohnen will. Er machte Licht. »Bitte«, forderte er die Männer auf, und Tönnchen ging grinsend voraus, während sich Fundholz an Grissman wandte: »Kommste mit?«

»Ich mag nicht«, antwortete Grissmann, und ohne sonst noch etwas zu sagen, ging er davon.

Komische Käuze, wunderte sich Walter Schreiber. Anscheinend alle drei übergeschnappt. Dieses *Ich mag nicht* hatte beinahe weinerlich geklungen, so als ob ein Kind nicht essen wollte oder sonstwie bockig war, dabei war der Grissmann doch ein ausgewachsener und stattlicher Bursche.

Fundholz folgte dem Dicken, und kurz darauf hörte Schreiber aus dem Keller zunächst ein Kichern, gefolgt von einem klatschenden Geräusch. Eilig stieg er den anderen nach. Tönnchen hatte aus einer Kiepe einen Apfel genommen und angebissen. Den hielt Fundholz nun Schreiber entgegen. »Er ist verrückt, aber harmlos verrückt«, sagte er ernst.

Schreiber sah den Apfel an. »Das ist ein Gravensteiner, das Pfund zu fünfundvierzig Pfennig. Fünfzehn Pfennig kostet der Apfel!«

Fundholz wühlte in seiner Tasche. »Hier«, er überreichte Schreiber das Geld und hielt mit der anderen Hand Tönnchens Arm zurück.

Schreiber dankte. Er war gewohnt, auch mit kleinen Beträgen zu rechnen. Und er wollte sich das Geschehene für die Zukunft merken und seine Lehre daraus ziehen. Von nun an würde er stets vor den Strolchen, wie er die beiden bei sich nur noch nannte, in den Keller gehen. Misstrauisch taxierte er sie. Aber sie schienen nichts eingesteckt zu haben. Jedenfalls hatte Schreiber den Eindruck, dass ihre Taschen nicht voller aussahen als zuvor. Er griff großmütig in die Backobstkiste und gab dem Dicken eine Handvoll Backpflaumen. Dann schloss er die Tür auf. »Vorsicht«, warnte er.

Fundholz stieg zuerst herunter. Tönnchen trottete, trotz der Ohrfeigen, die er wohl vorhin bekommen hatte, grinsend hinterher.

»Gib mir den Apfel wieder«, bat er mit heller Stimme, die gut zu seiner Gesamterscheinung passte, bevor er sich die Backpflaumen in den Mund schob.

Der Alte hielt ihm wortlos den Gravensteiner hin.

»Gute Nacht«, verabschiedete sich Schreiber höflich. Dann schloss er umständlich und vorsichtig den Nebenkeller ab. Die beiden hörten ihn noch im Gemüsekeller hin- und hergehen, an Körben rücken und endlich die obere Tür zuschlagen.

Fundholz steckte ein Streichholz an und sah sich um. Ein Lichtschimmer fiel auf Tönnchens grinsendes Gesicht, aber Fundholz ärgerte sich nicht über Tönnchens Dauergrinsen. Er war überhaupt längst über eine Regung wie Ärger hinaus, und auf dem besten Wege, vollkommen abgestumpft zu werden. Die Vergangenheit lag wie ein Traum hinter ihm, und die Zukunft war nebelhaft, ungewiss und ziemlich uninteressant.

Es hatte mal eine Zeit gegeben – sie lag so fern, dass er manchmal glaubte, sie sich einzubilden –, in welcher er Bettlern gegeben hatte. Einst hatte er Geld verdient, ein

Heim und eine Frau gehabt. Seitdem waren Tausende von Tagen vergangen, an denen er gebettelt hatte, und Tausende von Nächten, in denen er in Asylen, auf Bänken oder in Kellern hatte schlafen müssen. Das Leben, das wirkliche, zivilisierte, menschliche Leben, lag seit mehr als zehn Jahren hinter ihm und so lange er leben würde, würde er weiter betteln müssen.

Tönnchen zog einige Kiepen aus dem Stapel und probierte, wie es sich darauf sitzen ließ. Sie knackten und gaben unter seinem Gewicht nach. Erschrocken sprang er auf.

Fundholz kümmerte sich nicht um ihn. Er zog seine Jacke aus und breitete das mitgebrachte Zeitungspapier, vorsichtig die Blätter neben- und übereinanderlegend, an einer der trockensten Stellen des Kellers aus, um sich ein Lager einzurichten, aber die Feuchtigkeit schlug sofort durch und das Papier wurde nass. Er ließ es liegen und nahm nun seinerseits Körbe und Kiepen herunter und schichtete sie mit dem Boden nach oben auf.

Drei oder vier ineinandergestülpte Körbe waren schon ganz haltbar, stellte er fest. Also drapierte er auf diese Weise ein Dutzend Kiepen, die auf der einen Seite von der Kellerwand und auf der anderen von Kisten gesichert wurden. Dann legte er sich hin und balancierte vorsichtig das Gewicht aus. Da er einen leisen Schlaf hatte, brauchte er nicht zu befürchten, dass die Pyramide unter ihm zusammenkrachte.

Tönnchen sah ihm verständnislos zu, und als Fundholz das letzte Streichholz ausgeblasen hatte, meldete er sich.

»Tönnchen will auch schlafen«, erklärte er.

Schimpfend machte Fundholz ein neues Streichholz

an. »Morgen werde ich Decken besorgen«, sagte er, »leg dich jetzt irgendwie hin. Ich will meine Ruhe haben.«

Tönnchen gehorchte. Er legte sich auf den Boden, sprang aber gleich wieder auf. »Kalt und nass!«, verkündete er.

Fundholz stieg von seinen Körben herunter. »Mach nicht so viel Krach!« Wieder steckte er ein Zündholz an und baute dem Dicken murrend ein ähnliches, nur stabileres Lager.

Ohne zu danken, legte sich Tönnchen hin, und bald darauf schliefen beide ein.

Fundholz wachte auf, als Tönnchen röchelnd schnarchte, und, wohl von einer Angstvorstellung gequält, im Schlaf wimmerte.

Eines Tages hatte er Tönnchen in einem Hof angetroffen und sich seiner angenommen. Schmutzig, stinkend und in Kleiderfetzen gehüllt, gegen die Fundholz' eigene Lumpen geradezu prächtig aussahen, hatte der Fettkoloss vor ihm gestanden und lächelnd in einem Müllkasten herumgestochert. So etwas Verkommenes wie Tönnchen hatte er nie zuvor gesehen. Und nachdem dieser ihn angesprochen hatte: »Ich bin Tönnchen! Hast du was zu essen?«, und ihn aus unbekannter Ursache stark anzuheimeln schien, hatte er ihm ein paar Brote geschenkt, die er gerade irgendwo erhalten hatte.

Der Dicke war auf ihn zugestürzt und hatte sie gierig heruntergeschlungen. Seitdem lief er hinter Fundholz her wie ein Hund hinter seinem Herrn und war für nichts zu gebrauchen. Tönnchen konnte nicht einmal betteln. Wenn die Leute die Tür aufmachten und ihn idiotisch lächelnd dastehen sahen, knallten sie sie entsetzt wieder zu. Nur durch einige Faustschläge hatte der

Alte ihn dazu bringen können, an einem anderen Ort auf ihn zu warten. Und weil Fundholz den Dicken nicht mehr loswurde – ernstlich hatte er es allerdings auch nie versucht –, ernährte Fundholz Tönnchen seither mit und erbettelte ihm ein paar Kleidungsstücke.

Fundholz war beim Betteln oder Fechten, wie man das Betteln in Fachkreisen nannte, weit erfolgreicher. Sein Anblick war zwar auch nicht gerade erfreulich, wurde aber durch die Armesündermiene, mit der er um eine kleine Gabe bat, und sein Alter wettgemacht. Fundholz war sich darüber im Klaren, dass Tönnchen an sich in ein Irrenhaus gehörte, und aus dessen verworrenen Reden hatte er auch entnehmen können, dass er früher in Herzberge, der größten Berliner Irrenanstalt, gewesen war. Aber er brachte es nicht fertig, den Dicken irgendwo stehen zu lassen oder gar der Polizei zu übergeben.

Fundholz selbst lebte in einem ständigen Kleinkrieg mit dieser Behörde. Man wollte ihn, so vermutete er nicht zu Unrecht, ins Arbeitshaus sperren oder sonstwie festhalten. Mehrere Male hatte man ihn bereits wegen Landstreicherei und anderen Gesetzesübertretungen ins Gefängnis gesperrt. Aber Fundholz war ein Mensch, der trotz allem die Freiheit der Gefängnishaft vorzog. Manchmal aß er zwar tagelang nichts außer trockenem Brot, doch zog er diese schmale Kost immer noch dem Gefängnisessen vor, auch wenn ihm jenes vorzüglich geschmeckt hatte. Im Gefängnis bekam er immer das Gefühl, schwermütig werden zu müssen. Ihm fehlte die Bewegungsfreiheit, denn in den zurückliegenden zehn Jahren war ihm das Laufen zur Lebensgewohnheit geworden. Er durchquerte alle Stadtteile. Überall hatte er schon gebettelt, überall schon geschlafen. Mit aller Zähigkeit klammerte er sich an die Freiheit, sich selbstbestimmt zu bewegen.

Und genau so, wie er ohne Freiheit nicht leben konnte, verstand er, dass Tönnchen um nichts in der Welt nach Herzberge zurückgehen wollte. Obwohl er seinerseits keinen Wert auf die Gesellschaft des Dicken legte, wusste er gleichzeitig, dass er sich nicht von ihm loslösen durfte, auch wenn Tönnchen ein Schmarotzer, und zwar ein Schmarotzer mit einem gewaltigen Appetit war. Selbst wenn Fundholz ihm den Löwenanteil dessen gab, was er bekam, erwischte er den Dicken immer wieder dabei, wie er die Müllkästen durchwühlte. Fundholz tat das nie. Er hatte von seinen besseren Zeiten gewisse Hemmungsreste zurückbehalten. Er stahl nicht, und er aß keine Abfälle. Das waren die letzten Überbleibsel seiner ehemaligen Weltanschauung. Und seit er Grissmann kennengelernt hatte, hatte sich seine Situation sogar wieder verbessert.

Erst vor Kurzem war der Mann an ihn herangetreten und hatte gefragt, ob er sich drei Mark verdienen wolle. Fundholz hatte ihn erstaunt angesehen, denn drei Mark waren ein Vermögen für ihn.

Auch Grissmann war schlecht gekleidet. Der etwa Dreißigjährige trug eine Schlägermütze und hatte ein eingefallenes graues Gesicht, doch im Vergleich zu Fundholz wirkte er geradezu prunkhaft. Fundholz hatte den Eindruck gehabt, es bei Grissmann mit einem sehr fahrigen und furchtsamen Menschen zu tun zu haben. Seine Augen waren bei ihrer ersten Begegnung unruhig hin und her gewandert, dann hatte er ihn kurz angestarrt, um gleich danach wieder die Straße ängstlich mit Blicken abzutasten. Dennoch hatte sich Fundholz sofort bereit erklärt, die drei Mark zu verdienen, woraufhin ihm Grissmann ein Paket übergeben hatte.

»Da ist ein Anzug drin. Gehen Sie damit zu dem Altkleiderhändler da drüben und verkaufen Sie ihn. Ich warte hier. Bringen Sie das Geld danach zu mir, dann geb' ich Ihnen den versprochenen Taler ab.«

Ohne weitere Rückfragen hatte Fundholz den Anzug in das Geschäft getragen.

Nachdem der Inhaber des Unternehmens das Kleidungsstück, begleitet von vielen Kommentaren über die Wertlosigkeit alter Kleider im Allgemeinen und dieses Anzugs im Speziellen, begutachtet und Fundholz milde gefragt hatte: »Was soll man dafür noch geben?«, hatte Fundholz, der noch nie mit alten Kleidern gehandelt hatte und auch keine Wertmaßstäbe dafür besaß, verlegen mit den Achseln gezuckt, worauf ihm der Händler gönnerhaft fünf Mark in die Hand gedrückt hatte.

Fundholz war das viel vorgekommen. Fünf Mark waren immerhin fünf Mark. Grissmann hatte diese Ansicht allerdings nicht geteilt und ihm statt drei Mark, was ja auch, wie Fundholz eingesehen hatte, zu viel gewesen wäre, nur zwei Mark gegeben.

Nach Abschluss des Geschäftes hatten sie schließlich noch ein Glas Bier zusammen getrunken. Bei Tönnchen waren es natürlich zwei gewesen, aber da Grissmann sie bezahlt hatte, war es Fundholz gleich gewesen. Als sie sich gegenseitig vorgestellt und miteinander etwas wärmer geworden waren, hatte Fundholz noch erfahren, dass Grissmann arbeitslos war, irgendwo eine Schlafstelle hatte und sich darüber hinaus, so wie Tönnchen und er auch, den ganzen Tag in der Stadt herumtrieb.

Obwohl Grissmann ein junger Mensch war, schien er

keine Bekannten zu haben. Fundholz spürte, dass sich Grissmann ihm anschließen wollte. Der Alte war davon wenig erbaut. Es störte ihn, sprechen zu müssen. Sprechen hing mit Denken zusammen, und er wollte nicht denken. Er hatte sich abgewöhnt, Gedanken zu haben oder Probleme auszuspinnen. Er lebte sehr primitiv. Essen, Geld für Schnaps, ein Platz zum Schlafen. Mehr kümmerte ihn nicht.

Er sprach nur bei seinen Bittgängen, und auch dann nur wenig. Seine Kleidung war beredt genug.

Zwar gab es Leute, die von vornherein in jedem Bettler einen verkappten reichen Mann sahen und deshalb grundsätzlich nichts gaben, oder aber um nichts geben zu brauchen, diesen Grundsatz hatten, aber im Allgemeinen waren vor allem die ärmeren Leute verständnisvoll, und hungern hatte der Alte noch nie gemusst.

Glücklicherweise hatte sich herausgestellt, dass Grissmann auch nicht viel redete. In gewisser Beziehung ähnelte er sogar Tönnchen, auch wenn er nicht so kindisch war. Stattdessen war er furchtsam.

Fundholz wälzte sich unruhig auf seinem Lager hin und her. Er konnte nicht wieder einschlafen. Die Luft war verbraucht und stickig, und der Dicke wimmerte im Schlaf, als wollte ihn jemand umbringen.

Der Alte suchte in seiner Tasche nach etwas Rauchbarem. Er fand einen Zigarrenstummel, einen schönen, fast fingerlangen Zigarrenstummel, und begann zu rauchen. Nach einigen Minuten fühlte er die Müdigkeit zurückkommen. Er drückte den Stummel aus und steckte ihn in die Tasche. Bald darauf schlief er wieder ein.

3. Kapitel

Grissmann hätte sich den Keller ganz gerne angesehen. Aber zuletzt hatte er es sich dann doch anders überlegt. An so einem Keller war schließlich nichts zu sehen, und man konnte das gelegentlich immer noch tun. Außerdem war das jetzt nicht wichtig.

Stattdessen irrte Grissmann ruhelos durch die Stadt.

Schon seit langer Zeit war er arbeitslos. Früher war er Straßenbahnschaffner gewesen. Doch dann hatte man ihn entlassen, weil bei einer Kontrolle Geld gefehlt hatte. Zwanzig Mark, und er hatte keine befriedigende Auskunft über den Verbleib des Geldes geben können und sich so verlegen und kläglich verteidigt, dass niemand bezweifelte, dass er es unterschlagen hatte.

Wegen zwanzig Mark machte man keinen Menschen fürs Leben unglücklich, deshalb hatte die Gesellschaft auf eine Anzeige verzichtet. Doch man entließ ihn, und zwar fristlos, nachdem man ihm großzügigerweise, ohne dass eine Verpflichtung hierzu bestanden hätte, noch das Geld ausgehändigt hatte, das er bei einer regulären Kündigung bis zur Entlassung verdient hätte.

Tatsächlich hatte Grissmann die zwanzig Mark verloren. Er war kein sehr aufmerksamer Mensch. Vielleicht hatte er jemandem zu viel Geld herausgegeben, vielleicht hatte man ihn bestohlen. Er wusste es selbst nicht.

Er wurde arbeitslos im ungünstigsten Moment.

Von Amerika waren neue Ideen nach Europa gelangt. Sie bestanden im Wesentlichen darin, dass man die menschliche Arbeitskraft durch sinnreiche Systeme auf ein Mindestmaß beschränkte und an ihrer statt Maschinen überall dort einsetzte, wo sich Verwendungsmöglichkeiten boten. Man nannte das Rationalisierung.

Maschinen besitzen entschieden gewisse Vorteile. So haben sie, anders als der Mensch, keinen Eigenwillen, keinen Funken Individualität. Sie streiken nicht, und wenn doch, so nur einzeln, aber nie kollektiv, wie es die Arbeiter tun, wenn sie Druck auf den Fabrikbesitzer ausüben wollen, um die Löhne zu halten oder zu erhöhen. Wenn Maschinen streiken, so liegt das an Defekten, die beseitigt werden können.

Menschen hingegen stellen Ansprüche an das Leben, und sie wollen mitverdienen, wenn der Fabrikant verdient. Sie haben politische Ansichten und verfechten sie auch. Und diese Ansichten stimmen sehr häufig nicht mit denen ihrer Arbeitgeber überein.

Also kaufte man Maschinen. Wo früher zehn Buchhalter gearbeitet hatten, standen nun zwei Buchungsmaschinen, die von zwei oder drei Leuten bedient werden konnten. Wo ehemals Hunderte von Arbeitern tätig gewesen waren, genügten nun einige vierzig. Man hatte ja Maschinen. Alle Probleme schienen sich herrlich lösen zu lassen. Man musste nur noch den maschinellen Menschen erschaffen, um zukünftig ganz ohne Arbeiter fabrizieren zu können.

Die Schnelligkeit der Arbeit wurde in den großen Werken von Fließbändern bestimmt. Das hässliche System der Antreiberei durch die Meister konnte damit fallen gelassen werden. Es genügte, das Fließband etwas schneller einzustellen, damit jeder entsprechend arbeitete. Wer nicht mitkam, wurde entlassen.

Und die Arbeitslosen übten durch ihre bloße Existenz einen starken Druck aus auf ihre Kollegen, die in den Stellungen verblieben waren. Wer mochte da noch streiken? Wer mochte noch Ansprüche stellen?

Jeder wusste: Will ich nicht, dann wollen andere, und jeder wollte schließlich.

Der günstige Moment war endlich gekommen. Nach den Gesetzen des freien Wettbewerbs regelte die Nachfrage das Angebot. Die Nachfrage nach Arbeitskräften war gering, aber das Angebot sehr groß, also konnte man die Löhne senken.

Und die, die noch Arbeit hatten, mussten für ihre erwerbslosen Kollegen mitbezahlen. Die Abzüge stiegen, und der Lohn wurde nochmal kleiner. Auch die Streikfähigkeit der Arbeiter war vernichtet, der Streikwille ebenso. Soweit stimmte die Rechnung.

Aber nun stellte sich heraus, dass man sich trotz allem verrechnet hatte. Man hatte zwar den arbeitnehmenden Menschen durch die Maschine an die Wand gedrückt, aber jetzt konnte der Mensch nichts mehr kaufen. Weder Anzüge noch Kleider. Es war ihm gänzlich unmöglich gemacht worden, sich irgendeinen Luxus zu leisten. Er schrumpfte ein. Und obwohl seine Bedürfnisse die gleichen geblieben waren, fehlte es an Mitteln, sie zu befriedigen.

Maschinen hatten nicht genügend Bedürfnisse, um den menschlichen Käufer zu ersetzen. Gewiss, sie gingen entzwei. Neue Industrien zur Herstellung von Maschinen und zur Herstellung der Maschinen für die Herstellung von Maschinen waren entstanden. Aber auch diese Fabriken waren nach den modernsten Gesichtspunkten der Rationalisierung aufgebaut worden.

Der Kleiderstofffabrikant, der schmunzelnd ein Drittel seiner Belegschaft entlassen hatte und dank der neuen Maschinen mit dem verbleibenden Rest das Doppelte an Ware hatte produzieren können, merkte mit einem Mal bestürzt, dass der Bedarf geringer geworden war. Das hieß, der Bedarf war schon da, aber es fehlte an Geld. Es waren ja alle arbeitslos.

Von diesen Zusammenhängen hatte Grissmann keine Ahnung. Er schob sein Unglück auf die Sache mit den zwanzig Mark, und dass er keine Arbeit fand, lag wohl an seiner Unzulänglichkeit, denn Grissmann war seit jeher von der eigenen Zweitklassigkeit überzeugt.

Sein Vater hatte ihm das beigebracht. Der große stämmige Mann mit dem aufgedunsenen Gesicht hatte schon in früher Jugend mit dem Trinken angefangen. Er war erst Ziehmann, später Droschkenkutscher gewesen und hatte aus Neigung Bier und alle anderen harmloseren Getränke abgelehnt und nur noch Schnaps getrunken, und zwar mehr, als für ihn gut gewesen war.

Als Ziehmann bezeichnete man in früherer Zeit die Leute, deren Beruf es war, Umzüge durchzuführen. Heute wie damals verfügen diese Menschen über außergewöhnliche Körperkräfte und eine große Verbundenheit zu Flaschenbier. Wenn die schwere Arbeit getan ist, brennt den Leuten die Kehle. Für gewöhnlich bekommen sie ein Trinkgeld und vertrinken es anschließend und häufig noch mehr.

Der alte Grissmann aber hatte nicht nur getrunken, wenn er durstig gewesen war, sondern er hatte getrunken, um sich Durst zu machen. Und weil Bier ihn nicht mehr in Rauschzustände zu versetzen vermocht hatte, hatte er Schnaps gesoffen. Und nachdem der Schnaps seine Gesundheit und Kraft unterhöhlt hatte, hatte er den Beruf wechseln müssen und war zur Droschke gegangen.

Immerhin hatte seine Kraft noch ausgereicht, um jedes Mal, wenn er guter Stimmung gewesen war, seine Frau und seinen Sohn Fritz zu verprügeln.

Fritz war klein, und der alte Grissmann hatte seinen zwergenhaften und schwächlichen Sohn deshalb stark zu prügeln versucht, aber es war ihm nicht gelungen. Dann war seine Frau gestorben und Grissmann senior kurze Zeit später wegen einer Rauferei im Gefängnis gelandet.

Fritz war in ein Waisenhaus gekommen. Er blieb ein schwächlicher, ängstlicher Mensch. Er hatte keinen Mut und empfand diesen Mangel als quälend. Im Heim hatte er zunächst versucht, ihn sich durch Grausamkeiten zu beweisen. Er hatte Fliegen die Beine einzeln ausgerissen und kleinere Jungs verdroschen, aber das hatte ihn nicht mutiger werden lassen. Und weil im Heim alle gegen ihn Stellung bezogen hatten und seine Grausamkeiten gewöhnlich mit Prügel geendet hatten, die er einstecken musste, war er nur noch furchtsamer geworden.

Grissmann litt an Schlaflosigkeit. Tagsüber hatte er keine Beschäftigung, und nachts war er nicht müde und konnte nicht schlafen. Er hatte zwar eine Schlafstelle, aber im selben Zimmer schliefen auch zwei andere junge Männer. Sie schnarchten, wenn sie schliefen, und sie verspotteten ihn, wenn sie wach waren.

Auch sie waren arbeitslos. Aber instinktiv hatten sie in ihm ein Wesen entdeckt, das noch schlechter dran war als sie selbst. Einen Menschen mit inneren Defekten. Grissmann fürchtete sich vor ihnen, und sie hatten seine Furcht freudig registriert.

Beide waren jünger als er, fühlten sich ihm aber weit überlegen. Sie waren vom Leben hart angefasst worden und fassten nun ihrerseits hart an; ihre Späße waren brutal und selten lustig.

Er war unschlüssig, was er anfangen sollte. Nach Hause gehen wollte er noch nicht. In eine Kneipe zu gehen, hatte er aber auch keine große Lust. Er war nicht gerne unter Menschen. Vor allem wenn es viele waren, beunruhigten ihn Menschen stets etwas.

Als er auf der Friedrichstraße anlangte, ging er, langsamer werdend und sich dicht an den Häusern haltend, die belebte Straße hinunter. Er passierte den Stadtbahnbogen. Hier war weniger Betrieb, nur aus einem Kino strömten Menschen. Er ging wieder schneller. Hinter dem Kino lagen ausschließlich Lokale und kleinere Vergnügungsstätten, Musik drang durch die offenstehenden Türen auf die Straße. Grissmann ging immer weiter. Der Untergrundbahnhof mit dem leuchtenden U lag bereits hinter ihm.

Er verlangsamte sein Tempo. Was wollte er eigentlich hier draußen? Er wusste es selber nicht.

Zwei Straßenmädchen gingen mit wiegenden Schritten an ihm vorbei. Sie waren beide nicht mehr jung. Dick lag die Schminke auf ihren Gesichtern, ihre Röcke waren kurz und ließen die Waden sehen. Sie trugen Schuhe mit sehr hohen Absätzen und helle fleischfarbene Strümpfe. Ihre Stimmen klangen zu ihm zurück. Sie sprachen über Wohnungseinrichtungen. »Ich habe ein billigeres Schlafzimmer bei Wertheim geseh'n«, hörte er die eine sagen.

Beide schwenkten ihre Handtaschen und sahen sich auf der Suche nach Kundschaft interessiert nach allen Seiten um.

Grissmann ging ihnen nach.

Sie hörten seine Schritte hinter sich und wandten gleichzeitig die Köpfe. Aber der Anblick eines mit einem alten Anzug bekleideten Arbeitslosen schien ihnen keine Geschäftsmöglichkeit zu verheißen.

Gewohnheitsmäßig hatten beide beim Umdrehen entgegenkommend gelächelt; in dem Moment aber, als sie Grissmann entdeckten, strichen sie dieses Lächeln wieder aus ihren Gesichtern.

Er bekam einen roten Kopf. Sogar die, dachte er, halten sich für was Besseres.

Schneller gehend überholte er die beiden. Als er an ihnen vorbeikam, erfasste ihn plötzlich ein ganz sinnloser Hass. Man müsste ihnen ein Messer in den Rücken jagen, dachte er. Zwei-, dreimal wiederholte er mit einer gewissen Freude diesen Gedanken. Dann dachte er an etwas anderes und lief weiter planlos durch die Stadt.

Erst gegen ein Uhr nachts kam er an seiner Schlafstelle an. Er schlich leise in sein Zimmer, zog sich fast geräuschlos aus und stieg ins Bett.

Erschrocken fuhr er wieder hoch. Er lag auf etwas Weichem. Er fasste mit der Hand hin und hob ein graues, totes Tier hoch. Es war eine Ratte.

Mit einem unartikulierten Wutschrei stürzte er sich auf den ihm Zunächstliegenden. Immer noch schreiend, schlug er ihm die Ratte um die Ohren.

Der wachte auf und setzte sich zur Wehr. Aber er kam gegen Grissmann nicht an. Selten hatte Grissmann über derartige Kräfte verfügt. Wie ein Tobsüchtiger schlug er den anderen immer wieder mit der geballten Faust ins Gesicht. Dann griff er die Ratte erneut und versuchte, dem anderen den Kopf des Tieres in den Mund zu pressen.

Da sprang der Dritte seinem Freund zu Hilfe, und zusammen überwältigten sie Grissmann. Sie schlugen noch auf ihn ein, als er schon besinnungslos war. Dann warfen sie ihn auf sein Bett.

»Das war doch nur ein Scherz!«, sagte einer von ihnen grollend.

Sie legten sich wieder hin. Aber beide wussten, dass sie Grissmann kein weiteres Mal reizen würden.

»Der ist im Stande und schneidet einem noch die Gurgel ab«, sagte der Jüngere vor dem Einschlafen, nicht ohne gewisse Anerkennung.

4. *Kapitel*

Walter Schreiber schloss seinen Keller auf.

Bin doch neugierig, wie die zwei Strolche die Nacht verbracht haben, dachte er. Puh, nicht für die Welt möchte ich in dem Loch schlafen.

Er machte die Tür weit auf, um frische Luft hereinzulassen. Schreiber schnüffelte. Hatten die etwa geraucht? Anschließend schloss er den kleinen Keller auf. Beide schliefen noch, und sie waren so dreist gewesen, seine Kiepen als Unterlage zu benutzen.

Fundholz erwachte zuerst. Er machte ein mürrisches Gesicht, stieg von seinem Lager herunter und reckte sich verschlafen; dann stieß er Tönnchen an.

Der blinzelte und sagte: »Ich esse keine Kohlrüben! Nein, ich esse sie nicht!«

Tönnchen hatte von Herzberge geträumt. Wieder hatte man ihn in der Irrenanstalt zwingen wollen, Kohlrüben zu essen. Kohlrüben war das einzige Gericht, das er verabscheute und von Herzen hasste. Er hatte oft solche Träume. Immer wollte man ihn veranlassen, Kohlrüben zu essen. Man stopfte sie ihm förmlich in den Mund. Berge von Kohlrüben!

Verstört sah er sich um. Aber da war nur Fundholz, der zu ihm sagte: »Los mach zu! Wir müssen gehen.«

Tönnchen stand auf.

Fundholz wandte sich an Walter Schreiber. »Können wir die Kiepen so stehen lassen? Auf dem Fußboden kann man nicht schlafen. Es ist viel zu nass!«

Schreiber lehnte ab. »Nein, das geht nicht! Die Körbe brechen davon. Außerdem ist das hier kein möbliertes Zimmer. Das ist ein Keller! Die Kiepen habe ich nicht mit vermietet. Sie müssen sich Stroh besorgen!«

Walter Schreiber war heute sehr schlechter Laune. Er hatte in der Großmarkthalle feststellen müssen, dass Äpfel sehr viel billiger geworden waren. Gerade an Äpfeln aber hatte er ein großes Lager.

Die beiden gingen grußlos an ihm vorbei. Wo sie sich wohl waschen?, fragte er sich. Wahrscheinlich gar nicht.

Er hatte mit dieser Auffassung nicht unrecht. Fundholz wusch sich sehr selten. Einerseits gehörte die Frage des sich Waschens nicht zu den von Fundholz ernst genommenen Problemen, andererseits hatte er selten Gelegenheit dazu. Im Asyl konnte er sich zwar waschen, aber er wollte separiert schlafen, nicht mit so vielen anderen zusammen. Außerdem gab es erstaunlicherweise im Asyl immer noch Leute, denen es schlechter ging als ihm und die diesen Unterschied durch Diebstähle auszugleichen strebten.

Kopfschüttelnd und missbilligend sah ihnen Walter Schreiber nach. Richtige Strolche, fand er. Keine Gelegenheitsstrolche, sondern richtige eingefleischte Strolche.

Die beiden gingen müde und mit steifen Beinen nebeneinander her. Sie strebten den Anlagen zu, wo sie sich auf eine Bank setzten und weiterschliefen. Tönnchen begann sofort zu schnarchen. Fundholz stand auf und setzte sich einige Bänke weiter entfernt wieder hin. Hier hörte er das Schnarchen kaum noch und nickte bald wieder ein, doch die Sonne störte ihn. Und so wachte er von Zeit zu Zeit unwillig auf, um dann erneut einzuschlafen.

5. Kapitel

Grissmann stand gegen zehn Uhr morgens auf und spürte überall Schmerzen. Verwundert sah er in den Spiegel, dann erinnerte er sich.

Nachdem er sich gewaschen hatte, betrachtete er sein Gesicht abermals. Es war an verschiedenen Stellen blutig geschlagen und von braunen und blauen Flecken überzogen.

Eigentlich eigenartig, dass ich gestern wieder ohnmächtig geworden bin, dachte er. Immer wenn er richtig in Wut kam, wurde er hinterher ohnmächtig, und er fragte sich, woran das liegen mochte. Im Waisenhaus war er mal mit einem Spaten auf einen Aufseher losgegangen, nachdem die anderen Kinder ihn bereits den ganzen Tag gereizt hatten und dieser ihn wegen einer Kleinigkeit angeschnauzt hatte. Aber dann, mitten im Laufen, war er plötzlich umgefallen. Geschrien habe er auch, hatte man ihm hinterher erzählt. Ob er gestern auch geschrien hatte?

Die Wirtin kam, ohne zu klopfen, herein. Er stand noch halbnackt da, aber weder sie noch er nahmen daran Anstoß.

»Heute in acht Tagen müssen Sie das Zimmer verlassen. Ich hab' hier keine Nervenheilanstalt. Die beiden anderen fliegen auch raus!«

Dann schlug sie die Tür wieder zu.

Grissmann blieb einen Moment verdutzt stehen, dann dachte er: Ist mir auch egal.

Er zog sich fertig an und ging in die Anlagen, um mit Fundholz zu sprechen. Er fühlte sich zu dem Alten sonderbar hingezogen. Fundholz und Tönnchen, die hatten die unterste Stufe erreicht. Die krochen buchstäblich schon im Schmutz. Dagegen war er immer noch etwas Besseres. Und der alte Fundholz hatte sich noch nie lustig über ihn gemacht. Der machte sich über gar nichts mehr lustig.

Grissmann hatte einen Plan. Seit langer Zeit schon wollte er etwas unternehmen, um den Druck, der auf ihm lastete, abzuschütteln. Was ihn bisher daran gehindert hatte, waren keine moralischen Hemmungen. Nur eins hemmte ihn: seine Angst. Ohne sie wäre er längst Einbrecher geworden. Hundertmal hatte er schon davon geträumt, sich durch einen kühnen, wenn auch ungesetzlichen Handstreich Geld zu verschaffen.

Zweierlei hoffte er damit zu erreichen. Erstens wollte er seine Lage verbessern, also zu Geld kommen, und zweitens wollte er sich selbst beweisen, dass er durchaus kein Feigling war.

Gestohlen hatte er erst einmal. An dem Tag nämlich, es war noch nicht lange her, an dem er seine Unterstützung vorzeitig ausgegeben und anschließend nicht gewusst hatte, wovon er die nächsten Tage leben sollte. Die Gelegenheit hatte sich in Gestalt eines Handwagens einer Reinigungsfirma ergeben. Den hatte er an sich genommen, als der vierzehn- oder fünfzehnjährige Junge, der für die Firma zu liefern hatte, in ein Haus gegangen war und den Wagen für einen Augenblick unbewacht gelassen hatte. Grissmann hatte sich erst ängstlich umgesehen, und als er gewahr geworden war, dass niemand auf den Wagen achtete, hatte er, gleichsam spielerisch, die Deichsel angefasst und sich dann plötzlich, mit vor Furcht bebenden Kniekehlen, in Bewegung gesetzt. Zuerst war er schnell gegangen, dann hatte er zu laufen begonnen. Er war durch Dutzende von Straßen gerast, ehe er sich gegönnt hatte, wieder Luft zu schöpfen.

Die Sache war gut gegangen. Grissmann hatte unbelästigt den Wagen leerräumen und seine Beute in Sicherheit bringen können. Die Anzüge und Kleider hatte er anschließend zum Teil durch Fundholz verkauft.

Fundholz hatte nicht nachgefragt, woher die Sachen kamen, und mit ihm wollte er auch seinen neuen Plan besprechen.

Zuerst entdeckte er Tönnchen. Er weckte ihn nicht, sondern ging an ihm vorbei. Dann sah er Fundholz ein paar Bänke weiter sitzen, unbestimmt vor sich hin blickend. Grissmann setzte sich neben ihn. »Guten Morgen«, grüßte er.

Fundholz erwiderte den Gruß und sah Grissmann erstaunt an. Er wunderte sich über die Flecke, die dieser im Gesicht hatte. Aber er sagte nichts, sondern fing wieder an, vor sich hinzustarren.

Grissmann begann stotternd. »Fundholz, möchtest du mal hundert Mark auf einen Ruck verdienen?«

Fundholz grinste. Er glaubte nicht an Wunder. Außerdem war bald Zeit zu gehen. Immer gegen elf Uhr ging Fundholz auf Tour. Davor hatte es keinen Sinn. Früh morgens waren sehr viele Menschen sehr schlechter Laune. Die einen, weil sie wieder an die Arbeit, die anderen, weil sie, ohne arbeiten zu dürfen, aus dem Bett mussten.

Vor elf Uhr aufzubrechen, war vollkommen sinnlos.

Die Türen wurden ihm reihenweise vor der Nase zugeschlagen. Er kannte das, denn in den zurückliegenden zehn Jahren hatte er das Gewerbe von Grund auf kennengelernt. Es war nicht einfach zu betteln. Man musste dafür beinahe Psychologe sein. Fundholz wusste nicht, was Psychologie war, dennoch verstand er unbewusst recht viel davon.

An den Gesichtern der Leute erkannte er, was er zu sagen und was er zu erwarten hatte. Manche Leute waren Optimisten. Sie rissen die Tür auf und lächelten. Über alles, was kam, schienen sie sich zu freuen – auch über den Bettler Fundholz. Diese Leute waren leider in der Minderheit, doch begegnete man ihnen, gaben sie meistens, und sie gaben gut. Nur lächeln musste man, sie bescheiden anlächeln, sonst fühlten sie sich gekränkt.

Andere Leute wieder öffneten die Tür nur mit gewisser Vorsicht. Sie erwarteten unbezahlte Rechnungen oder Gerichtsbeamte. Diese Spezies traf Fundholz schon häufiger an. Sie waren meistens angenehm überrascht, statt der gefürchteten Rechnung einen Bettler vor sich zu haben, und gaben auch oft. Bei diesen Leuten machte Fundholz sein Alltagsgesicht. Statt zu lächeln, lag dann eine gewisse Trauer auf ihm.

Dann gab es Menschen, die sofort die Tür zuknallten, wenn sie ihn sahen. Hier hieß es nun zu unterscheiden zwischen Ablehnung und Gewährung. In dem kurzen Augenblick, in dem Fundholz das Gesicht des Wohnungsinhabers zu sehen bekam, musste er erkennen, ob man geben wollte oder nicht.

Es konnte sein, einige Minuten später wurde die Tür wieder geöffnet, und man reichte ihm eine Münze heraus. Genauso konnte es aber auch geschehen, dass man die Tür nur wieder aufriss, um: »Sind Sie immer noch da?«, zu brüllen.

Er musste in den Gesichtern die ganze Gesinnung der Menschen lesen. Es gab Choleriker, die sich über irgendetwas geärgert hatten und ihre Wut am Erstbesten ausließen. Diesen Leuten kam der Alte wie gerufen. Sie stießen wilde Drohungen aus oder verständigten sogar die Polizei. Die Drohenden waren in diesem Fall angenehmer als die tatsächlich Handelnden.

Gewöhnlich erkannte Fundholz am jeweiligen Gesichtsausdruck rechtzeitig die Gefahr. Im Allgemeinen verriet ein zusammengekniffener Mund oder sonst ein unliebenswürdiger oder gefährlicher Zug im Gesicht des Betreffenden sein unfreundliches Vorhaben.

Zu Beginn war Fundholz mehrere Male auf eine scheinbare Freundlichkeit hereingefallen. Mittlerweile wechselte er gleich das Revier, wenn er auf diese gewissermaßen saure, verkniffene Freundlichkeit stieß. Denn die war äußerst verdächtig, und die Polizei interessierte sich immer für Bettler wie ihn.

Andererseits gab es Fälle – sie waren sehr selten, und Fundholz erinnerte sich immer gerne an sie –, in denen er zufällig an Leute geriet, denen gerade ein Glück oder was sie dafür hielten, widerfahren war. Ganz junge Eheleute, erfolgreiche Geschäftsleute oder Frischverliebte gaben oft im Überschwang der Freude und aus dem unkontrollierten Bedürfnis heraus, auch den Strolch da draußen teilhaben zu lassen an der Befriedigung, die man eben erfahren hatte. Solche Begegnungen bescherten Fundholz hohe Beträge und einen freien Tag.

Grissmann sprach weiter, aber Fundholz hörte nicht zu. Er musste bald los, es war sicher schon elf.

Hundert Mark. Solche Beträge verdiente man nicht. Hundert Mark waren mehr als jeder Wunschtraum. Das war etwas so Unreales wie sich ein Auto zu wünschen. Es hatte gar keinen Zweck, darauf einzugehen.

Grissmann zählte laut auf, was man sich für hundert Mark alles kaufen konnte. Fundholz hätte am liebsten laut aufgelacht. Für hundert Mark! Ja, das wusste er auch! Mein Gott, der Grissmann nahm wohl an, er sei so dumm wie Tönnchen.

An ihrer Bank kam gebückt ein Mann vorbei. Um seinen Arm trug er die gepunktete Binde der Blinden. Die Augen waren von einer blauen Brille verdeckt, das unrasierte Gesicht voller Bartstoppeln. Neben ihm ging eine Frau.

Fundholz sah dem Mann nach. Den kannte er doch. Das war doch Sonnenberg! Er machte eine unwillige Bewegung in Richtung Grissmann.

Dieser schwieg inzwischen. Er hatte eingesehen, dass es hoffnungslos war, den Alten noch in irgendein Unternehmen verwickeln zu wollen. Der hatte schon viel zu sehr mit allem abgeschlossen, als dass er sich noch auf Risiken eingelassen hätte.

Fundholz stand auf. Langsam ging er dem Blinden nach, den er am Gang erkannt hatte. »Sonnenberg!«, rief er.

Der Mann drehte sich um. Sein linker Arm hing lose in dem der Frau. Sein Gesicht war Fundholz voll zugewandt, der Mund leicht geöffnet.

Na, sehen kann er mich doch nicht, überlegte Fundholz. »Sonnenberg!«, rief er wieder.

»Ja«, antwortete der Blinde. Seine Stimme klang tief und fest.

Fundholz ging auf ihn zu. »Mensch, Sonnenberg, kennst du Fundholz nicht an der Stimme?«

»Ach, Fundholz«, erwiderte der andere. Es klang fast ein wenig verächtlich.

Der Alte trat an ihn heran und reichte ihm die Hand. Der Blinde drückte sie sehr kräftig. »Meine Frau«, sagte er vorstellend.

Fundholz gab auch der Frau die Hand, die etwa dreißig Jahre alt sein mochte. Sie hatte weißblondes Haar und ein volles Gesicht, aber fast kein Kinn und einen hässlich herunterhängenden Mund. Am Körper trug sie ein dunkles Wollkleid, das ihr viel zu weit war. Sie sah Fundholz mit weit geöffneten, erstaunten Augen an, sagte aber nichts.

»Na?«, fragte Fundholz den Blinden.

Der lachte. »Du kriegst die Zähne immer noch nicht auseinander. Wie geht's? Schnorrste noch?«

Fundholz bestätigte nickend, und als ihm einfiel, dass der Blinde das ja nicht bemerken konnte, sagte er: »Ja.«

Sonnenberg stieß seine Frau an. »Ist hier keine Bank? Was stehen wir denn hier so? Ich muss genug stehen. Den ganzen Tag am Wittenbergplatz. – Ich handle dort nämlich mit Streichhölzern«, klärte er Fundholz auf.

Die Frau sah sich nach einer Bank um. Schließlich führten sie ihn zu jener, auf der Fundholz vorhin gesessen hatte und auf der Grissmann noch immer auf den Alten wartete.

Fundholz stellte vor. »Das ist mein Freund Sonnenberg, und das ist Grissmann.«

Sonnenberg nickte. »Schnorren Sie auch?«, fragte er.

Grissmann verneinte.

»Wovon leben Sie dann?«, wollte Sonnenberg wissen.

»Ich bin arbeitslos und bekomme Unterstützung«, teilte Grissmann mit. Das Verhör langweilte ihn.

»So«, nahm Sonnenberg zur Kenntnis.

Sie saßen einige Minuten zusammen, ohne viel miteinander zu sprechen.

Endlich stand Fundholz auf. »Ich muss gehen. Mach's gut, Sonnenberg. Wo trifft man dich denn?«

Sonnenberg tastete nach seiner Hand. Endlich hatte er sie gefunden. »Gib mir mal ne Mark, Fundholz«, befahl er. »Du hast doch immer Geld.«

Fundholz versuchte, sich frei zu machen, aber der Blinde hielt seine Hand fest umklammert.

»Ich habe kein Geld. Aber hier!« Mit der linken Hand zog er den Zigarrenstummel vom Vortag aus der Tasche und reichte ihn Sonnenberg.

Der Blinde ließ seine Hand los, nahm den Stummel und steckte ihn in den Mund.

»Na dann, auf Wiedersehen. Vielleicht bald schon im Fröhlichen Waidmann? Da triffst du mich fast jeden Abend. Ich spiele da mit meiner Ziehharmonika.«

Die Frau holte Streichhölzer aus ihrer Jackentasche und gab ihm Feuer.

Wieder hielt Sonnenberg Fundholz die Hand hin.

Fundholz gab ihm seine Hand aber nicht, er fürchtete eine neue Erpressung. »Wiedersehen«, sagte er. Dann ging er zu der Bank, auf der Tönnchen immer noch schnarchte, und stieß ihn an.

Der Dicke sah lächelnd zu ihm hoch.

»Warte hier. Ich bin in zwei Stunden zurück.«

Tönnchen wollte aufstehen und sich anschließen.

»Bleib sitzen«, befahl Fundholz.

Tönnchen gehorchte. Sein Grinsen geriet ins Weinerliche, aber Fundholz achtete nicht darauf. Er ging, ohne sich umzuschauen, davon.

Sonnenberg hörte Fundholz reden. »Mit wem spricht er da?«, fragte er Grissmann.

»Mit Tönnchen. Das ist so ein Halbidiot. Den schleppt er mit sich herum.«

Sonnenberg überlegte. »Tönnchen, nein den kenne ich nicht. Schnorrt der auch?«

»Nein, der ist sogar dafür zu dämlich.«

Sonnenberg rauchte. Dann sagte er: »Fundholz ist auch dämlich.«

Seine Frau beugte sich derweil vor und lächelte Grissmann zu.

Der bekam einen roten Kopf. Er hatte nicht viel Erfahrung mit Frauen. Früher, als er noch Geld verdient hatte, da hatte er auch eine Freundin gehabt. Aber das war schon Jahre her. In den zurückliegenden Jahren war er höchstens mal bei einem Straßenmädchen gewesen. Aber in der letzten Zeit hatte sein Geld nicht einmal dafür gereicht. – Er wurde verlegen. Er sah weg, dann guckte er die Frau verstohlen an.

Sie war bestimmt nicht schön. Sie hatte eine plumpe Figur, und ihr Gesicht wirkte durch das fehlende Kinn geradezu vogelartig. Aber sie gefiel ihm, weil sie ihn anlächelte.

Der Blinde erzählte weiter, was Fundholz für ein dämlicher Hund sei. Er prahlte damit, dass er im Stande sei, Fundholz jederzeit alles abzunehmen, was der bei sich hatte, ohne dass der Alte sich ernsthaft dagegen sträuben konnte. »So dämlich ist der«, schloss er.

Grissmann lachte Beifall. Aber er lachte mehr der Frau zu als dem Blinden. Die Frau lachte auch.

Sonnenberg schien sich über den Beifall zu freuen. »Ja, ich war früher ein ganz anderer Kerl«, versicherte er. »Damals hättet ihr mich sehen sollen. Bevor sie mir die Augen weggeschossen haben. Das war neunzehnhundertfünfzehn. Wir lagen in einem kleinen Dorf in der Nähe von …« Er fing an, seine Kriegsabenteuer zum Besten zu geben.

Die Frau lachte Grissmann an. Sie kannte die Kriegsabenteuer alle schon. Sie war des Blinden längst überdrüssig geworden. Er war brutal, und immer, wenn ihm sein Unglück, blind zu sein, zu Kopfe stieg, verprügelte er sie. Auch trank er viel und konnte es nicht vertragen.

Seine Frau hatte er nie gesehen. Eines Tages, da war er schon blind gewesen, hatte er sie irgendwo getroffen. Sein Hund war ihm kurz zuvor weggestorben, und den neuen, den er vom Blindenverein erhalten sollte, hatte man ihm noch nicht gegeben.

Ihr war es damals sehr schlecht gegangen. Nachdem sie als Dienstmädchen entlassen und arbeitslos geworden war, hatte sie auf der Straße anschaffen müssen. Aber sie hatte nicht viel dabei verdient. Sie gefiel nicht und war auch nicht aggressiv genug gewesen. »Wenn man so aussieht wie du«, hatte eine Kollegin einmal zu ihr gesagt, »dann muss man den Männern über die ganze Straße zubrüllen.« Sie hatte das nicht so recht gekonnt, und so war sie froh gewesen, als sie den Blinden kennengelernt hatte. Der hatte sie gleich geheiratet und bekam eine Unterstützung.

Aber sie war schwer enttäuscht worden. Die Unterstützung vertrank er alleine, und sie mussten von dem leben, was er durch den Handel mit Streichhölzern und mit seinem gelegentlichen Harmonikaspielen verdiente.

Sie wollte fort von ihm. Sie stellte keine sehr großen Ansprüche an das Leben, aber sich jeden zweiten Tag von dem rasenden Blinden durchs Zimmer jagen lassen, das wollte sie nicht mehr. Sie lächelte Grissmann zu.

»Ja«, sagte Sonnenberg. »Das ist so eine Sache. Morgens geht man weg als Mann mit zwei Augen, und abends schleppen sie einen als blindes Huhn zurück. – Ihr habt ja keine Ahnung! Keine Ahnung habt ihr!«, schloss er.

Sein graues Gesicht, verstoppelt und schmutzig, drückte tiefe Wut aus. So war es immer. Erst begann er, ruhig zu erzählen, und dann übermannten ihn der Kummer und die Wut.

Brutal stieß er seine Frau an. »Los! Komm! Blöde Kuh, worauf wartest du noch?«

Sie stand auf und lächelte Grissmann beinahe flehentlich zu.

Der kratzte sich verlegen. Er wusste nicht, was er tun sollte. Unsicher stand er auf.

»Wo wollen Sie hin?«, fragte er.

»Ich bringe meinen Mann zum Wittenbergplatz«, antwortete die Frau nun wieder hoffnungsvoll.

»Ja«, stimmte Sonnenberg ein. »Und dann bleibst du bei mir! Hast du verstanden? Denkst du vielleicht, ich will wieder den ganzen Tag dastehen, ohne ein Wort sprechen zu können? Was denkst du überhaupt? Verdient nicht eine Mark, frisst mir meine letzten Groschen weg, und dann soll ich noch alleine bleiben! Los, komm! – Grüßen Sie den dusseligen Fundholz von mir«, wandte er sich verabschiedend an Grissmann, den der Auftritt noch verlegener gemacht hatte.

Der Blinde hatte wohl Misstrauen gefasst. Grissmann bekam Angst. »Ja, das will ich machen«, sagte er.

Die beiden gingen davon. Die Frau drehte sich noch mehrere Male um. »Fröhlicher Waidmann«, formten ihre Lippen, ohne einen Laut von sich zu geben.

Die ist auch verrückt, dachte Grissmann, der nicht verstand, was sie meinte. Er sah sie verständnislos an und nickte.

Da bemerkte er, wie der blinde Sonnenberg sie mit dem Ellbogen hart anstieß. Sie drehte ihren Kopf um und sprach mit dem Blinden. Plötzlich hörte er sie lachen. »Heute Abend gehen wir in den Fröhlichen Waidmann, Maxe. Da kannst du wieder Pfefferminzschnaps trinken, dann kommst du in bessere Stimmung.«

Grissmann hörte, wie der Blinde irgendetwas murmelte. Aha, dachte er, im Fröhlichen Waidmann ist sie heute Abend. Da werde ich auch hingehen. Wo mochte der sein, der Fröhliche Waidmann? Er wollte Tönnchen danach fragen.

Er ging auf die Bank zu, auf der Tönnchen immer noch schlief. Grissmann stieß ihn an und setzte sich neben ihn. »Wo ist der Fröhliche Waidmann?«, fragte er.

Tönnchen erwachte und spuckte aus. »Wo ist Fundholz?«, wollte er wissen.

Grissmann erklärte ihm, dass Fundholz bald wiederkäme und wiederholte seine Frage. Aber von dem Dicken war nichts zu erfahren. Ich werde mich bei Fundholz erkundigen, nahm sich Grissmann vor.

6. Kapitel

Fundholz stand zögernd vor einer Tür. »Amalie von Trasse«, las er. Es war ihm geglückt, in ein vornehmes Haus einzudringen. Der Portier hatte die Haustür offengelassen und saß wohl in irgendeiner Kneipe.

Fundholz hatte lange überlegt, ob er das feine Haus betreten sollte. Die großen, breiten Marmortreppen hatten ihn unwiderstehlich angezogen. Sie verliehen dem Haus zusammen mit dem Bronzegeländer und dem roten Plüschläufer aber auch etwas Einschüchterndes.

Endlich hatte er sich einen Ruck gegeben und war daraufhin gleich bis in die oberste Etage gelaufen. Hier wollte er anfangen und sich dann die Etagen herunterbetteln.

»Amalie von Trasse«, las er wieder. Zaghaft klingelte er, nicht ohne vorher nachzusehen, ob ein Vorgänger an der Wand ein Zeichen hinterlassen hatte, aus dem sich auf die Gebefreudigkeit dieser Dame schließen ließ.

Es war ein guter alter Brauch, wie er fand, nachkommende Bettler zu unterrichten. Man machte ein Paar Striche an die Wand oder schnitzte mit dem Taschenmesser eine Kerbe in die Tür, und Späterkommende waren unterrichtet. Leider wischten viele Leute die Zeichen wieder ab oder entfernten sie anderswie. Man musste stets erneuern.

Die Tür wurde geöffnet und eine ältere, wie Fundholz ehrfürchtig feststellte, ganz in Seide gekleidete Dame schaute heraus.

»Haben Sie nicht ein paar Brote übrig? Ich habe schon lange nichts mehr gegessen«, bat er mit undeutlicher, bescheidener Stimme. Er sah beim Sprechen ergeben auf den Boden. Erst als er seine Bitte vorgetragen hatte, hob er den Blick.

Die Dame musterte ihn erstaunt. Sie hatte ein schmales, blasses Gesicht, mit einer sehr spitzen Nase und einem schmalen Mund. »Warten Sie«, ordnete sie an. Sie schloss die Tür und ließ Fundholz in Zweifeln zurück.

Ihr Ton hatte vornehm und herablassend geklungen. Sie ist anscheinend guter Stimmung, dachte er hoffnungsvoll.

Heute hatte er noch nicht viel Glück gehabt. Überall war man schlechter Laune gewesen, oder zumindest in schlechter Gebelaune. Dreißig Pfennig waren das Ergebnis des bisherigen Vormittags. Nur deshalb hatte er sich überhaupt in die bessere Gegend getraut.

Die Tür wurde von einem Dienstmädchen wieder geöffnet. »Kommen Sie herein«, sagte sie, verächtlich die Lippen schürzend.

Fundholz gehorchte, aber er bekam Angst. Was würde das werden? Was konnte Gutes dabei herauskommen, wenn man den Bettler Fundholz in so eine Prachtwohnung bat. Ich sollte am besten gleich wieder auskneifen, überlegte er. Wer weiß, vielleicht holt die Spitznäsige die Polizei.

Sie waren in einem breiten Korridor angelangt, der mit schönen Teppichen ausgelegt war.

»So«, sagte das Mädchen und nahm einen zusammengerollten Teppich auf, der zu ihren Füßen lag. »Den klopfen Sie mal unten! Ich komme mit und passe auf.«

Fundholz nahm den Teppich in beide Arme. Er war

sehr schwer, aber der Alte freute sich. Bestimmt sprang Geld dabei heraus, wenn man ihn jetzt arbeiten ließ.

Sie gingen die Vordertreppe herunter. Das Mädchen folgte einige Schritte hinter ihm. Sie wollte nicht neben solchem Gesindel gehen.

Kaum waren sie unten, sagte das Mädchen: »Jetzt links.«

Er gehorchte, und sie kamen an den Hintereingang.

Das Mädchen ließ ihn wieder vorgehen. Sie hatte Angst vor dem zerlumpten, alten Mann. Man las so viel in der Zeitung. Diese Kerle waren darauf aus, über junge Mädchen herzufallen und sie zu vergewaltigen. Nicht dass das Mädchen sehr sittenstreng gewesen wäre, aber der alte Fundholz war auch nicht ihr Typ.

Schließlich langten sie im Hof an. »Hören Sie mal«, sagte das Mädchen bestimmt, »nächstens gehen Sie die Hintertreppe herauf!«

Fundholz nickte. Mit großer Mühe gelang es ihm, den Teppich über die Stange zu werfen. Das Mädchen gab ihm den Teppichklopfer in die Hand und sah ihn streng an. Fundholz begann, auf den Teppich einzuschlagen, aber das Mädchen war unzufrieden mit seiner Leistung. »Sie müssen fester schlagen«, sagte es fachmännisch.

Fundholz versuchte es. Aber er war nicht kräftig genug. Bereits nach wenigen festen Schlägen tat ihm der Arm weh. Er zog die Jacke aus und legte sie neben sich auf den Boden.

Das Mädchen begann zu lachen, als es ihn in den überdimensionalen Hosen und mit seinem schmutzigen, zerfetzten Flanellhemd vor ihm stehen sah. Doch Fundholz achtete nicht darauf. Er klopfte weiter. Das Blut stieg ihm vor Anstrengung in den Kopf. Er musste schon wieder pausieren.

»Na?«, fragte das Mädchen, »sind Sie etwa schon fertig?«

Bevor Fundholz antworten konnte, nahm sie ihm den Teppichklopfer aus der Hand und zeigte ihm nun, wie man Teppiche klopfte. Mit wilder Begeisterung schlug sie auf den Teppich ein. Vielleicht stellte sie sich vor, es wäre Frau von Trasse oder ein untreuer Bräutigam. Jedenfalls flog der Staub in dicken Wolken hoch. Dann hörte sie plötzlich auf. »So macht man das!«, sagte sie und drückte ihm den Teppichklopfer wieder in die Hand.

Fundholz begann aufs Neue. Aber seine Versuche endeten ebenso kläglich wie zuvor. Er hatte keine Kraft und konnte folglich auch keine hineinlegen.

Das Mädchen lachte spöttisch. Vor so etwas hatte sie sich gefürchtet. Lächerlich. »Lassen Sie mal«, sagte es, »das hat doch keinen Zweck. Sie sind zu schlapp zum Teppichklopfen.«

Fundholz widersprach nicht. Ihm war es weniger um Kraftbeweise als vielmehr um eine Unterstützung zu tun. Aber vorläufig musste er warten, denn das Mädchen fing wieder an, den Teppich zu bearbeiten. Er sah ihr mit einer gewissen Andacht im Gesicht dabei zu.

Bald darauf war das Mädchen fertig. Es nahm den Teppich herunter, rollte ihn ein und ging auf die Hintertreppe zu. Fundholz folgte schüchtern.

Wieder ging es vier Etagen hinauf. Dann schloss das Mädchen auf, während Fundholz demütig draußen stehen blieb.

»Warten Sie«, ordnete das Mädchen an und schloss die Tür hinter sich.

Minuten vergingen. Dann reichte sie ihm ein Paket heraus. Fundholz dankte. Auf der Treppe machte er das

Paket auf. Drei Butterbrote lagen, säuberlich eingewickelt, neben einem Stück vertrockneten Käse. Fundholz wurde wütend. Erst ließ man ihn Teppiche klopfen und dann gab man ihm vertrockneten Harzer Käse und drei Butterbrote. Dabei waren das sicher Millionäre! Am liebsten hätte er die Butterbrote an die Wand geklebt, wie das Bettler manchmal machten, wenn die milde Gabe nicht mit ihren Erwartungen in Einklang zu bringen war. Aber er besann sich und steckte sie für Tönnchen ein.

Heute war entschieden ein Unglückstag, dachte Fundholz und schimpfte weiter vor sich hin. Auf der untersten Etage angelangt, klingelte er erneut. »Schnickard«, stand an der Tür.

Eine alte Frau machte auf. Als sie ihn sah, schlug sie entsetzt die Tür wieder zu. Sie las gerade einen Kriminalroman, und der Anblick Fundholzens wirkte auf ihre erregte Phantasie verheerend. Fundholz hörte, wie sie von innen sehr geräuschvoll und hastig den Riegel vorschob.

Er ging weiter. Er kannte das. Oft hatte er solche Unglückstage, an denen er außer Pfennigen nichts erhielt. Es hatte wohl keinen großen Sinn, sein Glück noch weiter zu versuchen. Heute war ganz offenbar nicht mehr viel zu holen.

Auf dem Rückweg rechnete er. Nur siebzig Pfennig besaß er noch, vierzig von gestern, dreißig von heute. Aber man würde schon auskommen. Ganz gut, dass er das Brot mitgenommen hatte.

Er sah sich auf der Straße nach Schutzleuten um, aber er konnte keine entdecken. An solchen Tagen wie heute konnte es ihm noch passieren, dass man ihn mit zur Wache nahm, und dann würde das ewige Gefrage wieder losgehen. »Woher kommen Sie? Wovon leben Sie? Wo wohnen Sie? Sind Sie angemeldet? Wenn nein, warum nicht? Sind Sie verheiratet? Vorbestraft? Wie oft?« Endlos lange fragte man ihn in solchen Verhören aus. Häufig behielt man ihn dann da, wälzte Alben oder ging Steckbriefe durch. Und meistens verging sehr viel Zeit, bis er wieder freikam, denn man war nicht ungestraft ein wandelnder Lumpensack, und jedes Mal war es fraglich, ob er überhaupt wieder freikommen würde.

Heute hatte er eine Pechsträhne. Heute hieß es, besonders vorsichtig sein. Denn nie wusste man, wann eine Pechsträhne abriss. Sie konnte plötzlich aufhören, sie konnte aber auch ausgesprochen lang sein. Und was würde aus Tönnchen werden, sollte man ihn festhalten?

Fundholz hatte einen weiten Weg zurückzulegen, und die Gegend wurde mit jedem Schritt einfacher. Die Häuser mit den breiten Eingängen wichen zunehmend alten, schmutzigen Arbeiterkasernen. Verschiedene Male sah der Alte einen Schutzmann die Straße entlangkommen, dann bog er immer vorsichtig in eine Seitenstraße ab.

Endlich, nach langer Wanderung, erreichte er die Anlagen. Er sah sich nach Tönnchen um, konnte ihn aber nirgends finden. Auch Grissmann war nicht zu sehen. Fundholz vermutete, dass die beiden zusammen weggegangen waren.

Müde setzte er sich auf eine Bank. Sie werden schon kommen, dachte er und schlief ein.

7. Kapitel

Grissmann konnte es neben Tönnchen, der ohne jede äußere Veranlassung fortwährend vor sich hingrinste, auf die Dauer nicht aushalten.

Wie macht er das nur?, fragte sich Grissmann. Immer grinsen, da muss einem schließlich doch das Gesicht wehtun. Er fragte ihn barsch: »Warum lachen Sie immerzu?«

Tönnchen sah ihn, wie es Grissmann schien, beinahe traurig an, antwortete aber nicht.

Grissmann stand auf. »Ich gehe zum Essen. Ich komme um drei Uhr wieder. Sagen Sie bitte Fundholz Bescheid: Er möchte auf mich warten.«

Er duzte Tönnchen nicht. Der war ihm zu närrisch. Er wollte sich nicht auf eine Stufe mit ihm stellen.

Tönnchen stand gleichfalls auf. »Essen«, sagte er schmatzend. »Tönnchen hat heute noch nichts gegessen. Tönnchen hat Hunger!«

Grissmann gab ihm zwanzig Pfennig. »Kaufen Sie sich Schrippen. Acht Stück bekommen Sie für zwanzig Pfennig. Oder zehn alte. Davon werden Sie wohl satt werden, bis Fundholz zurückkommt.«

Tönnchen nahm das Geld und lief, ohne zu danken, damit los.

Grissmann ärgerte sich bereits, ihm das Geld gegeben zu haben. Jetzt muss ich wieder zwanzig Pfennig billiger essen, dachte er erbittert. Immer die verdammte, weiche Birne. Dabei verpflegt doch Fundholz den Idioten.

Tönnchen und Fundholz aßen immer erst um zwei oder drei Uhr nachmittags. Fundholz' Magen war klein und auf wenig Essen trainiert, und Tönnchen musste sich nach seinem Herrn richten. Sie aßen nur zweimal am Tag, aber dann schlang Tönnchen jedes Mal wie ein Tier.

Grissmann verließ langsam die Anlagen. Heute gehe ich in den Fröhlichen Waidmann, nahm er sich vor. Er wollte wieder mal eine Frau haben. Auf ein besonderes Äußeres legte er keinen Wert. Sie sind ja alle gleich, dachte er.

Mit schlendernden Schritten überquerte er die Straße. Aus dem Backwarengeschäft sah er Tönnchen zurückkommen. Die Verkäuferin sah dem Dicken entsetzt nach.

Grissmann warf ihr mutig einen Blick zu, doch sie wandte sich verächtlich ab, und Grissmann ging verärgert weiter. Dann dachte er an das Gespräch mit Fundholz. Dass der nicht in Frage kam für seinen Plan, hatte er gleich gesehen. Der war schon viel zu entrückt.

Grissmann wollte den Einbruch dennoch durchführen. Er kannte ein kleines Zigarrengeschäft, in dem eine alte Frau alleine verkaufte. Das wollte er am dreißigsten, also in zwei Tagen, überfallen. Er vermutete, dabei nicht nur die Tageskasse rauben zu können, sondern auch das Mietsgeld. Denn sicher wird die Frau am dreißigsten ihre Miete bezahlen müssen, dachte er.

Er hatte vorgehabt, um kurz vor sieben, zusammen mit Fundholz, das Geschäft zu betreten. Die Frau kannte ihn nicht. Er hatte zwar mehrmals durch die Fensterscheibe gespäht, um festzustellen, dass nur sie im Laden bediente, aber er war sich sicher, dass sie ihn dabei nicht bemerkt hatte. Fundholz sollte es plötzlich übel werden und die Frau um ein Glas Wasser bitten. Er wollte der Frau dann in den hinter dem Geschäft liegenden Wohnraum folgen und sie dort festhalten. Der Alte hätte währenddessen die Kasse ausgenommen und Grissmann die Frau zusätzlich noch auf Geld untersucht. So alte Weiber hatten immer Geld, dessen war Grissmann sicher.

Er war stolz auf seinen Plan. Er schien ihm erfolgversprechend. Denn binnen zweier Minuten hatte man sicher alles erledigt. Man musste nur kurz vor sieben kommen, dann würde die Sache laufen. Aber dieser Fundholz war zu nichts Vernünftigem mehr zu gebrauchen. Der war schon zu blöde, zu denkfaul. Na, und mit Tönnchen konnte man erst recht nichts anfangen. Schade, dass der Sonnenberg blind war. Mit dem konnte man so was bestimmt machen, vermutete er.

Er war sehr niedergeschlagen, weil nun aus dem ganzen, schönen Plan nichts werden würde. Er verwünschte sein Pech. Jetzt hatte er mal eine Sache, wo etwas zu holen war, ausfindig gemacht, und dann wurde wieder nichts draus. Vielleicht hatte die Alte sogar einen ganzen Haufen Geld. Wer wusste das schon.

Missmutig betrat er die Kneipe, in der er mittags oft war. Vierzig Pfennig kostete die Terrine Erbsensuppe mit Speck. Brot gab es gratis dazu. Er hatte keinen großen Appetit. Gelangweilt aß er. Arbeit müsste man wieder haben, dachte er. Geld verdienen und Geld ausgeben können. Was war denn das für ein Leben mit den paar Mark in der Woche? Seine Anzüge verschlampten. Nicht mehr lange, und er sah genauso aus wie Fundholz.

Er hatte einen sauren Geschmack im Mund. Bier kostete fünfzehn Pfennig. Wenn er dem Idioten nicht die zwanzig Pfennig gegeben hätte, hätte er jetzt ein Glas Bier trinken können.

Am Nebentisch saßen einige Rollkutscher. Sie sprachen laut und kippten ihr Bier herunter. Einer von ihnen aß ein Kotelett. Der Mann schmatzte genießerisch und trank ab und zu einen Schluck aus dem großen Glas, das vor ihm stand. Jetzt hatte er ausgetrunken. Er bestellte ein neues.

Grissmann sah neidvoll hinüber. Schön musste das sein, so viel Geld zu haben, dass man trinken und essen konnte, was man wollte.

Der Rollkutscher nahm einen großen Schluck. »Ja, das schmeckt«, sagte er laut und zufrieden.

Grissmann drehte seinen Kopf weg. Dann hörte er, wie der Mann sagte: »Na, Karle, was sagst du zu meiner Frau?«

Grissmann drehte sich wieder um und sah, wie der Mann ein Foto über den Tisch reichte.

»Sache«, lobte der andere.

Grissmann stand auf, ging an die Theke und bezahlte. Er hörte noch, wie der Rollkutscher sagte: »Alles im Leben ist Zufall, purer Zufall, mein Junge. Weißt du, wie ich sie kennengelernt habe? Im Zoo habe ich sie kennengelernt.« Der Kutscher lachte glücklich.

Als Grissmann die Tür öffnete, stieß er mit einem Mann zusammen. Er hatte die Mütze schief auf dem Kopf und lallte »Oh Susanna, wie ist das Leben doch so schön«. Dazu breitete er seine Arme aus.

Grissmann bückte sich. Alles im Leben ist Zufall, dachte er. Er hatte eine Mark gefunden, wahrscheinlich hatte der Betrunkene sie verloren. Besserer Stimmung als vorhin ging Grissmann davon.

8. Kapitel

Minchen Lindner hatte eine Wohnung in der Nähe des Kurfürstendamms. Die Wohnung war nicht sehr groß, drei Zimmer mit Küche und Bad, aber sie war hübsch eingerichtet.

An den schmalen, mit Läufern ausgelegten Korridor schloss sich ein modernes, großes Speisezimmer mit eleganten Möbeln an. Ferner ein entzückender kleiner Salon. Jedenfalls fand Minchen Lindner ihn entzückend. Der ganze Salon war mit rosa Seidenstoff ausgeschlagen, alle Möbel in der gleichen Farbe gehalten. Und die kleinen Sessel und Stühle waren sogar ähnlich gemustert wie die Wandbespannung. An den Fenstern hingen rosa Vorhänge und gelbe Stores, welche, wahrscheinlich schämten sie sich, ebenfalls rosa schimmerten. Der Teppich war einfarbig und, das verstand sich von selbst, hellrot. Am liebsten hätte Minchen Lindner auch rosafarbene Bilder an die Wände gehängt. Aber da das nicht ging, hatte sie sich für zwei Sonnenaufgänge entschieden, die immerhin noch recht viel Rosarot enthielten.

Minchen Lindner nannte auch ein prunkvolles Schlafzimmer mit einem zweischläfrigen, breiten Bett ihr Eigen. Auch dieses Zimmer war sehr schön ausgestattet, oder, wie Minchen und ihre Freundinnen es nannten, »niedlich«. Aber sie mochte es weniger gerne als ihren rosa Salon. Daran konnten auch die neckischen Bilder, die neben einem überlebensgroßen Engelsgemälde an den Wänden des Schlafzimmers hingen, nichts ändern.

Sie mochte sie zwar, trotz allem zog sie ihren Salon vor.

Es ging ihr ähnlich wie jenen Geschäftsleuten, die gewaltige, große Kontore besitzen, sich aber am liebsten in ihren Privatwohnungen aufhalten. Arbeitszimmer sind nie so schön wie Privatzimmer. Privatzimmer gehören einem allein.

Das Schlafzimmer gehörte Minchen Lindner nicht allein. Das große Schlafzimmer war gewissermaßen Minchens Geschäftslokal.

Der Direktor eines bedeutenden Werkes, ein älterer, aparter Herr, hatte Minchen Lindner eines Tages buchstäblich von der Straße aufgelesen. Minchen Lindner war ein hübsches junges Mädchen, und der ältere Herr hatte beschieden, dass sie für die Straße zu schade sei und nicht so schnell verkommen dürfe.

Er richtete ihr die Wohnung samt rosa Salon ein, gab ihr jeden Monat, neben der Miete, dreihundert Mark und verlangte nichts weiter, als sie jede Woche zwei- oder dreimal besuchen zu dürfen.

Das Schlafzimmer gehörte Minchen somit nicht alleine. Auch wenn Herr von Sulm, so hieß der ältere Herr, nicht da war, sondern sich seiner Familie widmete, hatte Minchen Besuch. Herr von Sulm durfte nichts davon wissen. Nicht dass er eifersüchtig war – das vielleicht auch –, aber Herr von Sulm fürchtete um seine Gesundheit.

Minchen Lindner nahm darauf keine Rücksicht. Herr von Sulm war ein pünktlicher und ein korrekter Mensch. Er kam pünktlich in sein Bureau, und er kam auch pünktlich, nachdem er sie vorher angerufen hatte, zu Minchen. Ohne Anmeldung traf er keine Verabredungen. Er war ein Mann von Takt und guter Erziehung. Noch nicht einmal seiner Geliebten gegenüber hätte er es sich herausgenommen, sie ohne vorherigen Telefonanruf zu besuchen.

Minchen wusste das. Und deshalb hatte sie außer Herrn von Sulm noch andere Kundschaft. Nicht, dass sie mit den dreihundert Mark nicht ausgekommen wäre, sie sparte sogar noch davon. Aber sie befürchtete, dass Herr von Sulm eines Tages sterben könne oder ein anderes junges Mädchen von der Straße auflas.

Aus diesem Grund sorgte Minchen für diese bedauerlichen, aber durchaus denkbaren Fälle vor und stand mit verschiedenen älteren Herren in einer dauernden Geschäftsverbindung. Es gab in Berlin zahlreiche vermögende ältere Herren, welche sich vereinsamt fühlten. Sie suchten Bekanntschaften, aber sie mochten sie nicht offen suchen. Sie schämten sich wohl ein bisschen ihrer grauen Haare oder ihrer Glatzen. Sie legten dabei wenig Wert auf Seelenverwandtschaft, darüber waren sie schon hinaus, sie suchten auch keinen Geist, den fanden sie in den Leitartikeln ihrer Zeitungen, sondern sie wollten mehr jugendliche Körperlichkeit. Und die bot Minchen Lindner ihnen.

Auf hohen, festen Beinen ruhte ein elastischer Körper. Ihr Gesicht war regelmäßig. Sie hatte eine niedliche, kleine Stupsnase und gar nichts Lasterhaftes an sich. Sie war nicht der Vamptyp, sondern eher die kleine Unschuld.

Ehemals war sie Verkäuferin in einem Seifen- und Parfümgeschäft gewesen. Als das Geschäft dann, dem Zug der Zeit folgend, in Konkurs gegangen war, hatte auch Minchen sich nach etwas anderem umsehen müssen.

Eine neue Stellung war nicht zu finden gewesen, und da ihre Ansprüche höher gewesen waren als die zwölf Mark Arbeitslosenunterstützung, hatte sie bald darauf damit begonnen, sich nebenbei noch Geld dazuzuverdienen.

Dann trat Herr von Sulm in ihr Leben, was Minchens Lage grundlegend änderte.

Nun saß sie täglich in ihrem rosa Salon, hörte Radio und langweilte sich. Sie hatte keine Geldsorgen, ganz im Gegenteil, sie hatte mehr Geld, als sie brauchte, denn sie war nicht verschwenderisch, aber sie langweilte sich entsetzlich.

Gerade jetzt war es wieder besonders schlimm. Sie langweilte sich, wenn nachts ältere Herren bei ihr waren, und sie langweilte sich am Tage, wenn sie auf die Nacht und die älteren Herren warten musste. Sie besaß Kleider, Hüte, sehr schöne Unterwäsche, sie hatte alles, was sie brauchte, und trotz allem war sie nicht zufrieden.

Gewiss, es ging ihr jetzt weit besser als vorher, aber früher war sie frei gewesen. Sie hatte einen Freund gehabt, und abends waren sie zusammen für ein paar Mark ausgegangen. Es war aufregend und interessant gewesen, ins Kino oder auch mal in die Operette zu gehen. Manchmal hatte sie ihn abends mit zu sich heraufgenommen. Das waren Erlebnisse gewesen, wenn sie leise in ihr möbliertes Zimmer geschlichen waren. Dann hatte ihr Freund sie nach einem wilden Auftritt zornig verlassen, weil er mitbekommen hatte, dass sie sich abends noch herumtrieb. Die Trennung war zu verschmerzen gewesen. Fritz, der Maurer, war ein sehr grober Geselle gewesen, wie sie zurückdenkend feststellte. Herr von Sulm war viel höflicher. Trotzdem war es schöner gewesen, einen Freund zu haben, als die Freundin eines halben Dutzends älterer Herren zu sein.

Das Telefon klingelte. Sie ging an den Apparat und nahm den Hörer hoch.

»Wer ist dort? ... Ach so, Vater.« Minchen Lindner war nicht sonderlich erfreut.

»Was willst du? Geld? Ja, das kannst du haben.« Sie stampfte mit dem Fuß auf. »Nein, nicht hierherkommen. Wenn du hierherkommst, gebe ich dir gar nichts. Sag mir, wohin ich es bringen soll!«

Auf der anderen Seite der Leitung war es eine kurze Weile still. Endlich sagte der Alte: »Komm heute Abend in den Fröhlichen Waidmann.«

Minchen Lindner wurde liebenswürdiger. »Wo ist das, Vater?« Sie notierte die Adresse. Dann sagte sie »Auf Wiedersehen« und hängte ein.

»Komm um zehn Uhr«, hatte ihr der Vater noch zugerufen.

Minchen Lindner seufzte. Der Vater, das war auch eine der Schattenseiten ihres Lebens.

Der alte Lindner war früher Gerichtsvollzieher gewesen. Mit der Aktentasche unter dem Arm und hochgedrehtem Schnurrbart hatte er lange seines Amtes gewaltet. Er war eine sehr bekannte Erscheinung gewesen in dem Steglitzer Viertel, welches er bearbeitet hatte. Wer ihn gekannt hatte, war ihm achtungsvoll begegnet. Speziell kleine Leute hatte er zu seiner Klientel gerechnet, und diesen kleinen Leuten war er machtvoll und bedeutend erschienen.

Machtvoller fast als die ganze Reichsregierung. Denn der deutsche Außenminister konnte beispielsweise nicht bestimmen, ob das Bett und der Stuhl, ob der Schrank und die Kommode versteigert werden sollten. Das hatte nur Herr Gerichtsvollzieher Lindner gekonnt.

Lindner verkörperte die Macht des Staates, er übertrug die Macht des Gerichtes in das tägliche Leben. Urteile wurden erst durch ihn konkret, denn er vollstreckte sie. Wie ein Scharfrichter die ihm Zugewiesenen köpfte, so nahm Lindner, kraft seines Amtes, den Leuten das Mobiliar weg, ließ es versteigern und schickte ihnen dann ein Protokoll zu, aus dem sie ersahen, dass sie Herrn Lindner für seine Mühe, ihnen die Sachen wegzunehmen, auch noch zu bezahlen hatten.

Ja, Herr Lindner war ein bedeutender Mann gewesen. Aber er war in den Fehler vieler bedeutender Leute verfallen. Seine eigene Größe und Machtbefugnis war ihm zu Kopf gestiegen. Er hatte vergessen, dass er nur ausführendes Organ zu sein hatte, und begonnen, selbstständig und eigenmächtig zu denken.

Zuerst war es Gutherzigkeit gewesen, die ihn dazu veranlasst hatte. Später dann Habgier. Er vergaß, Gegenstände aufzuschreiben, und bewahrte sie dadurch dem Besitzer vor der Versteigerung.

Solange er nur Kleinigkeiten übersehen hatte, war es gegangen. Dann hatte er jedoch bei einem Mann zu pfänden gehabt, der eine gut möblierte Sechszimmerwohnung besessen hatte, und das hatte ihm den Hals gebrochen. Denn Herr Lindner hatte sich fünfzig Mark schenken lassen und im Gegenzug nur für dreihundert Mark gepfändet.

Der Gläubiger, für den er eigentlich dreitausend Mark zu pfänden gehabt hatte, hatte die Vermögensverhältnisse des Schuldners gekannt. Er hatte gewusst, dass der Mann mindestens für zehntausend Mark Werte in seiner

Wohnung stehen hatte. Er zeigte an, und Gerichtsvollzieher Lindner wurde entthront.

Man fand noch andere Unregelmäßigkeiten. Bei der Abrechnung hatten achthundert Mark gefehlt, und so war Lindner für ein Jahr ins Gefängnis gewandert. Als man ihn entlassen hatte, war er nicht wiederzuerkennen gewesen.

Man hatte ihm im Gefängnis den machtvollen Schnurrbart abgenommen, und an die Stelle des früher borstenartig stehenden Haares war eine beschämende Leere getreten; diese Äußerlichkeit hatte Lindner auch von innen verändert. Er fühlte nichts Machtvolles mehr in sich. Er kam als ein Gescheiterter aus dem Gefängnis und verkam.

Er wurde zum Säufer, beteiligte sich an kleinen Diebereien und war von einem Sinnbild des Staates und der bürgerlichen Ordnung zu einem richtigen Pennbruder hinuntergesunken.

Minchen unterstützte ihn. Aber sie wollte nicht, dass er zu ihr kam. Erstens schämte sie sich, einen so verkommenen Menschen zu empfangen, und zweitens fürchtete sie, dass seine Ansprüche phantastisch steigen würden, wenn er ihre Einrichtung sah.

Heute erwartete sie keinen Besuch. Sie freute sich auf den Abend, denn sie sehnte sich schon seit Langem danach, mal wieder in eine ordentliche Kneipe zu gehen. Die Lokale des Westens hatte sie längst über, sie fand sie langweilig und steif. Sobald man über irgendetwas richtig lachte, sah einen das hochnäsige Pack schief an. »Dienstmädchenlachen«, hatte eine Frau Minchens Lachen einmal genannt. Dieses blöde Volk bildete sich ein, etwas Besseres zu sein als ihr Hauspersonal.

Minchen atmete verächtlich aus. Die Männer der Oberschicht glaubte sie zu kennen. Na, und die Frauen werden auch nicht besser sein, folgerte sie.

Sie klingelte, und ein hochgewachsenes Mädchen betrat den Salon. Auch Minchen beschäftigte für die Hausarbeiten tagsüber ein Dienstmädchen.

»Komm, setz dich zu mir«, sagte Minchen. »Wir wollen Karten spielen.«

Das Dienstmädchen holte Spielkarten, und sie begannen, Sechsundsechzig zu spielen.

9. Kapitel

Tönnchen hatte keine alten Brötchen bekommen und deshalb für das Geld acht frische genommen. Sobald er den Laden verlassen hatte, hatte er damit begonnen, die Brötchen in sich hineinzustopfen. Aber acht Brötchen waren wohl ein wenig zu viel auf einmal gewesen. Vor allem waren sie zu hastig und trocken gegessen worden.

Tönnchen hatte Bauchschmerzen. Irgendetwas kniff ihn. Vergebens streichelte er die Stellen, an denen er den Schmerz zu spüren vermeinte. Es wurde nicht besser.

Tönnchen wurde ängstlich. Er sah sich ratlos um. Am liebsten hätte er sich die Hose ausgezogen und nachgesehen, was ihn da kniff. Aber das ging nicht. Er hatte in Herzberge einmal furchtbare Prügel bekommen, weil er sich vor den anderen zu entkleiden begonnen hatte.

Tönnchen besaß wenig Erinnerungsvermögen. Aber es gab Verschiedenes, was so tiefen Eindruck auf ihn gemacht hatte, dass es die Nebel, die sein Gehirn umflorten, durchbrach. Das war die Erinnerung an Kohlrüben und bei gewissen Dingen, die er gerne getan hätte, das Gefühl, dass sich etwas Schmerzhaftes daraus ergäbe, wenn er diesem Impuls tatsächlich nachgab. Instinktiv fühlte er auch jetzt, dass er nicht seinem natürlichen Trieb, die Hosen auszuziehen, folgen durfte. Es ging nicht. Irgendwie ging es leider nicht.

Er blieb vor einem Wurstwarengeschäft stehen. Sehnsüchtig sah er durch die Scheiben. Zwar hatte er immer noch Bauchweh, aber die Würste machten ihm Appetit. Essen war das Einzige, das ihm überhaupt noch Freude machte. Er aß nicht nur, um satt zu werden, sondern auch aus Liebe zum Essen selbst.

Tönnchen aß alles, was er bekam. Er hob Essbares von der Straße auf, genauso wie er Müllkästen durchwühlte. Denn einst hatte er sehr hungern müssen. Das war lange her, aber manchmal überkam ihn dieses Hungergefühl noch, verbunden mit einer irrsinnigen Angst, nichts zu essen zu haben. Und kam dieser Hunger in ihm auf, dieses Gefühl, das er von früher her kannte, dann heulte Tönnchen richtig auf. Heulte so lange, bis er wieder Nahrung sah und schmeckte.

Dabei war auch Tönnchen einmal normal gewesen. Niemand, der ihn in seinem augenblicklichen Zustand kannte, würde es glauben. Erst als zwölfjähriges Kind hatte er den Verstand verloren.

Sein Vater hatte ein Haus auf dem Lande besessen. Ein kleines Sommerhaus, wie sie damals gerade aufgekommen waren. Und um die Weihnachtsfeiertage war Ernst, so hieß Tönnchen damals als gutmütiger, dicker Gymnasiast, mit seinem Vater, dem Prokuristen Seidel, aufs Land gefahren, um zu kontrollieren, ob in dem Haus noch alles in Ordnung sei.

Jeden Monat war Seidel zu seinem kleinen Landhaus herausgefahren. Dieses Haus war immer der Gipfel seiner Wünsche gewesen, und ab dem Moment, wo er es besessen hatte, hatte er sich nicht darauf beschränkt, nur im Sommer dort zu sein, sondern hatte es auch in den übrigen Jahreszeiten bei jeder passenden Gelegenheit und unter dem Vorwand, kontrollieren zu müssen, besucht. In Wirklichkeit aber hatte er sich an dem Haus erfreuen wollen.

Ernst war Einzelkind gewesen und die Mutter früh gestorben. Deshalb hatte er mit dem Vater zusammen in einer kleinen Zweizimmerwohnung gewohnt. Den Haushalt hatte der Vater selbst gemacht, denn so viel, sich ein Mädchen und ein Landhaus erlauben zu können, hatte er nicht verdient. Außerdem waren für den Sohn Schulgeld, Bücher und andere Dinge zu bezahlen gewesen.

Die weihnachtliche Landpartie hatte vergnügt begonnen. Der Alte hatte sich gefreut, weil er das Landhaus wiedersah, und der Sohn wegen der schönen Geschenke, der Ferien und der guten Laune des Vaters. Dann war der Sohn übermütig geworden. Seidel hatte ihn mehrmals wegen seiner kleinen Unarten verwiesen. Er war immer ein strenger Mensch gewesen. Streng gegen andere und mitunter auch gegen sich selbst. Er hatte sich emporgearbeitet und war nicht wenig stolz darauf. Er hatte vorgehabt, seinen Sohn studieren zu lassen, doch leider hatte er feststellen müssen, dass der nicht sonderlich begabt war.

Die beiden waren gemeinsam durch das Landhaus gegangen. Seidel hatte alles überprüft und in bester Ordnung vorgefunden. Dann war das Unglück geschehen. Ernst hatte spielerisch nach der großen Vase, die seine Mutter mit in die Ehe gebracht hatte, gefasst und sie fallen gelassen.

Außer sich vor Wut, hatte Seidel dem Jungen ein paar kräftige Maulschellen heruntergeschlagen und ihn dann, um ihn dort drei oder vier Stunden schmoren zu lassen, in den Keller gesperrt. Aber Ernst hatte nicht drei Stunden, sondern beinahe eine ganze Woche im Keller zugebracht.

Nach der Aufregung mit seinem Sohn war Seidel in ein nahegelegenes Lokal gegangen. Hier hatte er Kaffee und ein paar Schnäpse getrunken, doch als er nach einer Stunde aufgebrochen war, um Ernst herauszulassen – denn er hatte nun schon wieder milder gegen ihn empfunden –, war er, als er die Straße überqueren wollte, von einem großen Bierwagen überfahren worden und gleich gestorben.

Die Pferde und der Wagen hatten Seidel so übel zugerichtet, dass es tagelang gedauert hatte, bis man den Toten identifiziert hatte. Erst nachdem seine Berliner Bekannten von dem Unglück erfahren hatten, hatten sie sich Sorgen um das Kind gemacht und die Polizei alarmiert. Am selben Tage, an dem sein Vater begraben worden war, hatte man Ernst als heulenden Idioten aus dem Keller geholt. Monate im Krankenhaus folgten, aber alle Bemühungen der Ärzte, Ernst wieder seelisch zu kurieren, waren ergebnislos verlaufen. Ernst Seidel wurde langsam zu Tönnchen. Er wurde immer dicker, denn der Hunger der fünf Tage hatte Ernst von einem Menschen in ein Tier verwandelt, das so viel aß, wie es kriegen konnte, und nie genug bekam.

Tönnchen stand noch immer sehnsuchtsvoll vor dem Wurstgeschäft, aber seine Bauchschmerzen waren besser geworden. Plötzlich dachte er »Fundholz«, und lief in die Anlagen zurück.

Er sah den Alten schlafend auf einer Bank sitzen und stieß ihn zaghaft an.

Fundholz erwachte mit einem Hungergefühl. Er zog

die Brote aus der Tasche, gab Tönnchen eins und fing selbst an zu essen. Der Dicke war augenblicklich mit dem Brot fertig und ließ sich von Fundholz ein weiteres geben.

Anschließend stand Fundholz auf und ging in die Bäckerei. Dort kaufte er für fünfzehn Pfennig Brötchen und für zwanzig Pfennig alten Kuchen. Er teilte mit dem Dicken, wobei er von dem Kuchen mehr für sich behielt, und wunderte sich, dass Tönnchen anscheinend keinen großen Hunger hatte. Tönnchen aß nur seine Ration des Kuchens auf. Die Brötchen steckte er ein.

Fundholz überlegte, ob man in eine Kneipe gehen sollte. Er trank gerne Schnaps. Schnaps belebte innerlich, außerdem wärmte er schön. Jeden Tag trank er mindestens zwei Schnäpse. Gewöhnlich trank er beide abends, bevor er sich schlafen legte, aber heute hatte er, wie recht häufig, bereits früher das Verlangen.

Tönnchen trottete hinter ihm her. Er bekam nichts zu trinken. Fundholz vertrat die Ansicht, dass ein Verrückter nicht auch noch trinken muss. Der ist ja sowieso immer wie betrunken.

Vor einer Weile hatte Grissmann zwei Glas Bier für Tönnchen bezahlt. Danach war dieser kaum noch im Stande gewesen, sich auf den Beinen zu halten. Er hatte versucht, sich auf Fundholz zu stützen, und der Alte wäre beinahe unter Tönnchens Annäherungsversuchen zusammengebrochen. – Nein, Tönnchen bekam keinen Schnaps.

Vor der Kneipe befahl ihm Fundholz zu warten. Dann trat der Alte an die Theke und verlangte einen Pfefferminzschnaps, den er langsam und genussvoll austrank. Als er zahlte, leuchteten seine Augen, er sah direkt jünger und lebendiger aus. »Komm«, sagte er zu Tönnchen, und sie kehrten zusammen in die Anlagen zurück.

Fundholz hatte durch den Schnaps neue Lebenskräfte und neuen Unternehmungsgeist gewonnen. Er nahm sich vor, am Nachmittag sein Glück noch einmal zu versuchen.

10. Kapitel

Grissmann saß auf der Bank und sonnte sich. Er hatte seine Mütze abgenommen und sein Gesicht mit geschlossenen Augen ganz der Sonne zugewendet.

Grissmanns Hoffnungen waren durch die gefundene Mark neu befruchtet worden. Irgendwie schrieb er dieses Geld seiner eigenen Tüchtigkeit zu. Er hatte schnell gehandelt. Sich gebückt, bevor der Betrunkene es gemerkt hatte. Handeln, dachte er. Handeln ist immer besser als planen. Man kann auch alleine handeln.

Heute Abend wollte er dem blinden Sonnenberg die Frau wegnehmen. Vielleicht war sein Vorhaben nicht ganz anständig. Aber egal! Mit ihm war man auch nicht anständig umgegangen. Außerdem reizte es ihn, sich die Frau eines anderen zu nehmen. Er beabsichtigte nicht, mit ihr zusammenzuleben. Er dachte gar nicht daran, denn mit seinen paar Mark kam er schon alleine nicht aus. Vielleicht später, wenn er sich endlich Geld verschafft hätte. Aber dann würde er auch schönere Frauen bekommen.

Nein, das hier war ein Abenteuer. Ein Abenteuer, das ihn lockte und das ihm ungefährlich erschien. Einem Blinden die Frau fortnehmen, das konnte weder schwer noch gefahrvoll sein. Grissmann träumte vor sich hin. Die Sonne tat ihm gut. Er merkte, wie sich sein Blut erwärmte. Sonne, dachte er und räkelte sich gemütlich, Sonne und Frauen. –

Fundholz setzte sich neben ihn. Grissmann öffnete

die Augen. Er blinzelte den Alten an. »Na, Fundholz, hast du was geschafft?«

Fundholz schüttelte den Kopf.

Er sieht so lebendig aus, wunderte sich Grissmann. Dann roch er den leichten Schnapsduft und verstand, woher Fundholzens Frische kam.

»Sag mal, Fundholz, wo ist eigentlich das Lokal ›Der fröhliche Waidmann‹?« Fundholz sah ihn erstaunt an. »Willst du dorthin? Hast du denn Geld?«

Grissmann nickte. »Ich will auch mal ausgehen. Den ganzen Abend auf meiner Bude hocken wird mir auf die Dauer zu langweilig. Man muss wieder mal unter Menschen.«

»Im Fröhlichen Waidmann ist immer was los«, stimmte Fundholz zu. Er stand auf. »Ich muss jetzt gehen. Wenn du mitkommst, erkläre ich dir unterwegs, wo das Lokal ist.«

Grissmann stand auf, um sich dem Alten anzuschließen.

Diesmal wollte auch Tönnchen sich nicht abschütteln lassen. Er mochte nicht den ganzen Tag auf einer Bank sitzen bleiben. Er wollte sich ebenfalls bewegen. Außerdem hatte er Angst, denn Fundholz ging mit dem Mann zusammen weg, der ihm die Brötchen geschenkt hatte. Und beide weggehen zu sehen, das war zu viel für Tönnchen. Fundholz knurrte ihn vergeblich an.

Der Alte überlegte, was er machen sollte. Er konnte den Dicken keinesfalls mitnehmen, dann war es besser, gar nicht erst zu gehen. Endlich kam ihm ein Einfall. »Jawohl, Tönnchen soll mitkommen. Wir gehen jetzt alle Kohlrüben essen. Jeder muss mindestens vier Teller essen.«

Tönnchen wich erschrocken zurück. »Ich esse keine Kohlrüben.«

»Jeder, der mitkommt, muss Kohlrüben essen«, verlangte Fundholz unerbittlich.

Grissmann nickte grinsend.

Tönnchen wurde von zwei Gewalten hin und her gerissen. Er wollte mit Fundholz gehen, aber er wollte keine Kohlrüben essen. Auf keinen Fall wollte er Kohlrüben essen.

»Los komm«, sagte Grissmann. »Sonst werden die Kohlrüben kalt.«

Tönnchen setzte sich wieder auf die Bank. »Tönnchen isst keine Kohlrüben«, erklärte er. »Tönnchen wartet hier.«

Das machte Grissmann Spaß. Mit dem Idioten konnte er überhaupt noch viel Freude haben. Komisch, dass er nicht schon früher auf den Gedanken gekommen war. Er ging neben Fundholz her, drehte sich aber nach einigen Schritten noch mal um: »Kohlrüben!«, rief er triumphierend.

Tönnchen zuckte zusammen und wimmerte weinerlich: »Nein, nein.«

Grissmann ging lachend weiter. »Ein richtiger Idiot«, stellte er befriedigt fest.

Fundholz nickte abwesend, er dachte über etwas nach. Seine Stirn lag in Falten.

Den Alten möchte ich auch mal richtig ärgern können, wünschte sich Grissmann. Dem Strolch einen richtigen Schabernack spielen, das wär mal was. Ob er sich noch ein letztes Mal umdrehen und »Kohlrüben« rufen sollte? Nein, lieber nicht. Die Leute wurden sonst aufmerksam. Grissmann stieß Fundholz an. »Komm doch heute Abend mit in den Fröhlichen Waidmann. Ich bezahle dir einen Schnaps.«

Fundholz wollte ablehnen. Aber der Schnaps machte ihn unschlüssig. »Man kommt nicht mehr in den Keller hinein«, sagte er nachdenklich.

Grissmann überlegte. Er wollte den Alten sehr gerne mitnehmen. Leider hatte er nicht genügend Geld, um ihn betrunken zu machen. Aber abgesehen davon konnte Fundholz mit dem Blinden sprechen, während er sich an die Frau ranmachte. Grissmann war auf seine Weise ein konstruktiver Kopf. Er wollte stets im Voraus die verschiedenen Möglichkeiten durchspielen, weil jedoch seine meisten Pläne Pläne blieben, lief alles Denken ins Leere. Jetzt aber kombinierte er folgerichtig: Es konnte nur gut sein, den Alten heute Abend dabei zu haben.

»Ich werde dir zwei Schnäpse bezahlen, und dann ist es ja auch gut möglich, dass noch einer eine Lage ausgibt. Bis um zehn kannst du längst wieder zurück sein. Im schlimmsten Fall musst du draußen schlafen.«

Grissmanns großzügiges Angebot verlockte den Alten sehr. Dann könnte man drei Schnäpse trinken, überlegte er. Einen hatte er für heute sowieso noch gut. Und was machte es schon, wenn er wirklich im Freien schlafen musste? Der Alte hatte schon oft »bei Mutter Grün gepennt«. »Und Tönnchen?«, fragte er.

»Den sperren wir in den Keller«, schlug Grissmann vor.

Fundholz willigte ein. Sie verabredeten sich für sieben Uhr in den Anlagen.

Vergnügt ging Grissmann davon. Er war heute direkt froh. Lange hatte er sich nicht so leicht und zufrieden gefühlt.

Fundholz blieb, nachdem der andere gegangen war, noch einen Augenblick stehen. Er überlegte, in welche Gegend er gehen sollte. Endlich hatte er sich für ein Wohnviertel entschlossen, das er lange nicht besucht hatte. Ja, das ist immer ein guter Platz gewesen, stimmte er sich selbst zu und setzte sich in Bewegung.

11. Kapitel

Die Tauentzienstraße bebte. Die riesigen, zweistöckigen Autobusse sausten wie fahrende Häuser von Haltestelle zu Haltestelle. Straßenbahn folgte auf Straßenbahn. Sie surrten vorbei, klingelten und benahmen sich so anspruchsvoll wie nur möglich. Die Ketten der Autos rissen nicht ab.

Um die Mittagszeit fuhren alle Direktoren und Direktörchen zum Essen. Sie hatten es eilig und zeigten es auch. Sie hupten und tuteten wild durcheinander und fraßen die Nerven der Leute, die zu Fuß gingen.

Benzingestank und Auspuffgase verpesteten die Luft.

Wie schön ist es, bequem in einem Auto zu sitzen. Hinten aus dem Auspuffrohr kommt der Qualm in schmutzigen Schwaden hervor. Man selbst sitzt vorne, man selbst merkt nichts davon, man selbst gibt Gas und braust davon. Nur die anderen, die Unbekannten, die Uninteressanten bekommen das Gas mit Luft vermischt in die Lungen.

Zwar ist es verboten, man ist verpflichtet, dafür zu sorgen, dass die Lungen der Fußgänger geschont werden, aber man denkt sich nichts dabei. Man hat auch gar keine Zeit, sich etwas dabei zu denken. Man fährt davon, und der Gestank bleibt hinter einem zurück.

Mein Gott, verboten ist so viel. Die Verbote stehen wie Zäune um jeden Automobilisten. Man ist Sportsmann, wenn auch nur im Kleinen. Man weiß, dass Verbote nur wehtun, wenn man geschnappt wird.

Der Schupo an der Ecke hat andere Sorgen. Der brüllt gerade eine Frau an, die den ganzen Verkehr hemmt. Die verdammten Fußgänger. Immer halten sie nur auf, und wenn man aus Versehen mal so ein zweibeiniges, unentschlossenes, langweiliges Wesen totfährt, dann ist gleich der Teufel los.

Dabei ist Automobilist sein auch nicht einfach. Man zahlt Steuern, viel zu viel für das Benzin und schließlich muss man noch auf jeden Buben Acht geben, der mit seinem Fußball ausgerechnet auf der Fahrbahn spielt.

Die Autos standen in Reih und Glied. Das Verkehrssignal verbot die Weiterfahrt. Endlich wechselten die Farben. Wie eine Herde wilder Tiere brüllten die Autos auf. Vorwärts. Der Schlachtruf der Großstadt ertönte.

Hysterisch klingelten die Straßenbahnen. Dumpf grollten die großen Autobusse. Leise meckerten die Klingeln der Fahrräder. Die Autos und Lastwagen stießen eine dunkle, mit hellen Tönen gemischte Musik aus. Vorwärts!

Berlin hatte keine Geräuschverbote. Man merkte es.

Auf einer Bank, die auf einer in den Asphalt gequetschten, kümmerlichen Grünanlage stand, saß Frau Fliebusch und sah verständnislos auf den Verkehr. Frau Fliebusch begriff die Zeit nicht. Frau Fliebusch war die Frau von gestern.

Ihr Alter bewegte sich um die sechzig herum. Sie war keine vermögende Frau, jedenfalls jetzt nicht mehr, und man sah es ihr an. Sie war schlecht und altmodisch gekleidet. Das Kostüm, das sie trug, war um die Jahrhundertwende, vielleicht auch zehn Jahre später noch modern gewesen. Ihr langer Rock reichte bis auf die Straße und fegte den Straßenstaub schon seit Jahren. Er war grau, und der Schmutz, der wie ein zentimeterhoher Besatzstoff an ihm klebte, zog ihn zu Boden. Die Jacke reichte ihr fast bis an die Knie. Sie war ehemals lilagestreift gewesen, und das Lila schimmerte überall noch durch.

Das Grau des Rockes glich dem ihres Gesichts, und ihr Hut hatte, anders als das Kostüm, im Kreislauf der Mode schon fast wieder den letzten Schrei erreicht. Er war groß, gelb und warf Schatten auf Frau Fliebuschs Gesicht. Eine geknickte Feder, das heißt, von der Feder war eigentlich nur der Kiel übriggeblieben, gab dem Hut eine fast leichtfertige Note. Aber die Trägerin war ganz und gar nicht leichtfertig. Sie schwermütig zu nennen, war untertrieben.

Frau Fliebusch begriff die Zeit nicht mehr, und das war ihr Unglück. Ihre Vorstellungswelt bewegte sich immer noch in der Vorkriegszeit. Alles, was später gekommen war, all das Fliebusch-Feindliche, der Krieg und die Inflation und alle Ergebnisse des Krieges, all die Übel der letzten Neuzeit, waren an Frau Fliebusch vorübergerauscht wie ein entsetzlicher Traum.

Sie glaubte nicht daran. Sie glaubte nicht, dass dies alles Wahrheiten, nüchterne, alltägliche Wahrheiten waren. So wie sie bis heute noch nicht begriffen hatte, dass Fliebusch, Wilhelm Fliebusch, der kraftvolle, schöne Wilhelm, einer Granate zum Opfer gefallen war. Auch dass ihr Geld, ihre sechzigtausend Mark, entwertet worden waren, glaubte sie nicht.

Wilhelm lebte, das wusste sie, das fühlte sie. Denn Wilhelm war nie krank gewesen. Der schöne Wilhelm war sogar ein ganz besonders gesunder Mensch gewesen.

Wilhelm konnte gar nicht von einem Tage zum anderen gestorben sein. Das war unmöglich. Das war nur eine Intrige gegen sie, gegen Frau Fliebusch, geborene Kernemann.

Und dass aus den sechzigtausend Mark, ihrem eingebrachten Heiratsgut, der Bruchteil eines Pfennigs geworden war? Nein, auch das war eine Intrige gegen sie, und das hatte sie dem Bankdirektor auch so gesagt.

Wilhelm wurde irgendwo festgehalten, aber eines Tages würde er wiederkommen, und eines Tages würde sie auch ihr Geld wieder erhalten. Bald schon würde der ganze Spuk ein Ende haben. Es war ja offensichtlich: Man machte sich über sie lustig. Alle legten es darauf an, gegen Frau Amalie Fliebusch Gemeinheiten auszuführen und sich auszudenken. Immer wieder wollte man ihr weismachen, Deutschland habe keinen Kaiser mehr. Frau Fliebusch hätte es nichts ausgemacht, wenn es so gewesen wäre, aber so war es natürlich nicht! Das war nur eine weitere Intrige, um sie zu verwirren. Deshalb las sie auch keine Zeitungen mehr. Die Zeitungen logen ebenfalls.

Wie schnell das alles gegangen war. Von einem Tag zum anderen waren aus den lieben, netten Menschen, die sie gekannt hatte, Intriganten und Bösewichte geworden. Amalie Fliebusch wunderte sich immer noch. Dabei war alles wie stets gewesen. Sie war gegen zehn Uhr aufgestanden, und hatte auf Wilhelms Geheiß Schokolade getrunken, damit sie voller in der Figur wurde, als plötzlich Leute zu ihr gekommen waren. Offiziere, Freunde ihres Mannes, die sie schon lange kannte und die ihr dann hatten erzählen wollen: Wilhelm sei tot.

Zornig schlug Frau Fliebusch jetzt mit ihrem Schirm

gegen die Bankkante. Sie konnte nicht daran denken, ohne sich aufzuregen.

Erst war sie vor Schreck ohnmächtig geworden. Als sie später wieder zu sich gekommen war, hatte sie gewusst, dass alles nur Lügen waren, dumme und gemeine Lügen. Aber das Schreckliche war, die Menschen logen unaufhörlich weiter, und Wilhelm musste irgendwie mit diesen Menschen im Bunde stehen. Er meldete sich nicht. Sie hörte nichts von ihm! Stattdessen hatte man ihr Wilhelms Uniform gesandt. Sie hatte sie bei sich. In dem kleinen Koffer da neben ihr bewahrte sie sie auf.

Wilhelm verhielt sich sehr unrecht. Sie wollte es ihm auch sagen. Aber konnte man Wilhelm lange böse sein? Frau Fliebusch konnte das nicht! Sie lächelte gerührt. Wilhelm war immer so aufmerksam. Nie kam er nach Hause, ohne ihr etwas mitzubringen. Konfekt oder Blumen. Frau Fliebusch seufzte. Hoffentlich hatte der ganze Spuk bald ein Ende. Hoffentlich kam Wilhelm bald nach Hause.

Die Menschen wurden immer seltsamer. Sie entfernten sich von ihr wie Schiffe von einem Hafen. Wie schwierig es doch war, in einer Welt voller Narren die einzig Vernünftige zu sein. Aber konnte sie denn mitmachen? Was sollte Wilhelm von ihr denken, wenn sie plötzlich auch närrisch würde?

Man hatte ihr gesagt, sie solle in ein Armenhaus gehen. Was würde Wilhelm denken, wenn seine Frau, die Tochter des Schulrektors Kernemann, aus Folgsamkeit gegen die Narren in ein Armenhaus ginge? Nein. Das würde ihr Wilhelm nie verzeihen, das wusste sie. Niemals würde er das verzeihen.

Frau Fliebusch verspürte Hunger. Es war jetzt Mittagszeit. Sie musste etwas essen. Sie bekam eine Unterstützung, Fräulein Reichmann gab ihr jede Woche zehn Mark.

Fräulein Reichmann war früher ein lieber Mensch gewesen. Ein herzensguter Mensch sogar, fand Frau Fliebusch. Obwohl Fräulein Reichmann zehn Jahre jünger war als sie selbst, war sie immer ihre beste Freundin gewesen. Aber auch Fräulein Reichmann hatte sich den Lügnern angeschlossen und behauptete, ihr eigener Verlobter sei ebenfalls gefallen. Jetzt lebte Fräulein Reichmann, wie sie Frau Fliebusch erzählt hatte, angeblich von den Nachhilfestunden, die sie gab. Die Tochter von Direktor Reichmann. Wo doch jedes Kind wusste, dass Direktor Reichmann ein schwervermögender Mann war.

Fräulein Reichmann gab ihr jede Woche kümmerliche zehn Mark. Das war niederträchtig von ihr. Wo sie doch genau wusste, dass Wilhelm alles zurückzahlen würde. Und was war die Folge? Sie musste in Asylen und Bahnhöfen nächtigen, neben lauter unmöglichen Menschen, nur weil Fräulein Reichmann so gemein zu ihr war.

Empört, wie immer wenn sie daran dachte, stand Frau Fliebusch auf. Neben ihr standen die zwei Koffertaschen. Diese Koffertaschen schleppte sie immer mit sich. In der einen war neben der Uniform von Wilhelm der neue Zylinderhut, den er sich, kurz bevor er fortgemusst hatte, gekauft hatte, und in der anderen Tasche befand sich Frau Fliebuschs Wäsche.

Unentschlossen sah sich Frau Fliebusch um. Wo sollte sie hingehen?

Die verrückten Menschen unterhielten jetzt neue Restaurants, in denen man sich Brötchen ziehen konnte.

Man steckte zehn Pfennig in einen Schlitz und dann drehte sich eine Scheibe, und man konnte sich ein Brötchen herausholen. Was es alles gab. Aber Frau Fliebusch wunderte sich über nichts mehr. Sie teilte die Welt in die offen gegen sie gerichteten Gemeinheiten und Niederträchtigkeiten und in die Gleichgültigkeiten ein.

Neuerungen wie Automatenrestaurants zählten zu den Gleichgültigkeiten.

Frau Fliebusch ging die Tauentzienstraße herunter. In jeder Hand hielt sie einen der kleinen Koffer. Die Passanten musterten sie erstaunt. Viele kannten sie vom Sehen.

Guckt ihr man, dachte Frau Fliebusch. Guckt ihr man. Ich weiß schon, wie niederträchtig ihr alle seid.

12. Kapitel

Tönnchen saß nicht mehr alleine auf seiner Bank. Die Anlagen hatten sich gefüllt. Frauen mit Kindern und ältere Männer hatten sich zahlreich eingefunden, um Sonne und frische Luft in sich aufzunehmen.

Vormittags mussten die Frauen ihren Haushalt machen, nachmittags aber setzten sie sich gerne hin. Und damit sie gleichzeitig arbeiten und sich sonnen konnten, brachten sie Strümpfe zum Stopfen mit.

Die älteren Männer waren größtenteils arbeitslos. Wenn sie morgens aus den Betten krochen, waren sie noch frisch und optimistisch und gingen Arbeit suchen. Waren sie aber den ganzen Vormittag vergeblich gelaufen oder kamen vom Stempeln, neigten sie mehr zur Melancholie. Dann saßen sie in den Parks und Anlagen und versuchten zu vergessen, dass sie arbeitslos waren. Sie wollten so tun, als seien Ferien, als wäre es ein Privileg, in der Sonne sitzen zu dürfen und nichts zu tun. Je nach Veranlagung gelang es ihnen mal besser, mal schlechter, sich davon zu überzeugen.

Dem Mann, der neben Tönnchen saß, war es gelungen. Seine Augen waren geschlossen. Auf seinem breiten Gesicht lag ein träges Lächeln.

Tönnchen sah ihn interessiert an. Er wusste nicht, ob der Mann schlief. Er vermutete es, aber er hätte es gerne genau gewusst. Also dachte er nach, wie man das feststellen konnte. Denken machte ihm immer ein wenig Mühe, denn die Verbindung zwischen Denken und

Handeln war für ihn schwer herzustellen. Er hatte wohl manchmal noch fernerliegende Ideen, aber die Verbindung zwischen Geist und Körper war defekt.

Jetzt aber hatte er einen Gedanken. Er wollte wissen, ob der Mann neben ihm schlief, und instinktiv glaubte er, einen Weg gefunden zu haben, um das feststellen zu können.

Tönnchen zog aus seinem Jackenaufschlag eine Stecknadel. Er probierte sie an seinem Daumen aus. Sie war noch spitz. Langsam und zaghaft – eine unklare Ahnung hemmte ihn etwas –, näherte er seine Hand mit der Stecknadel dem Mann. Dann stach er zu.

Das friedvolle Gesicht des alten Mannes veränderte sich jäh. Er fuhr hoch. »Welcher verdammte Idiot hat mich gestochen?«, brüllte er. Da sah er Tönnchen, der eingeschüchtert und blöde lächelte. »Grinsen Sie nicht so dämlich!«, verlangte der Mann. Dabei entdeckte er die Stecknadel, die Tönnchen immer noch festhielt.

Tönnchen wunderte sich, dass der Mann so schnell erwacht war. Er versuchte gerade, dieses Ereignis zu verstehen, als er plötzlich zwei gut gezielte, heftige Ohrfeigen von dem jetzt auf jeden Fall wieder sehr wachen Mann bekam.

Tönnchen sprang auf und lief davon. Der Alte sah ihm zornig nach. »So ein dämlicher Hund«, schimpfte er. An sich hatte der Nadelstich nicht viel zu bedeuten, aber der Mann ärgerte sich sehr über diese unvermutete Attacke. Er war gerade in einem selig vergessenden Zustand gewesen. Missmutig machte er die Augen wieder zu, doch in ihm schimpfte es weiter.

Tönnchen begriff das Ganze nicht. Nur die Ohrfeigen, die verstand er. Sie hatten wehgetan, und seine Wangen brannten immer noch etwas. Aber da niemand Anstalten machte, ihn zu verfolgen und weiterzuschlagen, beruhigte er sich bald wieder. Ängstlich sah er auf die Bank, auf der er vorhin gesessen hatte. Der Mann hatte die Augen wieder geschlossen, aber er schlief nicht. Das war Tönnchen nun klar geworden.

Er setzte sich auf eine andere Bank und schaute dabei zu, wie zwei kleine Mädchen und ein Junge Murmeln spielten. Man ließ die Murmeln rollen und versuchte, ein Loch zu treffen. Es war ein sehr aufregendes Spiel, und die Kinder waren ganz bei der Sache. Den Mann auf der Bank beachteten sie nicht.

Tönnchen interessierte sich auch für das Spiel. In seinem dunklen Unterbewusstsein schlummerte die Erinnerung an das spielende Kind, das er selbst einmal gewesen war. Er verstand zwar nicht, warum alle immer versuchten, das Loch zu treffen, wo doch genügend Platz drumherum war, aber er fand es trotzdem interessant. Leider gingen die Kinder nach einer flüsternd geführten Unterhaltung fort. Die Mädchen hatten ihn in einer Spielpause bemerkt und waren sehr erschrocken ob des grinsenden Zuschauers.

Tönnchen wurde unruhig. Er hatte keine Beschäftigung. Er wollte sich auch nicht länger auf einer Bank herumdrücken. Er kannte niemanden, und er wusste auch nicht, ob man ihn nicht wieder schlagen würde. Daher verließ er den Platz und ging zögerlich Richtung Gemüsekeller.

Dort hatte Walter Schreiber alle Hände voll zu tun. Er bediente vier Kundinnen zur gleichen Zeit. Konzentriert und ganz bei seinem Geschäft, eilte er von Korb zu Korb.

»Sswei Ssitronen, fünf Pfund Kartoffeln und ein Pfund Sswiebeln«, lispelte eine Frau fordernd.

Walter Schreiber nickte ihr eilfertig zu, machte aber erst einer anderen Kundin die Pakete fertig.

Er packte und lief gleichzeitig hin und her. Er wollte die Frauen hindern, sein Geschäft ohne Einkauf wieder zu verlassen, und da er allen gerecht werden wollte, dauerte es sehr lange, bis er die Erste abgefertigt hatte.

Gerade überreichte er ihr die Pakete, als er zwei zerlumpte Hosenbeine die Stufen heruntersteigen sah. Hätte die Frau nicht fest zugepackt, so wäre das Paket unweigerlich hingefallen.

Das fehlte ihm noch. Geschäftlicher Hochbetrieb und dann die Strolche.

Die Beine wurden herabsteigend größer und entwickelten sich zu einem Manne. Tönnchen.

Walter Schreiber verzweifelte fast.

Er neigte der Lispelnden gehorsam den Kopf zu. »Eine Zitrone, zwei Pfund Kartoffeln und fünf Pfund Zwiebeln«, bestätigte er zerstreut, ängstlich Tönnchen im Auge behaltend.

Die Lispelnde sah Schreiber verweisend an. »Sswei Ssitronen, fünf Pfund Kartoffeln und ein Pfund Sswiebeln«, stellte sie richtig.

Walter Schreiber fertigte sie ab. Mit nagendem Kummer schaute er fortwährend zu Tönnchen, der im Keller Aufstellung genommen hatte und gerade dabei war, die Backpflaumen, und zwar die erste Sorte, wie Walter Schreiber grimmig feststellte, zu probieren.

Er bediente eine Kundin nach der anderen. Sein Gesichtsausdruck war nun von bedrohlicher Süßigkeit. Von Zeit zu Zeit warf er einen mörderischen Blick auf den

Dicken, der sich davon aber nicht stören ließ. Walter Schreiber hatte einen Skandal vermeiden wollen, aber als er mit Tönnchen alleine war, stürzte er sich, vor Wut kochend, auf ihn. »Machen Sie sofort, dass Sie hier rauskommen. Sonst hole ich die Polizei. Was denken Sie sich eigentlich?«

Tönnchens Gesicht trug den Stempel ehrlichen Staunens. Für einen Augenblick hörte er auf zu kauen. Mechanisch griff er in die Backpflaumen und holte eine neue Handvoll heraus.

Da verlor Walter Schreiber die Beherrschung. Seine ganze Weltanschauung bäumte sich wild in ihm auf. Er griff den Dicken bei den Schultern und schüttelte ihn. »Du verdammter Idiot«, kreischte er, »willst du sofort die Pflaumen wieder da reinlegen?«

Tönnchen gehorchte eingeschüchtert, aber Walter Schreiber ließ ihn noch nicht los.

»Du verfluchter Idiot frisst meine Backpflaumen! Du hast doch kein Geld, du kannst sie mir doch nicht bezahlen!«

Tönnchen bekam Angst. Hilflos starrte er den Gemüsehändler an.

Schreibers Zorn zerbrach an der Dummheit dieses Blickes. Man möchte beinah glauben, der Mann weiß nicht, was er tut, entschuldigte er die Untat des Dicken vor sich selbst. Er ließ ihn los. »Dummer Kerl«, sagte er fast mitleidig.

Tönnchen lächelte schelmisch. Er sah auf die Backpflaumen, und Walter Schreiber musste lachen. Er nahm ihn am Arm und führte ihn von der lockenden Kiste fort zu einer anderen. Hier lag die dritte Sorte. Bei dieser konnte Walter Schreiber eine gewisse Großzügigkeit verantworten. Er griff hinein und gab dem Dicken zwei Hände voll. »Nun aber raus!«

Strahlend und glücklich gehorchte Tönnchen. Auf der Treppe drehte er sich noch einmal um und machte eine Verbeugung. Einen richtigen Diener. – So hatte sich früher Ernst Seidel verabschieden müssen, bevor er zu Bett gegangen war.

Schreiber sah ihm kopfschüttelnd nach. Ein richtiges Flaschenkind ist dieser Mensch, dachte er. Ein richtiger Säugling. Dabei ist er doch mindestens schon vierzig Jahre alt. Dann trat er an die Schublade seines Pultes und zählte seine Kasse. Er war zufrieden. Heute würde er wieder Beefsteaks kaufen, nicht nur für seine Frau, sondern auch für sich. Er hatte ganz schön was eingenommen.

Tönnchen ging kauend in die Anlagen zurück. Hier wollte er auf Fundholz warten.

13. Kapitel

Vor dem Untergrundbahnhof Wittenbergplatz, dicht neben den Zeitungsständen, hatte der blinde Sonnenberg Aufstellung genommen. Neben ihm schrien die Zeitungsjungen die Nachrichten aus, doch der Blinde hörte nicht hin. Er stand breitbeinig in der Sonne, in der Hand eine Packung Streichhölzer. Um den Bauch hatte er einen kleinen Kasten gebunden, der durch lustige, buntfarbige Bänder, die über seine Schultern liefen, festgehalten wurde.

Sonnenberg bot nicht an. Er sprach überhaupt nicht. Er hielt nur seine Streichholzpackung starr vor sich hin. Reden machte wenig Sinn, hatte er festgestellt. Abends war man heiser, und es kauften deshalb nicht mehr Leute oder gaben ihm Geld, ohne zu kaufen, was ihm entschieden lieber war. Auch war seine Stimme nicht angenehm und einschmeichelnd genug. Sie klang zu hart, zu fordernd. Die Leute wollten aus eigenen Stücken mildtätig und großmütig sein, statt energisch zur Großmut aufgefordert zu werden. Wenn sie ihm zehn Pfennig gaben, so wollten sie nicht nur Sonnenberg helfen, sie wollten gleichzeitig in das Gefühl investieren, großherzig und edel zu sein.

Sonnenbergs Gesicht war unbewegt. Er lauschte. Ein Mensch, der nicht mehr sehen kann, ist vornehmlich auf seine Ohren angewiesen. Er muss die Bewegungen der anderen hören, aus den Schritten der vielen den einzelnen Menschen erkennen.

Sonnenberg wartete auf seine Frau. Er hatte sie fortgeschickt, Amerikaner für ihn zu holen, denn er aß die großen, mit Zuckerguss überzogenen Plätzchen zu fünf Pfennig das Stück sehr gerne. Jetzt aber war er ungeduldig. Wo blieb sie so lange?

Sie war überhaupt so langweilig. Ließ ihn stehen und blieb stundenlang fort. Egoistisch war sie. Wahrscheinlich sah sie wieder irgendwo Schaufenster an. Sonnenberg konnte rasend werden, wenn seine Frau sich Schaufenster ansah. Sie blieb dann immer lange vor jedem Fenster stehen und schwärmte von dem, was sie sah, und er stand blind daneben.

Das hatte ihm zu allem Unglück noch gefehlt. So eine Frau zu bekommen! Damals, als er sie geheiratet hatte, hatte er geglaubt, jemanden gefunden zu haben, der sich nur ihm widmen und ihn, Sonnenberg, als Selbstzweck ansehen würde. Und er hatte davon geträumt, dass sie Arbeit finden würde und er nicht mehr mit Streichhölzern zu handeln brauchte.

Stattdessen muss ich nach wie vor schnorren, und sie nimmt mir obendrein meine Groschen weg, dachte er wütend.

Im Blindenverein hatten sie ihm und den anderen immer Geschichten von Frauen vorgelesen, die den Blinden ihr Los erleichtern halfen, sie pflegten und sich bemühten, ihnen hilfreich beizustehen.

Er hatte nie so recht daran geglaubt. Die Menschen waren keine Engel, das wusste er. Aber eine ganz leise Hoffnung hatte er doch gehabt, dass Elsi, so hieß seine Frau, eben doch so ein weiblicher Engel sein würde.

Zu Beginn war es eigentlich schön gewesen. Er hatte lange mit keiner Frau mehr zusammengelebt und war froh gewesen, nachts nicht mehr allein zu sein. Darüber freute er sich eigentlich immer noch. Wenn sie nur nicht so grenzenlos dumm und borniert wäre, dann wäre alles halb so schlimm, dachte er, als sich Schritte näherten. Nachdem der Fremde vor ihm stehen geblieben war, hörte er, wie Geldmünzen aneinanderstießen.

Aha, dachte er nun, der gibt etwas. Der Kerl sucht wohl erst den kleinsten Groschen aus, den er hat. Denn ein Kerl musste es dem Schritt nach sein.

Eine Münze fiel in seinen Kasten. Sonnenberg machte eine Verbeugung. Er neigte den Kopf und ein wenig den Rücken.

Der Mann aber blieb stehen. Er sah den Blinden an.

Aha, ärgerte sich Sonnenberg. Für seine fünf Pfennig will er auch noch unterhalten werden. »Herzlichen Dank, mein Herr«, sagte er. Seine Stimme klang hart und unliebenswürdig wie immer.

»Soldat gewesen?«, fragte der Herr. Am Ton erkannte Sonnenberg den Offizier.

»Allerdings!«, bestätigte er.

»Westfront?«, wollte der andere wissen.

Sonnenberg schwieg einen Augenblick. Du dummer Hund, dachte er. Ob Westfront oder Ostfront, kann dir doch gleich sein. Ich bin blind, und du starrst mich an.

Ich bin doch kein Marionettentheater, erregte er sich innerlich. Ich brauch doch nicht für jeden Sechser Auskunft geben! Endlich antwortete er mürrisch. »Champagne.« Sein Ton lehnte jedes weitere Gespräch ab.

Trotzdem fragte der Mann: »War eine wilde Sache, was?«

Sonnenberg überlegte. Ob ich ihm einfach ein paar

kleben kann? Losgehen auf den Kerl möchte ich. Dieses verfluchte Packzeug, hat beide Augen im Kopf und will bei mir anerkennende Worte fischen. »Kaufen Sie sich ein Buch über den Krieg, wenn Sie sich erinnern wollen. Von mir können Sie für Ihren Groschen nicht auch noch einen Reitermarsch verlangen!«

Seine Stimme zitterte vor unterdrückter Wut. Warum kann ich nicht sehen? Warum kann ich um Gottes willen nicht sehen? Ich möchte den Kerl totschlagen. Sein Gesicht färbte sich dunkelrot. Die Augen schmerzten, als wollten sie platzen. Ermorden möchte ich den Kerl. Ach, könnt ich nur eine Minute sehen, bis ich ihm den Hals umgedreht habe, wünschte er sich.

Die Grenze seiner Selbstbeherrschung war erreicht, und er hatte das dringende Bedürfnis, seiner Wut Ausdruck zu verleihen. »Worauf warten Sie noch?«, schnaubte er.

Der Mann stand immer noch da.

Sonnenberg nahm seine Brille ab. Erschrecken will ich den Kerl wenigstens, wenn ich ihm schon nichts tun kann, dachte er.

Seine toten, äußerlich unverletzt gebliebenen Augen – Sonnenberg war an einem Kopfschuss erblindet – starrten dem Mann entgegen.

Doch der schien ungerührt. »Hören Sie. Ich gebe Ihnen eine Mark, wenn Sie mir erzählen, wo und wann Sie verwundet worden sind. Aber wahrheitsgetreu.«

Der Mann schrieb ein Buch über die Westfront und wollte es durch Erzählungen von Leuten, die dabei gewesen waren, besonders lebensvoll gestalten. Die Unhöflichkeit des Blinden verstand er nicht und wunderte sich über ihn.

Ich werde irrsinnig, Bestimmt werde ich irrsinnig!, dachte Sonnenberg. Er ballte die Fäuste. Die Streichhölzer, die er in seiner Hand hielt, knackten. Wutschnaubend ließ er die zerquetschte Schachtel auf den Boden fallen.

Sonnenberg hatte das Gefühl, in ein Meer von Blut zu sehen. Alles war dunkelrot. – Aber das war wohl Einbildung.

Was konnte er tun? Wie konnte er diesen Kerl umbringen? Diesen gemeinen Kerl, der dastand, ihn reizte, wahrscheinlich dabei grinste und sich über ihn lustig machte. Diesen Schuft, der für eine Mark die Ahnung erkaufen wollte, was es hieß, blind zu sein.

Sonnenberg war immer ein jähzorniger Mensch gewesen. Er konnte sich über Kleinigkeiten bis zur Besinnungslosigkeit aufregen. Das lag wohl auch an seinem Kopfschuss. Aber einen derartigen Hass, eine derartig weißglühende Wut hatte er noch nie verspürt.

Ihm war, als würde er jeden Augenblick wahnsinnig werden. Wenn der Mann jetzt weitersprach, dann würde er sich auf ihn stürzen und ihm den Hals umdrehen.

Die Adern auf seiner Stirn schienen vom Blutandrang platzen zu wollen. Er stand bewegungslos da, ein blinder Mann, der eigentlich einen Führer brauchte, aber in ihm wüteten tausend Höllen. Die Wut zerriss ihn, denn er war kein bescheidener, bekümmerter Blinder. Er war ein Kraftmensch, der sich in den Ketten seiner Blindheit beinahe selbst erdrosselte.

Seine Hilflosigkeit, sein Unvermögen, anderen etwas antun zu können, kam ihm gerade jetzt wieder quälend zu Bewusstsein. Er wütete nach innen, gegen sich selbst, weil der andere, der Sehende unerreichbar war.

Der Mann verfolgte erstaunt, wie sich der Blinde immer mehr aufregte. Mit seinen Augen kann er mir nicht imponieren, dachte er. Er war ehemaliger Offizier und hatte alle Arten von Verletzungen gesehen, Gasleichen und Menschen, die langsam zu Gasleichen geworden waren und ihre Lungen stückweise von sich gegeben hatten.

Er hatte an der Front gelegen und gesehen, wie aus gesunden Menschen innerhalb von Sekunden Kadaver werden konnten. Kadaver von einer jede Phantasie überbietenden Scheußlichkeit. Was waren da zwei tote Augen? Nicht, dass er verroht oder gar ein schlechter Mensch gewesen wäre. Nur unempfindlich war er geworden. Das hatte sich ganz von selbst ergeben, genauso wie sich nach einigen Jahren Kadettenhaus sein Ton von selbst ergeben hatte.

Der Blinde tat ihm leid. Es konnte nicht schön sein, so zu stehen und Streichhölzer zu verkaufen, wenngleich das für diese Leute natürlich nicht so schlimm war, wie es für ihn gewesen wäre. Aber Vergleiche hinkten stets, und der war sogar direkt unpassend!

Besser, ich gehe, entschloss er sich. Mit dem Blinden war sowieso nichts mehr anzufangen. Er hatte ihn wohl versehentlich gekränkt. Heutzutage waren alle so empfindlich. Jeder wollte mit Glacéhandschuhen angefasst werden, sogar ein blinder Bettler. Die Welt war eben auf den Kopf gestellt. Daran lag es! Aber dafür konnte der arme Teufel, der hier bettelte, nichts.

Der Offizier überlegte einen Augenblick, dann warf er schließlich fünfzig Pfennig auf den Kasten des Blinden und ging davon.

Gleichzeitig kam Elsi. Sie berührte den Blinden, der

steif, und wie eine Granate vor dem Aufschlagen mit explosiver Energie geladen, dastand.

Jetzt musste er sich entladen, jetzt musste er explodieren, sonst zerriss ihm seine Wut den Kopf.

Er sprach leise, fast flüsternd: »Du Mistvieh, du gottverfluchtes Mistvieh!«

Er griff nach ihr. Bevor sie sich ihm entziehen konnte, hatte er ihren Arm gepackt. Er prügelte sie nicht, er hielt sie nur fest, während er ununterbrochen auf sie einsprach. Leise sagte er ihr alle Gemeinheiten, die er kannte. Er erfand neue Schimpfworte und Kombinationen von Schimpfworten und Gemeinheiten. Und er hielt sie weiterhin fest. Mit einer übermenschlichen Kraft presste er ihren Arm.

Sie schrie nicht laut auf. Sie war viel zu überrascht von seinem jähen Ausbruch.

Er presste all seinen Zorn in ihren Arm, während sie mit vor Schmerz weit aufgerissenen Augen neben ihm stand. Sie konnte kein Glied rühren.

Sonnenberg befreite sich. Er entlud sich. Und was er an Wut nicht durch den Mund über ihr ausschüttete, das übernahm seine Hand. Mit einer inneren Freude zerquetschte er ihr das Fleisch.

Dann kam er zur Besinnung. Die Luft, um atmen und denken zu können, war in ihn zurückgekehrt. Er ließ sie los.

Sie taumelte und konnte immer noch nicht sprechen. Sie konnte kein Wort sagen. Nicht einmal denken konnte sie.

Sonnenberg sagte mit seiner gewöhnlichen, unfreundlichen Stimme: »Sieh nach, was im Kasten ist! Ich schnorre und lasse mich beleidigen, und du? Du siehst dich nach Männern um! Halt den Mund, ich weiß es.«

Erschrocken gehorchte sie und zählte das Geld. Aber sie konnte immer noch nicht sprechen. Ich will weg von ihm, auf jeden Fall weg von ihm, und wenn ich wieder auf die Straße muss, dachte sie.

»Na?«, fragte Sonnenberg. In seiner Stimme lag noch ein gefährliches Knurren.

»Zwei Mark zwanzig«, stotterte sie.

Sonnenberg fühlte, dass er zu weit gegangen war. Ist ja auch nur ein armes Luder, dachte er.

»Na, dann komm man, Elsi. Wir wollen in den Automaten gehen, was essen. Du darfst mich nicht immer so stehen lassen«, sagte er, so weich es ihm möglich war.

Elsi verstand nicht. Eben war er noch so gemein gewesen. So entsetzlich gemein, und jetzt war er wieder nett. Sie sah ihn wortlos an. Dann gingen sie.

Elsi führte ihn vorsichtig und ängstlich. Sie nahm sich so weit zusammen, wie es ihr möglich war, doch der Blinde war jetzt sowieso wieder guter Laune.

»Zwei Mark zwanzig. Das ist 'ne ganze Menge«, erkannte er an. »Achtzig Pfennig habe ich noch in der Tasche, macht drei Mark. Na, da wollen wir mal anständig essen. Warme Würstchen mit Kartoffelsalat und schöne Brötchen musst du mir aussuchen.«

Sie aßen oft in einem Automatenrestaurant in der Nähe des Bahnhofs Zoologischer Garten.

In den letzten Jahren waren überall moderne Automatenrestaurants aus der Erde gewachsen. Sie waren nach den gleichen Grundsätzen errichtet worden, nach denen man die Buchhaltungsmaschinen angeschafft hatte: Ersparnis der menschlichen Arbeitskraft; keine Kellner mehr, sondern Automaten. Außerdem waren sie eine gelungene Spekulation auf den menschlichen Spieltrieb.

Die Brötchen lagen appetitlich drapiert hinter den großen Glasfächern. Sie reizten zum Kauf und waren sehr billig. Für zehn Pfennig gab es sogar Kaviarbrötchen. Zwar war es kein richtiger Störkaviar, eher Lachsrogen, und das Brötchen war klein, aber die Kaviar- oder auch nicht Kaviarbrötchen sahen so appetitlich aus, dass jeder sie einmal versuchen wollte.

Auch der Blinde verlangte ein Kaviarbrötchen. »Kaviar fürs Volk«, sagte er. »Her damit.« Er war recht guter Stimmung. Elsi dagegen sah noch blass und erschreckt aus, wodurch ihr Gesicht noch vogelartiger wirkte als sonst. Doch offenbar hatte sie sich wieder erholt, denn die Brötchen schmeckten ihr trotzdem.

Allerdings dachte sie jedes Mal, wenn er sprach: Weg von ihm, auf jeden Fall weg von ihm. Hoffentlich kam der nette, junge Mann, der bei ihnen auf der Bank gesessen hatte, heute Abend in den Fröhlichen Waidmann.

Sie wollte den Blinden so schnell wie möglich stehen lassen. Es geschieht ihm ganz recht, freute sie sich schon im Voraus, wenn er bald alleine ist. Dann weiß er, was er an mir gehabt hat. Überhaupt, so ein Krüppel soll doch froh sein, dass er das Leben hat.

Elsis Widerstandsgeist erwachte jetzt, wo der Blinde friedfertig war. Sie gab schnippische, kurze Antworten auf seine Fragen. Aber Sonnenberg nahm es nicht übel. Er wollte überhaupt nichts mehr übelnehmen und nahm sich vor, zukünftig weniger aufbrausend zu sein. Er nahm sich das oft vor, wenn er guter Laune war.

Aber er ahnte, dass die Wut ihn doch wieder überwältigen würde. Vorläufig war er munter und, soweit ihm das überhaupt möglich war, vergnügt. Wie schön ist es doch, sagte er sich, dass ich jetzt eine Frau habe. Auch wenn sie so stockdumm ist wie Elsi.

Er war doch noch ein Mann. Er fühlte sich kraftvoll und stark. Er brauchte eine Frau.

Er hörte sie neben sich kauen. Mit einer gewissen Rührung streichelte er ihren Arm. »Heute Abend im Fröhlichen Waidmann darfst du tanzen, Elsi«, sagte er großzügig.

Das war ein schweres Opfer für ihn, weil er nicht sehen konnte, wie sie tanzte. Immer hatte er Angst, sie könnte mit einem der sehenden Kerle »fremdgehen«. Die waren doch immer nur auf eins aus. Das wusste er noch von sich selbst.

»Mir liegt nicht viel daran.« Elsi bemühte sich, gleichgültig und uninteressiert zu klingen. »Nachher schlägst du wieder Krach.«

Sie hatte recht. Gewöhnlich endeten die Tänze mit einem wilden Tanz zu Hause. Er war zu eifersüchtig. Sie ist ein anständiges Mädchen, wollte er sich einreden, aber er vermochte selbst jetzt nicht so ganz daran zu glauben.

»Nein, du sollst heute Abend im Fröhlichen Waidmann tanzen«, verkündete er laut. »Du sollst tanzen. Du darfst sogar mit dem schönen Wilhelm tanzen!«

Sie verließen das Lokal und gingen über die Straße. Als sie auf der anderen Seite anlangten, wechselte die Verkehrsampel das Licht. Große Lastzüge kamen vorübergebraust.

Eine aufgeregte alte Frau rannte hinter ihnen her, aber die Lastzüge versperrten ihr den Weg. Als die Straße frei war, konnte sie die beiden nicht mehr sehen. Sie waren wohl in eine Seitenstraße abgebogen oder in der Passantenmenge untergetaucht.

Frau Fliebusch starrte aufgeregt auf die andere Seite der Straße.

»Mit dem schönen Wilhelm«, hatte sie ihn sagen gehört. Wilhelm, ihr schöner Wilhelm, war im Fröhlichen Waidmann. Da musste sie hin.

Augenblicklich musste sie da hin. Alles würde gut werden. Sie würde ihn wiederbekommen. Er mochte sie wohl vergessen haben. Sicher, er hatte seine Amalie vollkommen vergessen, aber sie würde ihn schon wieder erinnern.

Vor der Omnibushaltestelle am Bahnhof Zoo stellte eine Frau ihre beiden Koffer auf die Erde, faltete die Hände und murmelte vor sich hin. Die Leute blieben stehen und umringten sie. Amalie Fliebusch hob ihre beiden Koffer wieder hoch und bahnte sich einen Weg durch die Menschen.

Sie hatte keinen Zorn mehr auf sie. Allen, die sich an ihr versündigt hatten, war vergeben. Der blinde, prächtige Mann hatte alles wieder gut gemacht. Belohnen würde sie ihn. Tausend Mark sollte er bekommen. Jetzt, wo Wilhelm wieder da war, würde sie auch ihr Geld wiederbekommen.

Es hieß schnell handeln. Amalie Fliebusch eilte geschäftig zurück in das Lokal.

»Wo ist der Fröhliche Waidmann?«, fragte sie einen Mann, der nach der Hast des Vormittags geruhsam seine Bohnensuppe verzehrte.

Erstaunt musterte er die Aufgeregte. Nachdenklich sich hinter dem Ohr kratzend, teilte er mit, dass er noch nie dagewesen sei, folglich keine Ahnung habe. Außerdem sei er hier fremd. Bevor er seine Herkunft und die näheren Umstände seines Berlinaufenthalts detailliert zum Besten geben konnte, wandte sich Frau Fliebusch an einen anderen.

Der wusste es auch nicht, sah aber im Telefonbuch nach und stellte die Adresse fest. Er schrieb sie auf einen Zettel und gab ihn ihr.

»Hier steht die Adresse drauf, junge Frau«, sagte er.

Sie dankte ihm und verließ das Lokal, um zum Fröhlichen Waidmann zu fahren.

Ob er sich wohl über die Uniform freut?, grübelte sie voller Erwartung, als sie in die Straßenbahn stieg.

14. Kapitel

Fundholz saß auf der Treppe. Auf seinen Knien stand ein tiefer Suppenteller, den er langsam leer löffelte. Er hatte Glück gehabt. Schon nach dreimal klingeln war er an die richtigen Leute geraten. Die Tür war von einem anderen Bettler gezinkt worden, und sie war mit vollem Recht gezinkt gewesen. Fundholz dankte im Stillen seinem Vorgänger, der das Zeichen hinterlassen hatte.

Rote Grütze hatte man ihm gegeben. Einen ganzen Teller voll Grütze mit Milch. Fundholz aß Grütze gerne. Man brauchte nicht kauen und die Grütze floss wohlschmeckend in den Hals.

Fundholz hatte noch einen Gaumen. Er schmeckte noch, was er aß. Brot schmeckte langweilig, vor allem wenn es dünn bestrichen war. Der Schnaps, den er gerne trank, schmeckte kaum, nur ein wenig nach Pfefferminz, hinterließ dafür aber andere angenehme Wirkungen. Und rote Grütze schmeckte ganz ausgezeichnet.

Er aß langsam. Nicht so schlingen wie Tönnchen, nahm er sich vor. Man muss noch eine Erinnerung, einen schönen Nachgeschmack behalten.

Endlich war er fertig. Er wischte sich mit der Hand den Mund ab. Spürte mit der Zunge noch dem Geschmack nach und stand dann auf, um den Teller zurückzugeben. Nette alte Leute waren das. Sie hatten ihn nicht erst lange dumm angeguckt. Beide hatten nur einen Augenblick aus der Tür gesehen, dann hatte die Frau ihn kurz warten lassen und ihm schließlich die Grütze gebracht.

Er klopfte leise an die Tür, denn die Küche lag direkt dahinter. Die Frau öffnete. »Na, hat's geschmeckt?«, fragte sie freundlich.

Fundholz dankte. »Ja.« Er verstand es, in dieses eine Wort den ganzen Wohlgeschmack der Grütze zu legen.

Die Frau reichte ihm ein Paket heraus. »Ich habe leider kein Kleingeld. Aber kommen Sie morgen um die gleiche Zeit wieder. Dann können Sie Suppe bekommen und ein paar Groschen.« Sie nickte freundlich in seine Richtung.

Fundholz sicherte sein Wiederkommen zu.

Nachdem die Frau die Tür geschlossen hatte, blieb der Alte einen Augenblick stehen. Nachdenklich las er noch einmal das Klingelschild. Anständig waren die, sehr anständig, stellte er fest. Dabei war es kein reiches Haus. Sicher waren die Leute nur Angestellte oder Beamte.

Er hatte oft die Erfahrung gemacht, dass bei den Ärmeren mehr zu holen war als bei den Reichen. Wenn sie konnten, gaben sie eigentlich immer. Sie gaben ohne Protzerei und ohne die Großmut in der Stimme, mit der Leute, die Fundholz für schwerreich hielt, zehn oder zwanzig Pfennig gaben. Sie hatten wohl mehr Verständnis.

Gewiss, arm waren die Leute, die ihm eben Grütze und Brot gegeben hatten, nicht. Für Fundholz schon gar nicht. Aber er kannte die Unterschiede zwischen Reichtum und kleinen Verhältnissen sehr wohl. Es war eben eine sonderbare Welt. Die Arme taten ihm jetzt noch weh vom Teppichklopfen bei Frau von Trasse. Drei unbelegte Butterbrote waren das ganze Ergebnis dieser Fronarbeit gewesen.

Er öffnete sein Paket. Es enthielt drei Brotscheiben, mit Knackwurst belegt.

Wie kam das bloß? Die Reichen hatten doch mehr Geld, als sie für ihr Leben brauchten. Die Armen rechneten mit jeder Mark. Aber eher bekam man von einem Armen fünfzig Pfennig geschenkt als von einem Reichen zwei Mark.

Die Reichen hatten, es war komisch, anscheinend immer Kleingeld in der Tasche. Kleingeld für die Bettler. Vielleicht befürchteten sie, der Bettler könnte übermütig werden, wenn er mal eine Mark in einem Stück erhielt. Die Reichen hatten überhaupt strengere Lebensregeln für die Armen, überdachte Fundholz. Er hatte allerdings, es mochte drei Jahre her sein, einmal zwanzig Mark in einem Schein bekommen. Er wollte deshalb nicht ungerecht sein.

Aber das war wohl ein Sonderfall gewesen. Der junge Mann, der sie ihm gegeben hatte, war sicher betrunken gewesen. Er hatte Liebling zu ihm gesagt und sich an ihm festgehalten. Fundholz hatte erst ordentlich gegessen für das Geld und dann war er zwei Tage hintereinander blau gewesen, so sehr hatte er nach dem Geldgeschenk dem Schnaps zugesprochen. Festtage waren das gewesen. Leider hatten sie auf dem Polizeirevier geendet, doch er erinnerte sich trotzdem gerne daran. Aber Festtage wie diese konnte es nicht immer geben. Es war auch schön, rote Grütze mit Milch zu essen und dann noch belegte Brote zu bekommen.

Fundholz stieg die Treppe herab und las das erste Schild: »Palmen« stand da in roten Lettern auf weißen Karton geschrieben. Der Name klingt freundlich, überlegte Fundholz, es erinnert an irgendetwas Sonniges. Er klingelte.

Kräftige Schritte kamen näher. Die Tür flog auf, und

ein großer junger Mann sah heraus. »Na, Sie?«, fragte er.

Fundholz murmelte: »Ich wollte um eine kleine Unterstützung bitten.«

Der Mann sah ihn an. »Sie sind arbeitslos?«

Fundholz nickte schwermütig.

»Schon lange, was?«

»Ja«, sagte Fundholz mit einer gewissen Tragik. Er sprach nie viel, aber er konnte seiner Stimme ungemein viel Ausdruck verleihen.

»So, so«, stellte der Mann wie beruhigt fest. »Aber Sie leben trotzdem noch. Folglich werden Sie auch ohne meine Unterstützung weiterleben.« Er sah Fundholz lachend an.

Der Alte war überrascht. Er konnte allerdings nicht leugnen, dass er lebte. Wahrscheinlich würde er auch weiterleben. Insofern hatte der junge Mann nicht unrecht. Aber Fundholz wollte nicht logisch denken müssen, sondern Geld. Nach kurzem Überlegen sagte er: »Wenn alle so denken, kann ich verhungern!«

»Das wäre sehr schade«, gab der Mann zu. »Sehr schade wäre das. Vor allem für Sie.« Er sah ihn prüfend von Kopf bis Fuß an.

»Nein«, erklärte er dann, »das wäre nicht nur für Sie schade, das wäre ein allgemeiner Verlust.«

Er griff in die Tasche und gab dem Alten fünfzig Pfennig.

»Aber nur«, sagte er und lachte, »weil ein öffentliches Interesse vorliegt.« Immer noch lachend, schloss er die Tür.

Fundholz musste auch lachen. »Die hätte er mir auch ohne lange Reden geben können«, brummte er vergnügt.

Er nahm dergleichen nicht übel. Schon gar nicht, wenn fünfzig Pfennig dabei herauskamen. Er spuckte auf die Münze, das sollte Glück bringen, und steckte sie ein.

»Die Pechsträhne scheint jedenfalls überwunden.« Aber dann hob er unverzüglich den Zeigefinger und sagte: »Vorsicht, Fundholz.« Er wusste schon, warum er es sagte. Man sollte nichts beschreien.

Seinen eigenen Vornamen hatte er schon fast vergessen. Wenn er, was zuweilen vorkam, wie jetzt Selbstgespräche führte, sprach er sich nur per Fundholz an.

Zweimal auf derselben Etage bringt selten Glück, dachte er, und stieg tiefer. Von der Treppe aus lag ihm eine Tür zunächst, auf der kein Name stand. Es war nur ein schwarzes Brett ohne Schild neben der Tür befestigt.

Aha, dachte Fundholz, die Leute sind frisch eingezogen. Vielleicht bin ich der erste Bettler, dann geben sie was. Fast leichtfertig zog er die Klingel.

Er hörte keine Schritte kommen. Ist wohl niemand zu Hause, ich werde morgen wiederkommen, nahm er sich vor und wandte sich zum Gehen. Da hörte er, wie die Tür geöffnet wurde. Er drehte sich um.

Sprachlos sah er die Frau an, die aus der Wohnung herausschaute.

Auch ihr schien irgendetwas bekannt vorzukommen. Sie musterte ihn neugierig.

Die Frau war alt. Die weißen Haare standen ihr wirr um den Kopf. Sie hatte kleine Augen, die sich direkt an Fundholz festhakten. Ihr Gesicht war verfallen und gallig, ihr Körper mager. An den Fingern trug sie Ringe, deren Steine blitzten.

Fundholz drehte sich plötzlich um. So schnell er konnte, sprang er die Treppe hinunter.

Kein Zweifel! Das war sie! Sie lebte noch. Annie, seine frühere Frau.

Aber auch sie hatte ihn erkannt. Im gleichen Augenblick, als er sich umgedreht hatte, hatte sie ihn erkannt. Nur ein Mensch drehte sich so um, und das war Fundholz. Er drehte förmlich erst den Körper um die eigene Achse, bevor die Füße mitkamen.

Also lebt er noch, der Lump, dachte sie. So ist er heruntergekommen. Bettler ist er geworden. Sie machte keine Anstalten, ihn aufzuhalten oder ihm gar nachzulaufen. Sie schloss die Tür. Also ist er Bettler geworden, wiederholte sie befriedigt, das war ihm ganz gesund.

Fundholz jagte davon. Seit Jahren war er nicht so schnell gelaufen wie jetzt. Die viel zu weiten Hosen schlotterten ihm um die Knie. »Nur laufen, nur rennen«, murmelte er vor sich hin und: »Wenn sie bloß nicht nachkommt!«

Nie wieder wollte er in diese Gegend gehen. Nie wieder! Und wenn es Grütze kesselweise geben sollte. Man darf sich nicht freuen! So wie man sich freut, kommt die Strafe. Er nahm sich vor, sich nie wieder zu freuen.

Erschöpft machte er halt.

Sie kam nicht nach. Sie hatte ihn wohl gar nicht erkannt. Wie gallig sie ausgesehen hatte, es überlief ihn ordentlich.

Also Annie lebte noch, und es ging ihr gut. Natürlich, Annie war es immer gut gegangen. Soll es, soll es! Er empfand keine Bitterkeit mehr gegen sie. Zwanzig Jahre waren seit ihrer Scheidung vergangen. Zehn Jahre davon bettelte er nun schon.

Sie hatte Schuld gehabt. Sie war schuld, dass er jetzt Bettler war. Aber Fundholz hegte keinen Hass mehr gegen sie. Er war überhaupt unfähig, noch zu hassen. Außerdem war sie ihm gleichgültig geworden. Trotzdem hatte er einen Schock bekommen. Wenn man nach zwanzig Jahren seine Frau wiedersah, vor allem wenn die Scheidung von so traurigen Umständen begleitet gewesen war wie bei ihm, dann war das keine Kleinigkeit.

Fundholz lehnte sich an eine Hauswand. Ihm war schlecht. Wie hatte sie doch gallig und unfreundlich ausgesehen. Er kam noch nicht darüber hinweg.

Aber hatte er nicht schon heute Morgen so was geahnt? Man weiß nie, wann Pechsträhnen aufhören, hatte er gedacht. Jetzt sah er, wie recht er gehabt hatte. Vorsichtig musste man sein, sehr vorsichtig.

Er stand wieder aufrecht und sah sich misstrauisch um. Betteln wollte er heute nicht mehr. Er wollte zurückgehen zu Tönnchen. Langsam setzte er sich in Bewegung.

Noch einmal dachte er mit einer gewissen Kälte im Rückgrat an Annie, dann fiel er wieder in seine alte Gleichgültigkeit zurück.

15. Kapitel

Grissmann ging in die Bibliothek. Er las ganz gerne. Es war jedoch weniger Bildungshunger, was ihn erfüllte, als Langeweile.

Es gab große öffentliche Lesesäle, vor allem auch für die Arbeitslosen. Hier lagen Zeitungen aus und Bücher. Viele der Arbeitslosen kamen nicht nur hierher, um sich die Zeit zu vertreiben, sondern um sich weiterzubilden, bei Grissmann war das nicht der Fall.

Grissmanns Interessenkreis war sehr beschränkt. Er hatte auch kein Verlangen danach, ihn zu erweitern. Abgesehen davon, dass er sich wie viele andere zum Müßiggang Gezwungene nicht für Fachliteratur oder politische Schriften interessierte, lag ihm auch wenig an Unterhaltungsliteratur. Er interessierte sich eindeutig für jene Schriften, die unter dem Vorwand sexueller Aufklärung allerhand, was über die reine Aufklärung hinausging, enthielten und außerdem weitere Schätze bargen. Denn es war weniger Aufklärung, wonach er verlangte, er wollte Erheiterung.

Nun waren Bibliotheken auf derartige Geschmacksrichtungen nicht eingestellt. Sie lehnten mit Recht ab, den Wünschen einzelner Leser so weit entgegenzukommen, dass sie etwa ein Pornographium anlegten. Aber Grissmann hatte andere Quellen.

Eines Tages, als er gelangweilt einen Roman gelesen hatte, hatte er sich einem älteren und anscheinend nicht unbemittelten Herrn gegenübergesehen, der über ein

Standardwerk von erheblichen Dimensionen gebeugt war. Der Herr hatte ein ganz besonderes Interesse an den Tag gelegt und sich dabei weniger für das Standardwerk interessiert als für eine Photographie, die er anscheinend in diesem Werk gefunden hatte. Ein Sammler hatte sie wohl versehentlich vergessen.

Als der Herr, nicht ohne ein gewisses Schmunzeln, hochgesehen hatte, hatten seine Augen Grissmanns grinsendes Gesicht wahrgenommen, woraufhin der Herr errötet war, aber nur ein wenig. Man war ins Gespräch gekommen und hatte eine gewisse Gleichheit der Ansichten und Interessen festgestellt. Der ältere Herr interessierte sich sehr für eine etwas abseitige Art der Fotografie, und sie waren übereingekommen, sich jeden Mittwoch um vier Uhr in der Bibliothek zu treffen.

Grissmann hatte zwar keinerlei eigene Schätze zu bieten, kannte aber eine Reihe gleichgesinnter Männer, zu denen er eine Art Tausch- und Leihverhältnis unterhielt. Also vermittelte Grissmann die Bücher und Bilder. Seine Provision bestand im Selbst-lesen-und-ansehen-Dürfen. Gerade auf diesem etwas heiklen Gebiet entwickelte der sonst schüchterne Grissmann eine unbekümmerte Frische. Die soziale Stellung seiner Bekannten lag erheblich über der seinen, aber die gemeinsame Neigung ließ die Klassenunterschiede vergessen.

Es war im Grunde so, wie man es von Briefmarkensammlern kannte. Nur dass es scheinbar weitaus mehr Briefmarkensammler gab als Liebhaber auf diesem Gebiet. Gerade darum verband die sich zu dieser Neigung Bekennenden eine besondere Nähe.

Grissmann war in der Bibliothek angelangt. Er sah sich nach seinem Bekannten um, der anscheinend noch nicht gekommen war. Grissmann nahm sich eine Zeitung und begann zu lesen. Wirtschaft und Politik interessierten ihn nicht. Was ging ihn an, was in Genf geschah? Es war nicht einzusehen, warum er das durchlesen sollte. Auch die höhere Verfrachtungsquote der Hüttenindustrie ließ ihn gleichgültig.

Grissmann suchte Dramen. Endlich hatte er etwas gefunden, was ihm interessant erschien. »Furchtbarer Doppelmord in den Vereinigten Staaten«, las er gespannt. Ein Mann und eine Frau waren in einem abgelegenen Haus im Staate Ohio von einer Gangsterbande überfallen worden.

Ohio war ein aufregender Name für Grissmann. Ohio klang nach Abenteuern. Da war sicher auch Wildwest. Ja, in Amerika war immer was los, in Amerika hätte er leben mögen. Deutschland dagegen war so schrecklich rückständig. Wenn hier mal ein Raubmord passierte, so machten gleich alle Zeitungen ein wildes Theater. In Amerika krähte kein Hahn wegen ein paar Leichen. Grissmann hätte in Amerika sein mögen. »Mit dem Revolver in der Hand, kommt man durch das ganze Land«, reimte er und glaubte selbst daran. Wie schön das wäre, nicht mehr der Arbeitslose Grissmann zu sein. In Amerika würde er sicher mehr Mut aufbringen, da hatten schließlich alle Mut.

Er las den Artikel zu Ende. Die Mörder waren unerkannt entkommen. In Amerika entkam man meistens unerkannt. Ja, die Amerikaner, das waren fixe Leute.

Er blätterte die Zeitung weiter durch. In Köpenick hatte ein Mann seine Freundin erschossen, weil sie ihm untreu gewesen war. Grissmann verstand das. Er würde auch seine Freundin erschießen, wenn sie ihm untreu würde. Leider hatte er keine. Aber heute Abend, da werde ich eine haben, hoffte er. Sonnenberg wird staunen. »Der ist auch dusslig«, hatte er über Fundholz gesagt, nun würde er einsehen müssen, dass er selbst noch viel dussliger war als Fundholz.

Grissmann war glücklich. Die Aussichten machten ihn froh. Ein Mann setzte sich neben ihn. Er sah auf, und sie lächelten sich zu. Der ältere Herr war gekommen.

Er hieß Dr. Hähnchen und war Schriftleiter, aber das wusste Grissmann nicht. Der ältere Herr kannte zwar, insofern er sich daran noch erinnerte, Grissmanns Namen, aber er selbst hatte sich nie vorgestellt. Übrigens hatte sich Grissmann auch gar nicht bemüht, den Namen und die näheren Umstände des Mannes festzustellen.

Grissmanns Denken war zu einem nicht unerheblichen Teil durch die Lektüre von Kriminalromanen bestimmt. Er dachte gerne in solchen Sphären. Jedoch schlüpfte er bei diesen zeitweiligen Phantasien weniger in die Rolle des Detektivs als in die des glückhaften Täters. Er kombinierte oft und gerne Möglichkeiten, erfolgreich Taten auszuführen, aber er hatte bisher noch nie Herrn Doktor Hähnchen als ausschlachtfähiges Objekt erwogen. Sein Bewusstsein hatte nur registriert, dass Dr. Hähnchen allem Anschein nach reich sei.

Grissmann hatte etwas unklare Vorstellungen von Reichtum. Reich war für ihn eigentlich jeder, der gut gekleidet war. Er hatte schon manche Enttäuschung mit dieser etwas oberflächlichen Einschätzung erlebt. So hatte er früher einen gutgekleideten Herrn, der im gleichen Hause mit ihm gewohnt hatte und sehr bescheiden lebte, in Verdacht gehabt, ein schwerreicher Mann zu sein. Der Mann trug Gamaschen und einen steifen Hut. Das war Grund genug für ihn gewesen, erhebliche Kapitalien hinter ihm zu vermuten. Dann war er durch Zufall dahintergekommen, dass der Mann Kellner war, was, wenn auch keine Rückschlüsse auf den Charakter, so doch auf das Vermögen zuließ. Damals hatte Grissmann erstaunt bemerkt, dass auch arme Leute Gamaschen tragen können. Aber er hielt das nach wie vor für eine die Regel bestätigende Ausnahme.

Grissmann sah Hähnchen heute mit anderen Augen an als sonst. Er hatte den ganzen Tag über Erwerbsmöglichkeiten nachgedacht und eben erst über die prachtvollen amerikanischen Verhältnisse neidvoll gegrübelt. Deshalb war er noch vollends von der Smartness seiner Gedanken erfüllt.

Hähnchen bemerkte das ihm geschenkte Interesse nicht. Grissmann war ihm gleichgültig. Grissmann war Beschaffungsstelle für Bildmaterial.

Hähnchen hatte in einer kleinen Provinzstadt früher jahrelang eine Zeitung geleitet. Eine moralische, bürgerliche Provinzzeitung. Aber sein beschattetes Leben als Provinzredakteur hatte einige absonderliche Neigungen in ihm wachgerufen. Jetzt schrieb Hähnchen nur noch als freier Mitarbeiter für Zeitungen.

Im Übrigen arbeitete er an einem Buch über die Moral der Presse, und trotz dieser großen Inanspruchnahme fand er immer noch Zeit, sich seinen alten Entdecker- und Sammlerfreuden zu widmen. Er glaubte wohl auch, sich als gereifter Mann, der noch dazu genügend für Moral eintrat, gewisse, vorwiegend schöngeistige Seitensprünge leisten zu dürfen.

Während sie miteinander sprachen, unterzog Grissmann Herrn Doktor Hähnchen mit den Augen einer genauen Prüfung. Er kam zu dem Ergebnis, dass der Mann unbedingt reich sein müsste. Hähnchen trug eine dicke, goldene Uhrkette, welche seinem Bauch eine erhebliche Wohlhabenheit verlieh. Zahlreiche Sektzipfel, die noch aus seiner Studentenzeit stammten, baumelten an ihm herunter.

Während Grissmann das eigentliche Tauschgeschäft abwickelte, dachte er weiter angespannt über die mutmaßlichen Vermögensverhältnisse seines Partners nach. Die goldene Uhrkette war an sich schon Beweis genug für ein gewisses Vermögen.

Dr. Hähnchen sah seinerseits den sachlichen Teil des Zusammentreffens mit dem Arbeitslosen als erledigt an. Er stand auf und steckte die ihm überreichten Bilder ein.

»Auf Wiedersehen«, grüßte er freundlich.

Grissmann erhob sich gleichfalls. »Ich gehe auch«, erklärte er trocken.

Hähnchen war das unangenehm. Hoffentlich war der Kerl auf der Straße loszuwerden. So weit wollte er die Solidarität mit dem Arbeitslosen nun wieder nicht treiben, dass er sich mit ihm auf der Straße zeigte.

Sie durchschritten die Bibliothek. Hähnchen war sehr einsilbig, um dem anderen dadurch zu verdeutlichen, dass er auf weitere Gesellschaft keinen Wert legte. Auf der Straße angekommen, hielt er ihm die Hand hin.

Grissmann tat, als wenn er sie nicht sähe. »Wo gehen Sie lang?«, fragte er.

»Ich fahre nach Steglitz«, erklärte Hähnchen wahrheitsgemäß.

Grissmann überlegte einen Augenblick. Sollte er das Fahrgeld riskieren? Aber vielleicht konnte er sich mit ihm anfreunden und Näheres von ihm erfahren. Grissmann plante schon wieder.

»Ich auch«, sagte er frisch, konnte aber nicht vermeiden, dass ihm das Blut ins Gesicht stieg.

Hähnchen bemerkte das nicht. Er ärgerte sich. Das kam davon, wenn man sich mit diesen Leuten einließ. Jetzt musste er mit dem heruntergekommenen Arbeitslosen zusammen fahren. So ist das Volk immer, resümierte er schmerzlich, reicht man ihm den kleinen Finger, will es gleich die ganze Hand.

Er war empört über die Aufdringlichkeit des Mannes, brachte aber den Mut, ihn stehen zu lassen, trotzdem nicht auf. Diese Leute wurden immer gleich unangenehm, blamierten einen am Ende noch auf offener Straße.

Sie gingen, beide in Gedanken, zur Haltestelle der Straßenbahn.

Hähnchen beschloss, mehrere Haltestellen vor seiner Wohnung auszusteigen und dann ins Café zu gehen. Auf diese Weise konnte er den Mann am besten abschütteln.

Er machte sich schwere Vorwürfe. Wie hatte er nur so dumm sein können, sich mit diesem Mann einzulassen? Der Schriftleiter Dr. Hähnchen neben diesem Arbeitslosen Missmann, oder wie der Mann hieß. Schrecklich, wenn sie jemand sah. Das war der ganze Schweinkram nicht wert.

Hähnchen war ein empfindlicher Mensch. Ein Mensch, der immer dachte: Was denken die anderen? Aber da er eben absonderliche Neigungen hatte, musste er wohl oder übel auch die ihm peinlichen Konsequenzen mit in Kauf nehmen.

Grissmann grübelte, wie er den Begleiter am besten

aushorchen konnte. Er war so ungewandt, sprechen fiel ihm schwer. Er konnte zwar herrlich planen, aber schlecht ausführen. Und Konversation lag ihm schon gar nicht.

»Gutes Wetter«, sagte er bedeutungsvoll.

Hähnchen stritt das nicht ab. Er nickte.

Grissmann schwieg eine Weile. »Wohnen Sie auch in Steglitz?«

Hähnchen nickte ärgerlich. Hoffentlich entdeckte der Mann nicht noch mehr Gemeinsames. Sonst hatte man ihn bald zu Besuch. Aufdringlich genug war er dazu. Hähnchen betrachtete Grissmann von der Seite. Er fand ihn schauderhaft aussehend. So infantil und trotzdem brutal.

»Ich wohne auch in Steglitz«, log Grissmann kühn. Er wunderte sich über seinen eigenen Mut. Wird schon werden, redete er sich zu. Nur weiter so. »In welcher Straße wohnen Sie denn?«, fragte er noch etwas kühner.

Hähnchen schwieg. Das konnte ja lieblich werden. Der Mann schien ihn besuchen zu wollen. Schließlich räusperte er sich und sagte: »Ich ziehe um.«

Das war nun nicht die präzise Antwort, die Grissmann erwartet hatte. Er zog um. Jetzt kannte er weder die alte noch die neue Adresse. Nachdenklich sah er Hähnchen an. »Wenn Sie umziehen wollen, kann ich vielleicht helfen«, erbot er sich. »Ich bin arbeitslos und versteh mich auf Umzüge.«

Hähnchen war unangenehm berührt. Er hatte den Eindruck, dass der Mann ein bestimmtes Ziel verfolgte. Entweder wollte er ihn um Geld angehen, oder, schlimmer noch, erpressen. Er nahm sich vor, ihn auf alle Fälle abzuschütteln.

»Schade. Ich kann leider niemanden mehr gebrauchen. Der Umzug wird schon morgen von einem Spediteur besorgt. Sonst gern. Vielleicht ein andermal.«

Die Straßenbahn kam, und beide stiegen ein.

»Viel Arbeit bei so einem Umzug«, sagte Grissmann nachdenklich.

»Das kann man wohl sagen. Furchtbar viel Arbeit. Und was einem alles beschädigt wird!«

Grissmann fand, dass ihm bei Umzügen noch nie etwas beschädigt worden war. Aber das kam wohl daher, dass er nichts zum Beschädigen besaß.

»Da hat Ihre Frau sicher auch viel zu tun«, versuchte Grissmann, die Familienverhältnisse auszuhorchen.

Hähnchen freute sich. Den spannte er ganz gut ab. »Ja, meine Frau hat auch mächtig zu tun!«

Grissmann bedauerte. Und zwar vor allem, dass der Mann eine Frau hatte. Bei Junggesellen brach es sich leichter ein.

»Arbeiten Ihre Kinder auch mit?«

Hähnchen hätte am liebsten angefangen zu kichern. Er und Kinder. Gottvoll.

»Gewiss, meine beiden Söhne helfen auch. Sicher! Wozu hat man sie denn?«

Grissmann pflichtete ihm ernst bei. »Allerdings, wenn man erwachsene Söhne hat!«

»Na, das wäre noch schöner. Dreiundzwanzig ist der Älteste schon, und der jüngste, der Hans, der ist auch schon neunzehn.«

Hähnchen fing an, Gefallen an seinen Lugen zu finden. Er phantasierte eine ganze Familie zusammen. Amüsant war das. Er empfand die Freude des Jungen, der einem Kameraden einen Bären aufbindet.

Im gleichen Maße, in dem Hähnchens Heiterkeit wuchs, wurde Grissmann missmutiger. Da war wohl nichts zu machen. Drei Männer und eine Frau, es war Selbstmord, dort einzubrechen, und sinnlos, weiter mitzufahren.

Aber er stieg nicht aus, sondern versuchte, noch mehr zu erfahren. »Schlechte Zeiten, nicht?«

Hähnchen lachte. »Ich kann nicht klagen. Man lebt und nicht schlecht.«

Hätte Hähnchen in seinen früheren Leitartikeln so viel Phantasie entwickelt wie jetzt dem Arbeitslosen gegenüber, man wäre zufriedener mit ihm gewesen. Denn seine geistige Dürftigkeit war früher sprichwörtlich gewesen in der kleinen Stadt, in der er gelebt und gearbeitet hatte.

»Verdienen Sie gut?«, fragte Grissmann, der sich in ihn festgebissen hatte und so schnell nicht loslassen wollte.

Hähnchen strahlte: »Man hat, was man braucht!«, sagte er vornehm.

Dann aber gab es ihm einen Stich. Wer weiß, vielleicht bettelte der ihn an. Er wunderte sich über sich selbst. Er war sonst immer ein Viel- und Gerneklager. Die Steuer nehme ihm die Butter von Brot, behauptete er sonst immer.

Der Optimismus, in den er jetzt verfiel, war ihm selbst unklar.

»Aber ich sehe sehr schwarz für die Zukunft«, schwächte er prophetisch ab. »Sehr schwarz!«

Grissmann reagierte nicht darauf. Bekümmert saß er da. Geld hat der sicher wie Heu, dachte er. Aber was habe ich davon? Ich habe nichts zu fressen, und dieser dicke Kerl weiß nicht, was er mit seinem Geld anfangen soll. – Ob er mir was geben würde, wenn ich ihn bäte?

Grissmann hätte sicher zehn Mark auf gütlichem Weg, hundert Mark auf riskantem Weg vorgezogen. Aber er traute sich nicht recht. Die Reichen waren hartgesotten, das hatte ihm Fundholz oft genug erklärt. Grissmann glaubte nicht daran, dass der Mann neben ihm auch nur eine Mark freiwillig geben würde. Er glaubte, dass es leichter sein würde, hundert Mark zu stehlen, als auch nur zehn Mark zu erbetteln.

Er war eigentlich kein brutaler Mensch, aber er wollte sich dazu machen. Nur die Schweinehunde haben Erfolg, war seine Weltanschauung. Doch er war zu dumm und auch zu feige, um ein richtiger Schweinehund zu sein. Das empfand er als sein Unglück.

In ihm stieg eine unbestimmte Wut hoch.

Hähnchen, der neben ihm saß und sich über seine kindliche Prahlerei freute, hatte keine Ahnung, dass er Grissmann schwer verletzt und enttäuscht hatte.

Grissmann erwog, wie er dem Perversitätensammler eins auswischen könnte. Es war ihm jetzt nicht nur um den materiellen Erfolg zu tun, sondern es reizte ihn an sich. Er hatte das Gefühl, dass der Mann einen viel schlechteren Charakter besaß als er. Denn wenn Grissmann Geld hätte, davon war er überzeugt, wäre er ein guter Mensch. Jedenfalls anständiger als der Mann, der neben ihm saß.

Er erregte sich immer mehr. Die Ungerechtigkeit, die darin bestand, dass er arm war und der andere reich, wie er annehmen durfte, erbitterte ihn.

»Sie haben sicher eine Menge Sauereien bei sich zu Hause hängen?«, fragte er laut und unbekümmert.

Hähnchen bekam einen roten Kopf, er hätte sich am liebsten ganz klein gemacht. So klein wie eine Fliege und wäre davongesummt. Aber das ging leider nicht. Oh Gott, oh Gott, war das fatal. Er zuckte ordentlich vor inneren Leiden.

Wie peinlich! Dieser verfluchte Prolet. Wenn das jemand gehört hatte, dann konnte er auswandern, bis nach Australien auswandern. Er wäre gerne ausgestiegen, aber die Straßenbahn fuhr in irrsinnigem Tempo. Ängstlich drehte er sich nach allen Seiten um. Ein Mann lachte über das ganze Gesicht und sprach mit einem Mädchen. Die hatten es sicher gehört.

Hähnchen war ein Provinzmensch. Er hatte in einer Stadt gewohnt, in der sich jeder intensiv um den anderen gekümmert hatte. In einer Stadt, in der eine bestimmte Kategorie älterer Damen die Zeitung an sich überflüssig gemacht hatte, weil sie selbst lebendige Zeitungen gewesen waren.

Das Leben jedes Prominenten stand in einer solchen Stadt – und Hähnchen war prominent gewesen – unter der ständigen Kontrolle dieser »öffentlichen Meinung«. Man hatte ein fabelhaftes Gedächtnis und bewahrte sorgfältig die Erinnerung an alte Verfehlungen auf, respektive übertrug sie auch auf die nächste Generation.

Hähnchen war im großen Berlin vollkommener Kleinstädter geblieben. Wenn er spazieren ging, so sah er ständig ängstlich um sich, um ja nicht zu verfehlen, im gegebenen Augenblick den Hut zu ziehen. Kleinstädter, die nicht sorgfältig die überlieferten Grußformen beachteten, waren keine würdigen Kleinstadtbürger, sondern einfach verkommene Menschen, jedenfalls in den Augen der Kleinstadt.

Hähnchen hatte seine geheimen Neigungen stets verbergen können. Niemand hätte in ihm derartige Interessen vermutet. Nun aber brüllte dieser Mensch förmlich wie ein Sprachrohr Hähnchens Innenleben in die Welt hinaus. Wie peinlich das war, wie schrecklich peinlich.

Flehend richtete er seine Augen auf Grissmann.

Der registrierte verblüfft, welche Wirkung seine Worte hatten.

»Sicher haben Sie große Bücher darüber?«, fragte er unschuldig weiter.

Hähnchen fasste sich wieder. »Ich weiß nicht, was Sie meinen, Verehrtester!«

Sein strenger Ton machte Eindruck auf Grissmann, aber dieser überwand sich. »Na so was!« Er legte Entrüstung in seine Stimme. Ihm war es auch nicht angenehm, mit Details kommen zu müssen. Aber er war jetzt fest entschlossen, seinen Angriff fortzusetzen.

Hähnchen beugte sich nach vorne. »Sie wollen mich wohl erpressen? Aber dafür gibt es eine Polizei«, zischte er wütend.

Auf Grissmann schien die Drohung keinen Eindruck zu machen. Er grinste herausfordernd.

Hähnchen bekam es mit der Angst. Er wollte den Mann auf keinen Fall weitersprechen lassen. Zwar hatte er noch keinen Bekannten erblickt in der Bahn, aber er wusste ja, wie sich alles herumsprach. Er zog seine dünne Brieftasche: Mehrere kleine Scheine steckten nebeneinander.

Hähnchens Hände zitterten etwas. Er gab Grissmann zehn Mark.

»Verschwinden Sie. Wenn ich Sie nochmals sehe, geht es Ihnen schlecht«, drohte er leise und unglaubwürdig.

Aber Grissmann war so überrascht von seinem Erfolg, dass er an eine weitere Ausnutzung nicht dachte. Er nahm das Geld, grinste Hähnchen nochmals an und verließ die Straßenbahn.

Beide atmeten auf.

Nie wieder, dachte Hähnchen. Nie wieder sich mit solchen Leuten einlassen.

Er steckte die Brieftasche ein. Sie passte nicht ganz in die Brusttasche, sondern stieß an irgendetwas. Hähnchen sah nach. Dann lächelte er befriedigt. Die Bilder. Die würde er diesem Halunken niemals zurückgeben.

Grissmann betrachtete immer wieder den Zehnmarkschein.

Es hatte geklappt, alles klappte. Nur Mut musste man haben. Grissmann glaubte in diesem Augenblick fest, ein mit besonderem Glück ausgestatteter Mensch zu sein.

Zehn Mark hatte er. Wie schnell das gegangen war. Die anderen sollen auch zahlen, beschloss er. Bares Geld war ihm mehr wert als sämtliche Pornographien. Er nahm sich vor, den anderen noch mehr Geld abzunehmen.

Vergnügt lief er den Weg zurück, das Fahrgeld konnte er sparen. Jetzt hatte er auch genügend Geld für den Abend.

Ich fange an, ein richtiger Schweinehund zu werden, dachte er glücklich.

16. Kapitel

Tönnchen saß auf der Bank und sah in die Sonne. Er hatte eine ganz spezielle Art, in die Sonne zu sehen. Er kniff die Augen zu einem kleinen Spalt zusammen, machte den Mund weit auf und sah nach oben.

Er schwitzte. Auf seiner Stirn standen dicke Schweißperlen. Die Sonne durchdrang seinen alten Anzug, der seine Glieder prall umschloss und wenig Luft ließ. Tönnchen wunderte sich über die Hitze. Es war schön, so warm und behaglich dazusitzen. Aber es war auch sehr anstrengend. Er bewegte sich kaum, und trotzdem wurde ihm immer heißer. Er nahm an, dass das von der goldenen Kugel kam, die da oben am Himmel stand, und nun sah er hinauf, um sich Gewissheit zu verschaffen.

Allerdings konnte man nicht richtig hinaufschauen, man konnte nur heimlich die Augen ein wenig öffnen und so tun, als ob man eigentlich gar nicht hinguckte. Sowie man den Blick direkt auf sie richtete, taten die Augen weh. Mittlerweile schmerzte ihm von dem anstrengenden nach hinten Beugen sogar das Rückgrat. Er musste damit aufhören. Er brachte den Kopf wieder in seine normale Lage und schloss den Mund.

Vor ihm stand ein Mann. Schon mehrere Minuten lang hatte dieser den Dicken beobachtet. Denn es war ihm aufgefallen, dass der ständig nach oben gesehen hatte. Erst hatte er vermutet, der Mann auf der Bank beobachte einen Vogel oder ein hoch fliegendes Flugzeug. Aber er selbst hatte nichts dergleichen erblicken können.

Der Mann setzte sich neben Tönnchen.

»Müller, Friedrich Müller«, stellte er sich vor.

Tönnchen lachte.

Friedrich Müller nahm das als eine Aufforderung zum Sprechen.

»Ich bin auch arbeitslos. Sie sind doch arbeitslos?«

Tönnchen lächelte weiter.

Was ist das für ein dämlicher Kerl, wunderte sich Müller. »Hören Sie mal«, sagte er ärgerlich und fast drohend. »Ich bin gelernter Schlosser.«

Tönnchen nickte erschrocken.

Friedrich Müller hatte das Bedürfnis, sich auszusprechen. Tönnchen schien ihm ein geeignetes Objekt dafür zu sein.

»Sind Sie schon lange ohne Arbeit?«

Der Dicke nickte ängstlich.

Müller wurde durch Tönnchens Nicken versöhnt. Der Dicke kam ihm zwar eigenartig vor, geradezu beschränkt, aber solche Leute brauchte er, wenn er sprechen wollte. Widerspruch konnte Müller nicht gut vertragen.

Er schwieg einen Augenblick nachdenklich. Endlich begann er wieder: »Was halten Sie von Ludendorff? Er hat recht, nicht wahr?«

Tönnchen nickte abermals.

»Das ist fein. Man trifft so selten aufgeklärte Menschen! Ludendorff hat nämlich erkannt, woran es liegt!«

Tönnchen lächelte. Aber er lächelte nicht skeptisch, sondern froh.

Der Mann nahm das zur Kenntnis. »Die Freimaurer und die Juden haben Schuld! Die Freimaurer haben

Schiller ermordet! Goethe war auch Freimaurer! An Schillers Schädel fand man eine Schussspur. Man hat ihn erschossen!«

Friedrich Müller sprach noch ein wenig stockend. Aber was ihm an Redegabe fehlte, ersetzte er durch den Glauben an die gute Sache.

Tönnchen widersprach nicht. Wie sollte er auch? Es handelte sich nicht um Kohlrüben. Es handelte sich um Ludendorff, Schiller und Goethe. Alles Sachen, die Tönnchen noch nie gegessen hatte.

»Goethe war überhaupt ein gemeiner Mensch. Deswegen war er auch Freimaurer. Wissen Sie, dass Goethe ein Verhältnis mit einer Jüdin hatte?«

Tönnchen nickte.

Enttäuscht fuhr der Mann fort. »Die Juden sind alle Freimaurer! Goethe war auch Freimaurer, eben weil er ein Verhältnis mit einer Jüdin hatte! Die Freimaurer wollen die Welt erobern.«

Tönnchen lächelte.

»Doch«, sagte der Mann, »das steht auch in den zionistischen Protokollen. Die Zionisten sind alle Freimaurer! Aber Ludendorff hat sie entlarvt, verstehen Sie? Er hat so getan, als wenn er auch für die Freimaurer wäre. Aber er hat bloß so getan. Er hat alles gesehen, und dann hat er sie entlarvt.«

Der Mann lachte. Er freute sich über die Schlauheit des Generals.

Tönnchen lachte auch. Aber nur weil der andere lachte.

Das Lachen des Dicken feuerte den Mann an. »Ludendorff ist ein Genie«, behauptete er. »Ludendorff hat auch die Schlacht bei Tannenberg gewonnen.« Er beugte seinen Mund dicht an Tönnchens Ohr heran. »Hindenburg ist auch Freimaurer!«, sagte er dramatisch.

Tönnchen fuhr entsetzt zurück.

»Doch«, erklärte Müller ernst. »Deshalb hat er auch so getan, als ob er die Schlacht bei Tannenberg gewonnen hätte. Weil Ludendorff doch Freimaurergegner ist.«

Erbittert sah er Tönnchen an.

»Da ist gar nichts zu lachen. Das ist so. Ich habe es selbst gehört! Die Freimaurer haben Logen«, sagte er neidisch. »Unsereiner kommt überhaupt nicht ins Theater! Aber das kommt, weil die Freimaurer Juden sind. Die Juden haben alles Geld. Überall auf der Welt haben sie Logen. Sie haben überhaupt nur Logen. Es ist unerhört!«

Er schüttelte den Kopf.

Tönnchen nickte.

»Wissen Sie, dass die Freimaurer Schuld haben an allem?«

Tönnchen wusste es anscheinend noch nicht. Er lächelte nicht, sondern sah den anderen mit offenem Mund an.

Friedrich Müller freute sich über sein Interesse. »Es ist nämlich so: Die Freimaurer haben den Krieg gemacht. Den Weltkrieg. Die Freimaurer wollten Deutschland zu Boden zwingen. Weil sie nämlich Ludendorff hassen. So ist das. Die Freimaurer wollten Ludendorff ermorden. Aber Ludendorff lebt noch. Und deshalb hungern sie Deutschland aus. Aber Ludendorff verhungert schon nicht. Ludendorff wird es ihnen schon zeigen! Der packt aus. Der hat geschrieben, was das für Brüder sind, diese Logenbrüder!«

Friedrich Müller legte in das letzte Wort viel Hass und Leidenschaft.

Tönnchen zuckte zusammen.

»Sind Sie etwa auch Freimaurer?«, fragte Müller misstrauisch.

Tönnchen nickte.

Empört stand Müller auf. Er spuckte aus. »Pfui Teufel noch mal. Schämen sollten Sie sich! Die Freimaurer gehören alle an den Galgen.«

Grimmig sah er Tönnchen an.

Der nickte verblüfft Zustimmung.

Friedrich Müller stürmte zornig davon. Der offenbare Hohn war schwer zu ertragen für ihn.

Aber sollte man es glauben? Überall saßen die Kerle, die Freimaurer.

Tönnchen sah wieder in die Sonne. Er hatte die Augen zugekniffen und tat so, als sähe er gar nicht richtig hin.

Schiller, dachte er, wie das wohl schmeckt? Er hatte noch den süßlichen Geschmack von Walter Schreibers Backpflaumen im Mund. Ob das Schiller war? Er wusste es nicht.

Er schwitzte und vergaß darüber Schiller und die Freimaurer.

17. Kapitel

Fundholz war zu schnell gelaufen. Das merkte er jetzt. Er hatte Seitenstiche. Er ging langsamer, aber die Stiche ließen nicht nach. Man müsste eine Pause machen, damit es besser wird, überlegte er.

Fundholz sah sich um. Polizisten waren nicht zu sehen. Er überquerte die Fahrbahn und blieb auf der anderen Seite der Straße vor den Bildern eines Kinos stehen.

Ein Mann, der anscheinend sehr schlechter Laune war, stand mit geballten Fäusten vor einem jungen Herrn mit sehr scharfen Bügelfalten. Der junge Herr lächelte furchtlos, frei und sympathisch.

Fundholz sah das Bild ohne großes Interesse an.

Hinter dem jungen Herrn stand ein junges Mädchen. Das Mädchen war sehr schön, es hatte schneeweiße Zähne und einen aufreizend roten Mund. Sie schmiegte sich schutzsuchend an den jungen Mann mit der Bügelfalte, und ihre Hände lagen sachte, aber doch graziös auf seinen breiten Schultern.

Auf dem Plakat stand mit dicker Schrift »Tragische Liebe«. Sie musste wohl sehr tragisch sein, denn der Schlechtgelaunte hatte, wie Fundholz jetzt sah, einen Revolver in der Faust.

Der Alte wandte sich ab. Trotz seiner Stiche ging er weiter. Er wollte nichts von tragischer Liebe wissen. Er wollte seine Ruhe haben.

Auf der anderen Seite des Kinos leuchtete auch ein

großes Plakat: Ab übermorgen: Erstaufführung des Alpenfilms »Wo den Himmel Berge kränzen«.

Hier blieb Fundholz wieder stehen. Er sah sich das Plakat an.

Ein älterer Herr mit Kniehosen war neben einem braungebrannten Mann abgebildet. Beide hatten sich untergehakt und lächelten vergnügt. Hinter ihnen strahlte blau der Himmel. Ein ganz besonders blauer Himmel. Tief dunkelblau. Der Drucker hatte sicher das blaueste Blau verwendet, das es überhaupt gab. Dafür war es aber auch sehr schön geworden.

Die beiden Männer standen auf der Spitze eines Felsens. Wenn sie nicht so dicht nebeneinanderstehen würden, dachte Fundholz, würde sicher einer von ihnen herunterfallen.

»Jugendfrei«, stand mit weißer Schrift auf dem Plakat.

Fundholz ging nie ins Kino. Erstens wäre ihm das rein finanziell schwer möglich gewesen, zweitens hatte er auch kein Verlangen danach, denn Fundholz war Realist. Er sah das Leben täglich, wie es war, und hatte kein Interesse, es so zu sehen, wie es sein könnte.

Filme sind in mancher Beziehung Lebenssurrogate. Sie unterscheiden sich von anderen Surrogaten dadurch, dass sie schöner sind als die Wirklichkeit. Filmhelden erleben besondere Schicksale und sind auch selbst besondere Menschen. Die Männer verfügen über besondere Kräfte, die Frauen fast immer über besonderen Charme.

Es gibt auch Filme, die das Leben ohne Schokoladenüberguss zeigen. Sie sind seltener und wohl auch weniger erfolgreich, denn die Mehrzahl der Menschen will sich gerne imponieren lassen. Die Erfolge, die sie selbst nicht haben und die sie auch ihren Bekannten nicht gönnen, die sehen sie mit Vergnügen auf der Leinwand.

Hier ist es etwas anderes. Hier ist es etwas Selbstverständliches. Hier würden auch wir Erfolge erzielen, wenn alles so wäre, wie man es hier sieht. Wie mutig wären zum Beispiel all die jungen Männer, die zwar jung, aber noch keine rechten Männer sind, wenn sie auch Detektive wären. Leider sind sie es nicht. Zum Mut liegt also keine Veranlassung vor. Wie liebenswürdig wären die brummigsten Vorgesetzten, wenn sie so niedliche Stenotypistinnen hätten wie hier im Film. Wie schön wäre das Leben, wenn sich jeder wie ein Star im Film die Rolle aussuchen könnte, die er spielen will.

Der Lungenkranke würde Schwergewichtsmeister, der Küchenchef General, der Schlächtergeselle Vorstand des Tierschutzvereins, die Mieter zu Hausbesitzern, der Hausbesitzer zur Hypothekenbank, und die Arbeitslosen würden wieder Lohn und Arbeit bekommen. Wie schön wäre das alles. Leider sind die meisten dieser Ideale sehr schwer zu erreichen, und so geht man auch deswegen ins Kino, um zu sehen, wie es nicht ist.

Fundholz machte sich keine Illusionen. Eine Mark in bar war ihm lieber als das große Los im Film. Er blieb vor den Plakaten nicht aus Neugierde stehen, sondern um für sein Stehenbleiben überhaupt eine Begründung zu haben. Hier fiel er nicht auf. Denn er stand unter zahlreichen Bildungshungrigen, die es ihm gleich taten.

Dauernd blieben neue Passanten stehen. Sahen auf das berückende Blau des Himmels und die beiden braungebrannten Herren. Die jüngeren, weiblichen Passanten, von sechzig abwärts, sahen vor allem auf den jüngeren

Herrn. Er war ein sehr bekannter Filmschauspieler. Ein Mensch, der im Film tollkühn allen Gefahren trotzte. Nicht mit der Wimper zuckte, wenn Lawinen heranbrausten oder schlechte Menschen mit Revolvern nach ihm schossen.

Ein Mann, so wie er sein sollte.

Diesen Mann verglich man mit den zu mageren oder zu dicken Ehemännern und fand, man sei vom Leben betrogen worden. Der Filmheld hatte keine Tränensäcke, lief nie in Pantoffeln, band beim Essen nie den Kragen ab. Er hatte all diese schlechten Manieren und Angewohnheiten nicht. Er war groß, blond und blauäugig. Sein Beruf: das Niederzwingen von Gefahren. Seine Sendung: ein Filmheld sein. Ein Mann aus Granit mit ausgezeichneten Manieren.

Fundholz sah auf das Bild. Aber er sah nicht den Helden und auch nicht den vermutlichen Heldenvater. Fundholz sah Annie. Er sah sie wieder vor sich, wie er sie vor wenigen Minuten gesehen hatte. Wie alt hatte sie doch ausgesehen, furchtbar alt und hässlich.

Die Erinnerung war schwer zu bannen. Sie stieg immer wieder in ihm auf, aber er wehrte sie ab. Er wollte nicht an Annie denken. Er wollte nur eins, seine Ruhe haben. Es kam bei allem Denken nichts heraus. Das war sicher. Er konnte an seinem Leben nichts mehr ändern, und er wollte es auch nicht. Warum sollte er sich noch mit Erinnerungen quälen? Erinnerungen, die verblasst waren und die Annie wieder wachgerufen hatte. Weshalb die alten Geschichten wieder durchdenken? Es war nicht schön gewesen. Ganz bestimmt nicht. Über seinen Kopf war eine solche Flut von Unglück ausgegossen worden, er hatte durch so vieles durchgemusst. Er wollte sich nicht mehr erinnern. Er wollte sich an nichts von dem erinnern, was früher gewesen war.

Die Seitenstiche hatten längst aufgehört, aber Fundholz stand immer noch vor dem Plakat. Er kämpfte darum, seine innere Ruhe zurückzuerlangen. Er wollte alles, was Erinnerung hieß, niederkämpfen. Er schloss die Augen. Er musste sich ablenken, an etwas Beruhigendes denken.

»Ich werde heute Abend Schnaps trinken«, murmelte er. »Ich werde heute Abend fünf Schnäpse trinken.« Die Aussicht erquickte ihn. Fünf Schnäpse hintereinander hatte er lange nicht mehr getrunken. Bier war Luxus. Bier war fast schon eine Leckerei. Aber Schnaps, das musste sein. Es musste gerade heute sein.

Fundholz ging. Gleichzeitig mit ihm machte sich ein älterer Mann aus der Gruppe der Stehengebliebenen los. Fundholz achtete nicht auf ihn, aber dieser trat neben ihn und sprach Fundholz an. »Na, Meister, wie geht das Geschäft?« Seine Stimme klang angenehm ruhig.

Fundholz sah ihn kaum an. »Schlecht«, sagte er.

Der Mann ging mit schweren Schritten neben ihm. »Ja, wenn wir jung sind, dann arbeiten wir, und wenn wir alt sind, können wir betteln«, sagte er ruhig. Er war besser gekleidet als Fundholz, der darin auch schwer zu unterbieten war. Aber auch er trug einen alten grauen Anzug, der überall geflickt war und durchgescheuert glänzte.

Fundholz antwortete nicht. Schon wieder sollte er über Probleme nachdenken, über das Wieso und Warum. Er war Bettler und zerbrach sich nicht den Kopf darüber, ob es richtig war oder nicht, dass er betteln musste.

»Ich bettle nicht«, sagte der Mann. Er sagte das nicht

mit dem Unterton »denk bloß nicht, ich wär deinesgleichen«. Er stellte nur fest.

Fundholz sah in dieser Feststellung auch keinen Hochmut. Es war ihm absolut nicht erwünscht, dass jeder Bettler war. Im Gegenteil, er hatte das Gefühl, dass die Branche in den letzten Jahren, infolge der Überfüllung, sowieso schon gelitten hatte. Im Übrigen war es ihm gleich. Von ihm aus konnte der Mann neben ihm betteln oder nicht.

Der sprach weiter, ohne Hast, bedachtsam jedes Wort wiegend. »Ich lebe bei meinem Sohn und habe noch etwas Rente, sonst müsste ich auch betteln. Ist das eigentlich richtig, sagen Sie mal, wenn ein Arbeiter, der über zwanzig Jahre in einer Fabrik gearbeitet hat, von einer Woche zur anderen entlassen wird? Dabei gab es in den letzten Jahren so lausige Löhne, dass kein Mensch dabei sparen konnte. Das, was man früher gespart hat, fraß die Inflation. Dann heißt es eines Tages, die Fabrik wird geschlossen und alle können gehen. Bloß der Direktor nicht. Der Direktor, der bleibt. Der hat wohl noch zu tun. – So war das. Wir Arbeiter bekamen einfach einen Tritt, und der Direktor, der ist geblieben. Aber glauben Sie nicht, dass wir uns diese Ungerechtigkeit auf die Dauer gefallen lassen. Wie kann man denn Menschen, die seit zwanzig Jahren in einer Fabrik gearbeitet haben, vor die Türe setzen? Bloß weil das Geschäft nicht gut geht. Wir haben doch auch nichts davon, wenn das Geschäft besser geht. Jedenfalls haben wir weniger davon als die Aktionäre. Warum sollen wir die Leidtragenden sein, wenn es mal nicht so geht?«

Fundholz antwortete nicht. Er konnte Ungerechtigkeiten nicht ändern. Wozu also darüber nachdenken?

»Das wird sich alles mal ändern. Das wird mal anders kommen. Wir werden nicht immer die sein, die das Nachsehen haben.«

Der Mann sah Fundholz an.

»Ich weiß nicht«, murmelte der Alte. »Wir werden wohl immer die Angeschmierten sein.« Das Letzte sagte er so leise, dass der Mann es nicht verstehen konnte.

Der lachte: »Sie wissen nicht? Aber dass Sie betteln, wissen Sie? Dass Sie nichts zu beißen haben, wissen Sie? Haben Sie immer nur gebettelt?«

Fundholz schüttelte den Kopf.

»Was waren Sie früher?«, wollte der Mann wissen.

Fundholz antwortete nicht. Ist doch egal, was ich früher gemacht habe, dachte er. Jetzt bettle ich, und bis ich sterbe, werde ich weiterbetteln, wenn man mich nicht ins Armenhaus bringt.

Der Mann ging eine Weile schweigend neben ihm her. »Nichts für ungut«, sagte er trocken. »Aber Sie sind nicht gerade gesprächig.«

Fundholz nickte. Er war nicht gesprächig. Er suchte keine Gespräche und versprach sich auch nichts davon.

»Mensch, Sie müssen aufwachen. Sie müssen sich die Motten aus dem Gehirnkasten jagen. Mensch, wir kämpfen für unsere Kinder.« Der Mann sprach jetzt schon etwas feuriger.

»Ich habe keine«, sagte Fundholz.

Der andere lachte. »Soll die Welt denn immer so bleiben? Auch wenn Sie keine Kinder haben. Soll das immer so sein, dass die anderen mit uns machen können, was sie wollen?«

Fundholz brummte. »Ich weiß es nicht.«

»Na«, sagte der Mann, »dann dürfen Sie sich auch

nicht beklagen, wenn Sie Bettler sind. Ich kämpfe, solange ich lebe!«

Fundholz kratzte sich nachdenklich. »Ich beklage mich auch nicht«, sagte er endlich.

Der andere gab es auf. »Gehen Sie man. Betteln Sie man weiter. Bei Ihnen ist Hopfen und Malz verloren. Ihnen muss erst mal mächtig auf die Hühneraugen getreten werden, damit Sie aufwachen.«

Er nickte dem Alten verabschiedend zu und bog ab. Schwer schlugen dessen Stiefel auf das Pflaster auf.

Fundholz sah ihm nach, während er weiterging. Ich will weder kämpfen noch auf die Hühneraugen getreten werden, dachte er, ich will meine Ruhe haben.

Er kam an einer Uhr vorbei. Es war schon sechs. Er musste sich beeilen, er wollte doch mit Grissmann in den Fröhlichen Waidmann. Er ging jetzt schneller und fühlte, wie er alles abermals überwunden hatte. Vergangenheit und Gegenwart. Er hatte seine Ruhe wiedererlangt.

Um kurz vor sieben kam Fundholz in den Anlagen an. Tönnchen ging ihm entgegen.

»Tönnchen hat Hunger«, meldete er.

Fundholz musste lachen. Tönnchen hat Hunger. Das war ein wahrhaft Glücklicher. Der dachte nur noch an seinen Bauch. Er gab ihm zwei Brote. Vorsichtig nahm er von dem einen vorher den Aufschnitt herunter. Tönnchen bekam immer die Quantität, Fundholz sicherte sich die Qualität.

Sie aßen beide. Fundholz langsam und bedächtig. Tönnchen gierig und schnell.

Tönnchen war als Erster fertig. »Hunger«, erklärte er ebenso kurz wie vielsagend. Fundholz aß erst fertig, dann gingen sie in eine Kneipe. Dort bestellten sie jeder eine Boulette und Kartoffeln dazu. Fundholz beglich die Zeche. Es machte fünfzig Pfennig.

Er fühlte sich reichlich satt. Tönnchen war für den Augenblick ebenfalls zufriedengestellt, auch wenn sein Blick unentwegt auf einem Schinken ruhte, aber das war ein unerreichbares Gut. So wahnsinnig, Schinken zu verlangen, war noch nicht einmal Tönnchen.

Fundholz gab ihm einen Stoß, und Tönnchen ging gehorsam auf die Tür zu. Fundholz folgte ihm, dann gingen sie zum Gemüsekeller.

Walter Schreiber machte gerade wieder Kassenzählung. Er war erstaunt, die beiden so früh wiederzusehen. Das wollte er keinesfalls dulden, dass diese Strolche dauernd sein Geschäft störten. Doch Fundholz erklärte ihm, dass Tönnchen bereits jetzt in den Keller solle.

Schreiber schloss auf. Als er an der Backpflaumenkiste vorbeikam, an der dritten Sorte, griff er hinein und reichte dem Dicken eine Handvoll. Er verstand sich selbst nicht, anscheinend hatte er eine gewisse Sympathie für Tönnchen.

Der Dicke strahlte. Er stopfte die Pflaumen in den Mund und war im Augenblick damit fertig. Fundholz etwas abzugeben, kam ihm gar nicht in den Sinn. Übrigens erwartete der das auch nicht.

Die beiden stiegen hinab in den Keller. Fundholz fiel plötzlich ein, dass er vergessen hatte, Decken und Stroh zu besorgen, doch in einer Anwandlung von Großmut erlaubte Walter Schreiber den beiden, noch einmal die Kiepen zu benutzen. Also baute Fundholz dem Dicken ein Lager, und als er damit fertig war, drehte er sich um und ging Richtung Tür.

Zuerst begriff Tönnchen nicht. Aber als die Tür zugeschlagen wurde, wurde ihm klar, dass er alleine in dem dunklen Keller bleiben sollte. Die Erinnerung an einen anderen Keller überflutete ihn. Er wollte nicht alleine bleiben!

Er hörte, wie sich der Schlüssel im Schloss drehte. Das erhöhte seine Furcht, und er stürzte an die Tür. »Tönnchen will raus!«, rief er.

Man antwortete nicht. Man wollte ihn allein in dem Keller zurücklassen. Dieses Alleinbleiben aber war mit furchtbarem Hunger verknüpft, das fühlte er. Verzweifelt klopfte Tönnchen mit seinen schwachen, fetten Fäusten gegen die Tür. Er war ein harmloser Kranker, der nichts Tobsüchtiges an sich hatte. Aber nun brach die entsetzliche Angst aus ihm heraus. Die Angst vor dem Hunger. Walter Schreiber riss die Tür auf. Fundholz stand neben ihm. Er war verblüfft, welchen Krach Tönnchen machen konnte.

Walter Schreiber schnauzte den Dicken an. »Wollen Sie gefälligst Ruhe geben! Mein Gemüsekeller ist doch keine Irrenanstalt!«

Der Dicke wimmerte. »Tönnchen will raus. Tönnchen will nicht alleine bleiben. Tönnchen will raus.«

Schreiber sah Fundholz an. »Nehmen Sie den Mann doch mit. Wer weiß, was er für Unfug anstellt, wenn er allein gelassen wird.«

»Los, komm«, brummte Fundholz, und Tönnchen folgte ihm lächelnd. Nun war wieder alles gut. Nur Fundholz war über die Entwicklung der Dinge weniger erfreut. Man musste ihn mitnehmen in den Fröhlichen Waidmann. Hoffentlich bekam er nicht wieder Hunger unterwegs.

Sie gingen in die Anlagen, wo ihnen Grissmann, auf einer Bank sitzend, fröhlich zuwinkte. Was hat denn der?, fragte sich Fundholz. Die Freude des Mannes kam ihm sonderbar vor. So etwas war er von Grissmann nicht gewohnt. Als sie vor ihm standen, gab er ihm die Hand. »Pass kurz auf Tönnchen auf«, bat er. »Ich muss noch was kaufen.«

Fundholz ging schnell auf das Backwarengeschäft zu. Man war gerade dabei zuzumachen. Mürrisch ließ ihn die Verkäuferin herein, sie kannte den Alten. Der platzierte keine großen Aufträge, dann sollte er wenigstens pünktlich kommen.

Fundholz fragte nach alten Brötchen, aber die Verkäuferin schüttelte den Kopf. »Alle wollen alte Brötchen haben. Wir können doch die Brötchen nicht gleich alt backen«, sagte sie tadelnd. Also kaufte Fundholz für Tönnchen vier frische Brötchen und ging.

Als er aus dem Geschäft kam, sah er die beiden anderen schon auf der gegenüberliegenden Straßenseite stehen. Grissmann hatte es offenbar eilig, in den Fröhlichen Waidmann zu kommen.

Tönnchen strahlte, als er sah, dass der Alte aus der Bäckerei kam und sagte gleich: »Tönnchen hat Hunger.«

Fundholz legte unwillig die Stirn in Falten. »Ich habe nichts für dich.«

Tönnchen erkannte aber, dass sich die Jackentasche des Alten beulte. Er zeigte mit dem Finger darauf.

»Kohlrüben«, sagte Grissmann grinsend, aber Tönnchen glaubte es nicht. Er hatte den Alten aus der Brötchenquelle kommen sehen. Das waren sicher Brötchen, keine Kohlrüben.

»Bringen wir ihn in den Keller«, schlug Grissmann

vor, doch Fundholz erzählte ihm, wie Tönnchen sich widersetzt hatte.

»Na wenn schon«, sagte Grissmann gutgelaunt, »lass ihn doch toben im Keller. Der Laden wird ja sowieso geschlossen. Niemand hört es. Der wird sich auch von selbst wieder beruhigen.«

Fundholz lehnte mit einem brummigen Kopfschütteln ab. »Lass ihn man mitkommen.«

Grissmann widersprach nicht. Vielleicht war der Dicke heute Abend noch für einen Scherz gut. »Meinetwegen«, stimmte er bei. Dann wollte er wissen: »Ist es weit?«

»'ne Stunde«, erklärte Fundholz, während sie das Trottoir entlanggingen.

Tönnchen sah, wie ein Verliebter auf seine Braut, mit sehnsüchtigem Blick auf die Jacketttasche des Alten.

18. Kapitel

Frau Fliebusch stand vor dem Fröhlichen Waidmann. Schmutzige Blechschilder hingen an der Fassade des Hauses. »Schultheiss Patzenhofer« stand auf ihnen und die Namen anderer Biermarken. Hinter einer Fensterscheibe des Lokals war zu lesen: »Abends Tanz, Eintritt frei«. Über dem Eingang stand: »Fröhlicher Waidmann«. Früher hatte die Kneipe Grüner Jäger geheißen, aber dem Wirt war die Konzession entzogen worden. Jetzt lief der Fröhliche Waidmann auf den Namen seiner Frau.

Herr Hagen stand vor der Tür und verdaute.

Hagen war wohlbeleibt. Er hatte ein massiges, rotes Gesicht und ein doppeltes Doppelkinn. Die Augen waren rotgerändert. Er war zwar nicht der Wirt, aber der Mann der Wirtin, und das lief auf dasselbe heraus. Da um diese Zeit im Geschäft nichts zu tun war, gönnte er sich frische Luft.

Herr Hagen war gut gekleidet. Seriös gekleidet, könnte man sagen. Er trug eine gestreifte Hose, dazu ein schwarzes Jackett. Beides verlieh ihm etwas Würdevolles und stand ihm ausgesprochen gut. Nur leider kombinierte er dazu gelbe Schuhe. Auffallend hellgelbe Schuhe, aber gerade die liebte Hagen sehr.

Er stand breit im Eingang. Den Bauch hatte er vorgestreckt, den Kopf ein wenig in den Nacken gelegt. Sonne fiel auf sein Gesicht. Frau Fliebusch sah er freundlich, wenn auch nicht ohne Verwunderung an. Sie sah sonderbar aus, aber Hagen war ein vorurteilsfreier Mensch. Er war gemischtes Publikum gewohnt.

»Wollen Sie ein Zimmer?«, fragte er liebenswürdig und mit Blick auf ihre beiden Koffertaschen.

Der Fröhliche Waidmann vermietete Zimmer. Wenn auch eigentlich nur an die weiblichen Stammgäste. Außerdem war Hagen mehr auf die stundenweise Ausnutzung seiner Räumlichkeiten eingerichtet, aber jetzt war tote Zeit. Im Sommer hatten die weiblichen Stammgäste wenig zu tun und deshalb hatte Hagen nichts dagegen, auch auf ganze Nächte seine Zimmer abzugeben.

Frau Fliebusch dankte. »Ich will kein Zimmer. Ich möchte Wilhelm sprechen. Ich habe ihn zwanzig Jahre nicht gesehen«, vertraute sie Herrn Hagen an.

Hagen wunderte sich. »Komisch, sehr komisch. Zwanzig Jahre sind ja eine hübsch lange Zeit.«

Frau Fliebusch nickte bekümmert. »Eine schrecklich lange Zeit. Aber jetzt muss ich ihn gleich sprechen!«

»Der schöne Wilhelm kommt immer erst um zehn Uhr«, sagte Hagen und dachte bei sich, dass der Wilhelm eine komische Mutter hatte.

Frau Fliebusch war enttäuscht. Aber da sie nun schon zwanzig Jahre auf Wilhelm wartete, kam es auf die paar Stunden auch nicht an.

»Kann ich hier warten?«, fragte sie.

Hagen trat höflich zur Seite. »Kommen Sie man rein, Frau Winter. Kommen Sie man rein.«

»Fliebusch«, stellte sie richtig. »Geborene Kernemann.«

»So, so«, brummte Hagen erstaunt. »Na, dann setzen Sie sich man drinnen hin, Frau Fliebusch.«

Sie ging dankbar lächelnd an ihm vorbei, während

Hagen vor der Tür stehen blieb. So ein Kerl, so ein Teufelskerl, dachte er. Kein Mensch weiß, dass der Wilhelm eigentlich Fliebusch heißt. Jeder glaubt, er heißt Winter. Sicher hat er als Fliebusch was ausgefressen, und die Polente ist hinter ihm her. Und kein Bulle ist bisher auf die Idee gekommen, dass Fliebusch und Winter eins sind.

Ja, der Wilhelm, das ist ein begabter Mensch. Dichten kann er auch. Hagen freute sich, dass der schöne Wilhelm bei ihm Stammgast war. Er schätzte fixe Kerle, außerdem hob es das Geschäft. Die Leute kamen aus allen Gegenden, um das Lokal zu sehen. Wilhelm Fliebusch heißt der also. Na, ich werde so tun, als wenn ich von nichts Ahnung habe, beschloss Hagen und steckte sich eine neue Zigarre an.

Der Fröhliche Waidmann hielt, in Bezug auf Sauberkeit, innen mehr, als er draußen versprach. Einmal in jeder Woche war Reinigungstag. Dann erwachte in Frau Hagen die Leidenschaft zur Sauberkeit. Gemeinsam mit ihrem Personal stürzte sie sich auf die Reinigung der Räume. Tische und Stühle wurden zu Bergen aufgetürmt, der Fußboden gereinigt und gebohnert, Staub gewischt, die Theken geschrubbt und jeder Gegenstand so lange rücksichtslos gesäubert, bis er entweder kaputt ging oder nachgab und sauber wurde. Frau Fliebusch erblickte das Lokal gerade in dem Augenblick, in dem es am schönsten war. Nach der Reinigung und vor dem Geschäft.

Der Fröhliche Waidmann war vorwiegend auf Abendbesuch eingerichtet. Tagsüber war nicht viel zu tun, und es war nur der kleine Ausschankraum, der sich an den Eingang anschloss, geöffnet, um Passanten und Chauffeuren ein eiliges Glas Bier auszuschenken. Tischtücher gab es nicht im Fröhlichen Waidmann, das hätte zu weit geführt. Für Tischtücher war abends zu viel Stimmung. Holztische ließen sich besser abwaschen.

Frau Fliebusch setzte sich an einen der Tische und sah vor sich hin. Es dauerte noch lange, bis Wilhelm kam, aber sie hatte über die Jahre gelernt, sich mit sich selbst zu beschäftigen. Sie grübelte, warum sich Wilhelm nicht von selbst gemeldet hatte. Wenn dieser prächtige Blinde nicht seinen Namen genannt hätte, dann wäre noch sehr viel mehr Zeit vergangen, bis sie ihn gefunden hätte.

Nun zeigte sich, wie recht sie gehabt hatte. Alle hatten sie in hässlicher Weise belogen. Wilhelm lebte, und alles würde gut werden. Aber hätte ihr nicht schon früher jemand sagen können, wo er sich aufhielt? Es gab keinen anständigen Menschen mehr. Außer Wilhelm und ihr natürlich. Und den Blinden, den wollte sie ausnehmen.

Sie war immer noch aufgeregt, aber sie fühlte sich auch ermüdet. Nun stand sie, nach einer langen Zeit des Leidens, plötzlich vor der Verwirklichung aller Hoffnungen, das strengte an. Amalie Fliebusch lehnte sich zurück. Sie wollte nur einen Augenblick lang die Augen schließen. Aber sie schlief lächelnd ein.

Sie träumte, dass die Bank das Geld zurückgezahlt hatte und sie mit Wilhelm die Linden hinunterging. Alles war wieder wie früher. Die Leute liefen vernünftig bekleidet umher. Nicht in diesen schrecklichen neuen Trachten. Amalie Fliebusch grüßte nach allen Seiten. Wilhelm lüftete dauernd den neuen Zylinder. Fräulein Reichmann fuhr im offenen Wagen vorbei, und Frau Fliebusch lächelte auch ihr zu. Sie gingen ins Kaffee Bauer, und der alte Ober mit dem Franz-Joseph-Bart wies ihnen einen schönen Tisch zu. Wilhelm bestellte. »Bringen Sie meiner Frau einen Chartreuse und mir einen Whisky Soda.« Wilhelm war in England gewesen und trank seitdem immer Whisky. Frau Fliebusch besorgte, es möge ihm nicht bekommen, und nippte an ihrem Chartreuse.

»Wollen Sie was trinken?«, fragte eine barsche Stimme.

Amalie Fliebusch erwachte. Das war nicht das Kaffee Bauer, und das war auch nicht der liebenswürdige alte Oberkellner. Was war das? Langsam kehrte ihr Bewusstsein zurück. »Chartreuse«, sagte sie zerstreut.

Der Mann, der vor ihr stand, kratzte sich verlegen. »Ist gerade ausverkauft. Soll ich Ihnen einen Schnaps bringen?«

Frau Fliebusch dankte. »Nein, nein. Ich warte hier nur.«

Der Mann ging, Unfreundliches vor sich hin murmelnd, und Frau Fliebusch nickte bald wieder ein.

Herr Hagen hatte seine Zigarre zu Ende geraucht und betrat sein Lokal. Sein Gang hatte etwas außerordentlich Wichtiges an sich. Hagen lief nicht wie andere Leute, indem er einfach ein Bein vor das andere setzte. Hagen hatte eine ganz besondere Musikalität in seinen Beinen. Er setzte sie gespreizt auf den Boden auf, wo sie ein Eigenleben zu führen schienen. Sie bewegten sich beim Laufen nicht nur rhythmisch auf und ab, sie kannten noch zahlreiche andere Richtungen. Wenn Hagen, so wie gerade jetzt, guter Laune war, sah es aus, als wollte er die Beine wegwerfen, so akrobatisch schleuderte er sie durch die Luft. Er machte einen Schritt seitwärts, und die Füße landeten quergestellt auf dem Boden. Dann schritt er an Frau Fliebusch vorbei durch das Lokal.

Hinter der Schankstätte lagen die eigentlichen Wirtschaftsräume. Zwei große, geräumige Säle. Der größere von beiden wurde jeden Abend geöffnet. Hier gab es ab acht Uhr Tanz und Musik. Dahinter lag ein kleinerer, den Hagen gewöhnlich an Vereine vermietete. Hagen hatte gute Verbindungen zu Gesangsvereinen und Sportklubs. Sie feierten ihre Feste bei ihm und hielten in diesem Saal ihre Sitzungen ab.

Unter den vermeintlichen Gesangsvereinen oder Sportklubs befanden sich auch solche, die weniger Freizeit gestaltenden als vielmehr geschäftlichen Charakter hatten. In Berlin nannte man sie Ringvereine, weil sie kartellartig in einem Ring zusammengeschlossen waren. Sie beschäftigten sich mit der indirekten Besteuerung der Prostitution und versuchten zu diesem Zweck, sämtliche Zuhälter organisatorisch zu erfassen und über diese auch einen erheblichen Teil der Prostituierten. Das genügte ihnen aber nicht. Sie wollten, ähnlich wie andere Kartelle auch, die Branche vollständig kontrollieren, die Preise stabilisieren und vereinheitlichen. Ihre Mitglieder genossen einen gewissen Rechtsschutz, da viele der Vereine eigene Anwälte hatten, die gegen Pauschalen sämtliche Mitglieder gegen den Rechtsstaat verteidigten. Was durchaus nötig war, denn etliche Ringvereinsmitglieder begnügten sich nicht damit, ihre Damen für sich arbeiten zu lassen, sondern unternahmen auch selbst mancherlei. Deshalb kamen sie oft mit der Polizei in Konflikt und hielten ihre Sitzungen ausschließlich in »ganz sauberen« Lokalen ab.

Der Fröhliche Waidmann war ein ganz sauberes Lokal. Herr Hagen war über den Verdacht, nebenbei noch mit der Polizei in Verbindung zu stehen, hoch erhaben. Auf seine Art war er ein Ehrenmann. Noch nie hatte er jemanden angegeben. Das kam ihm bei seinen Gästen zugute, genauso wie einige kleine Vorstrafen. Man vertraute ihm, und Herr Hagen freute sich des Vertrauens.

Bei den Ringvereinen gab es amerikanisierende Bestrebungen, aber sie unterschieden sich erheblich von den amerikanischen Banden. Schon rein äußerlich bemühten sich deren Mitglieder, einen zivileren Eindruck zu machen. Die meisten legten, soweit ihnen das pekuniär möglich war, Wert darauf, durch ihre Kleidung einen gewissen Biedersinn zu betonen. Sie kleideten sich gerne dunkel, bevorzugten bei Vereinsfestlichkeiten schwarze Melonen und gaben sich überhaupt ganz als seriöse Geschäftsleute.

Nur die Jüngeren unter ihnen kleideten sich zunehmend leichtfertiger, was die Vereinsvorsitzenden oft zu ernsten Rügen veranlasste. Genauso wie in Vorkriegszeiten die sogenannten Bordelleure, die Inhaber der öffentlichen Häuser, sich in jeder Beziehung als staatserhaltende Elemente gefühlt und persönlich absolut nicht leichtfertig gedacht hatten, fühlten sich die älteren Honoratioren der Ringvereine ganz als verantwortungsbewusste Bürger und gaben sich auch danach. Der moderne Zuhälter hatte zwar den Herbergsvater von früher ersetzt, aber die Anschauungen waren die gleichen geblieben.

So missbilligte man es schwer, wenn von Vereinsmitgliedern, noch dazu unorganisiert, gelegentliche Einbrüche oder Morde verübt wurden. Man wollte nicht Verbrecher sein, man wollte, da der Staat die Prostitution nun schonmal aus seiner Kontrolle gegeben hatte, ohne sie zu unterbinden oder unterbinden zu können, selbst diese Kontrolle ausüben. Und man war der Ansicht, als

Zuhälter weit mehr und weit leichter verdienen zu können, als Verbrecher dies taten. Von einer Verquickung beider Unternehmungen wurde dringend abgeraten.

Herr Hagen kannte die Bestrebungen der Vereine genau und billigte sie.

Auch er gehörte zur älteren Generation. Er war ein ruhiger und gesetzter Mann und mehr auf Verdienst als auf Abenteuer aus. Die heutige Zuhälterjugend war ihm viel zu waghalsig. Morde und Verbrechen störten das Geschäft, machten die Polizei wild und behinderten die notwendige Aufbauarbeit.

Zahlreiche Vereinsmitglieder hatten noch zu wenige Damen unter ihren Fittichen. Man musste die Sache weiter organisieren. Man musste den Westen zurückerobern, wo sich in letzter Zeit eine geheime, unkontrollierte Prostitution breit gemacht hatte. Die Prostitution der Verarmten und Stellungslosen.

Das ging nicht an. Das durfte auf die Dauer nicht geduldet werden. Die Amateure verdarben das Geschäft mit ihren Hungertarifen. Sie wollten keinen Schutz, sie wollten das Gewerbe nicht hauptberuflich betreiben, sie taten es nur vorübergehend in Krisenzeiten ihrer Existenz.

Hagen hatte früher auch im Vorstand eines Vereins gesessen. Deren Nöte und Probleme waren ihm daher vertraut. Er kannte die Rücksichtslosigkeit der Jungen, die mit Brachialgewalt die wilden Prostituierten aus ihren Revieren vertreiben wollten. Gleichzeitig wurde die Polizei immer schärfer, und die Zeitungen schrieben dauernd Artikel gegen die Ringvereine. Man musste versuchen, die Neuen durch Überzeugung und milden Druck zu gewinnen, und das war schwer genug.

Sorgenvoll betrat Hagen den Saal. Für heute Abend erwartete er den Verein »Liederkranz von 1929«. Man wollte weniger singen als beraten.

Herr Hagen nahm oft als eine Art Ehrenmitglied an den Runden teil und verstand es, seine eigenen Interessen zu vertreten. Er trank unter ständigem Zuprosten ein Glas nach dem anderen und veranlasste die Gäste, es ihm gleich zu tun.

Heute baute Hagen Notentafeln auf. Der Liederkranz tagte immer unter gewissen Sicherheitsmaßnahmen. Kam unvermutet die Polizei, so wurde ein Lied intoniert, und alle standen hinter Notenpulten. Man sang dann vierstimmig irgendein schönes und tiefes Lied über den deutschen Wald und die Heide. Ein Klavier stand auch in dem Saal, und alles war so arrangiert wie bei anderen Liederkränzen auch. Die Vereinsstandarten stellte Hagen ebenfalls auf den Tisch. Es waren kleine Tischfahnen aus grüner Seide, auf denen je ein Füllhorn, umrankt von einem Efeukranz, prunkte.

Als er damit fertig war, sah er auf die Uhr. Es war sechs Uhr und Zeit, Abend zu essen. Er aß immer früh, um sich später nicht damit aufhalten zu müssen. Er hatte zwar noch keinen rechten Appetit, aber das machte nichts. Je voller sein Magen war, umso mehr konnte er abends trinken.

Er ging in den Schankraum, wo noch immer die komische alte Dame schlief.

»Ruf meine Frau«, befahl er dem Büffetburschen. Der beeilte sich zu gehorchen.

Herr Hagen besaß ungemein viel Autorität bei seinem Personal und seinen Gästen. Er hatte wegen eines Rohheitsdeliktes ein Jahr Gefängnis abgesessen – eine Meinungsverschiedenheit mit einem Gast, dem er ein Auge ausgeschlagen hatte. Deswegen zog man es vor, stets einig mit ihm zu sein.

Seine Frau kam keuchend angelaufen. Sie war etwa vierzig Jahre alt und besaß den Fehler vieler Gastwirtsfrauen. Sie war ihre beste Kundin.

Ihre Gesichtsfarbe war von der Stuben- und Kneipenluft fahl geworden, und sie ging selten ins Freie. Dazu war sie zu bequem. Frau Hagen war zu allem zu bequem. Sie bediente auch nicht mehr im Lokal. Lieber lag sie im Bett und lutschte Konfekt. Nur einmal die Woche raffte sie sich zu ungewöhnlichen Kraftleistungen beim Saubermachen auf, danach verharrte sie wieder sechs Tage im Ruhezustand.

Sie ließ sich auch äußerlich gehen. Ihre Haare waren liederlich hochgesteckt. Einige Strähnen umflatterten sie stets, so auch jetzt. Hagen nahm es missbilligend zur Kenntnis. Nur gut, dass sie nicht kocht, dachte er.

Schwerfällig setzte sie sich. »Wer ist denn das?«, fragte sie, auf Frau Fliebusch deutend.

»Die Mutter eines meiner besten Gäste«, erklärte Hagen.

Während beide schwitzend und ohne Appetit ihre Mahlzeit verzehrten, betrachtete er seine Frau. Schön ist sie nicht, stellte er fest. Man wird eben nicht jünger. Sollte man glauben, dass die Frau, die vor ihm saß, früher Bauchtänzerin gewesen war? Eine schlanke Bauchtänzerin sogar? Aber sie war träge geworden. Als spanische Dolores hatte sie sich mehr bewegen müssen.

Herr Hagen grübelte noch einen Moment darüber nach, wie man ihr Beine machen könnte, aber dann ließ er sich die Bücher kommen. Die Buchführung war das Schwerste bei dem Geschäft. Hagen führte mehrere Bücher nebeneinander. Eins für die Steuer und eins für sich. Aber er hatte den Überblick verloren. Immer hatte er mehr Geld in der Kasse, als er eigentlich haben durfte. Das freute ihn einerseits, andererseits beunruhigte ihn dieser Kontrollverlust.

Wer sagte ihm denn, dass er eigentlich nicht noch viel mehr Geld haben müsste? Vielleicht hatten seine Angestellten das Lückenhafte seiner Buchführung entdeckt und bestahlen ihn.

Es war wirklich sehr schwer.

19. Kapitel

Grissmann fühlte eine gewisse Müdigkeit in den Beinen. Er war heute viel gelaufen. Jetzt war es nach acht Uhr, und sie waren immer noch nicht im Fröhlichen Waidmann.

Der Fundholz war ein langweiliger Mensch. Auf alles, was Grissmann sagte, antwortete er nur mit »Ja« und »Nein«. Und Tönnchen sah auf den Alten und stellte alle paar Minuten die Brötchenfrage. Nicht auszuhalten war das. Zudem fuhren ständig Straßenbahnen an ihnen vorbei. Grissmann hatte keine Lust zu laufen. Er wollte fahren. Die beiden konnten ja hinterherkommen.

»Sag mal, Fundholz, kann man nicht mit der Bahn hinfahren? Ich habe kaputte Füße und möchte nicht so lange laufen.«

»Doch, das kannst du. Die fahren alle hin.«

Sie blieben vor einer Haltestelle stehen.

»Wie weit ist es noch?«, fragte Grissmann.

»Die nächste Haltestelle«, erklärte Fundholz.

Ärgerlich setzte sich Grissmann wieder in Bewegung. »Eine Haltestelle braucht man doch nicht fahren!«

»Nein, das braucht man nicht«, gab Fundholz zu.

Sie gingen weiter.

Vor den Häusern spielten Kinder. Sie liefen an ihnen vorbei und jagten sich gegenseitig. Ein kleiner Junge rannte gegen Tönnchen und fiel hin. Heulend stand er wieder auf, doch nachdem er sich in Sicherheit gebracht hatte, begann er, ihnen Schimpfworte nachzurufen.

Die drei kümmerten sich nicht um ihn und gingen weiter. Nur Tönnchen sah sich lächelnd von Zeit zu Zeit nach dem Jungen um, der ihnen nun folgte und immer weiter schimpfte. Dann trafen sie auf mehrere Halbwüchsige, die auf der Straße Schlagball spielten, ihr Spiel aber unterbrachen, als sie näherkamen. Der Kleine, immer noch heulend vor Wut, erzählte ihnen, dass der Dicke ihn umgerissen hätte, und deutete auf Tönnchen, der sich gerade wieder umsah.

Einer der Halbwüchsigen entschloss sich, die Sache zu ahnden. Gefolgt von seinen Kameraden ging er den dreien nach. Er wiegte sich in den Schultern, zog die Schlägermütze schief auf den Kopf und benahm sich ganz wie Frank Allen, der Rächer der Enterbten und Held billiger Kriminalromane, zwanzig Pfennig das Stück.

Er überholte sie und baute sich drohend vor Tönnchen auf. Der blieb ängstlich stehen. Fundholz tat das Gleiche. Grissmann ging einige Schritte weiter und drehte sich dann interessiert um. Er wollte sich für den Fall einer Schlägerei gleich außer Reichweite bringen.

Der Halbwüchsige, zu dem sich ein halbes Dutzend Kameraden gesellt hatte, wurde durch Tönnchens Angst noch mutiger. Hier ergab sich eine Gelegenheit, sich als Kraftkerl und Beschützer zu beweisen. Fundholz sah ihn erwartungsvoll an. Er hatte von dem Zwischenfall nichts mitbekommen.

»Sagen Sie mal«, sprach der Halbwüchsige mit tiefer Stimme. »Sie sind wohl dämlich, was? Hier kleine Kinder in den Dreck zu schmeißen.«

»Er ist dämlich«, gab Fundholz zu.

Tönnchen lächelte, als er die Stimme des Alten hörte.

»Was geht denn das Sie an, was ich mit dem Herrn habe?«, fauchte der Halbwüchsige Fundholz an.

Fundholz wurde ungemütlich zumute. Außer vor seiner Frau hatte er nur vor Polizisten Angst. »Halt's Maul, Kleiner«, brummte er. »Komm, Tönnchen.«

Der Halbwüchsige war überrascht. Er hatte mehr Respekt erwartet. »Sie sind wohl dämlich?«, wiederholte er und fixierte den Alten wütend.

Der antwortete nicht, sondern zog den Dicken am Arm weg. Er wollte seine Ruhe haben.

So leicht ließ sich der Halbwüchsige aber nicht abweisen. »Mensch, ich kleb dir eine, dass du nicht mehr weißt, ob du 'n Männchen oder Weibchen bist! Das weiß man bei dir sowieso nicht.« Er deutete grinsend auf Fundholz' Rockhosen.

Fundholz regte sich nicht auf. Er sah den Mannknaben lange und gründlich an. Dann schlug er zu. Er traf mit aller Kraft das Kinn des Halbwüchsigen. Es war ein vollendeter Kinnhaken.

Der Halbwüchsige schlug auf den Boden. Verdutzt sah er auf. Seine Kameraden, denen das technisch Einwandfreie des Schlages imponiert hatte, lachten brüllend und ließen den Alten und Tönnchen unangefochten weitergehen.

Die beiden schlossen zu Grissmann auf, während hinter ihnen der Halbwüchsige fluchte. Der kleine Junge hatte aufgehört zu weinen. Die Niederlage seines Beschützers schien ihm ausreichender Trost zu sein. Fundholz achtete nicht weiter darauf, nur Tönnchen drehte sich um und lächelte.

20. Kapitel

Sie waren beim Fröhlichen Waidmann angelangt und traten ein. Neugierig sah sich Grissmann um. An einem der Tische saß eine alte Frau und schlief. Neben ihr standen zwei Reisetaschen. Grissmann überlegte sofort, ob man sie stehlen könnte. Aber die Frau war so schlecht angezogen, dass keine Kostbarkeiten in ihrem Gepäck zu vermuten waren. Außerdem hatte er heute Abend andere Ziele.

Sie setzten sich, und Grissmann bestellte: »Drei Schnäpse.«

Die Schnäpse kamen. Aber bevor Tönnchen nach seinem Glas greifen konnte, hatte es ihm der Alte weggenommen. Er stellte es vor sich hin. Aus seiner Tasche holte er die Brötchentüte und reichte Tönnchen, der traurig dem Glas nachsah, ein Brötchen hinüber.

»Soll der keinen Schnaps haben?«, fragte Grissmann.

»Nein«, ordnete Fundholz an.

Grissmann mochte nicht widersprechen. Die Kraftprobe eben auf der Straße hatte ihn nachdenklich gestimmt. Stark war der Alte wohl nicht, zumindest nicht so stark wie er, aber er war couragiert.

Frühabends kamen viele Hausierer in den Fröhlichen Waidmann. Sie nannten sich zwar jetzt ambulante Gewerbetreibende, unterschieden sich aber durch nichts von den Hausierern alter Schule. Wie ehedem trugen sie ihre Unternehmungen unter dem Arm oder vor den Bauch geschnallt. Sie boten ihre Waren an oder setzten sich hin und tranken schnell ein Glas Bier. Dann gingen sie wieder.

Allmählich füllte sich das Lokal. Das Publikum des Fröhlichen Waidmann gehörte verschiedenen Berufszweigen und Schichten an. Und die Menschen kamen von überall her. Arbeiter und kleine Angestellte mit ihrem Mädchen. Männer ohne Begleitung, die sich erst ein Mädchen suchen wollten, und Gruppen junger Mädchen, die vor allem gekommen waren, um zu tanzen.

Es kamen Arbeitslose, die bei einem kleinen Bier den ganzen Abend saßen, weil es ihnen zu Hause zu trist war, und Quartalssäufer, die an einem Abend ihren ganzen Lohn vertranken, wenn sie gerade weltschmerzlicher Stimmung waren oder sich sonst ein Anlass fand.

Mädchen kamen, die sich für eine Nacht oder auch nur für eine halbe Stunde einen Freier suchten und später, gegen elf Uhr abends, kamen die feinen Leute aus dem Westen, die sich mal ansehen wollten, wie das Volk sich amüsierte.

Vorläufig füllte sich das Lokal mit den Bewohnern des Stadtteils. Die Leute standen im Schankraum und warteten darauf, dass der große Saal geöffnet wurde.

Endlich war es so weit. Hagen öffnete persönlich die großen Flügeltüren, und das Publikum strömte hinein. Grissmann war gespannt, wie das Festlokal aussehen mochte, und stand auf, um sich den anderen anzuschließen. Fundholz und Tönnchen dagegen blieben sitzen. Tönnchen kaute am dritten Brötchen. Er hatte kein Interesse an Tanz und Musik und beschäftigte sich nur mit der Frage, wann er wohl das vierte bekäme. Währenddessen trank Fundholz den zweiten Schnaps mit geschlossenen Augen aus und freute sich, dass er noch drei Schnäpse vor sich hatte.

Grissmann betrat den Saal. Die Ausstattung glich der der Schankstube, nur dass an den Wänden Dutzende von ungedeckten Holztischen standen. Gegenüber vom Eingang sah Grissmann ein Klavier, das halb eine Tür verdeckte. Dahinter musste noch ein weiterer Raum sein.

Herr Hagen hatte das Klavier absichtlich dort platziert, um gegebenenfalls im Vereinssaal ausbrechenden Lärm damit zu übertönen. Die wenigsten Gäste wussten, dass der hintere Saal auch besucht wurde und von wem.

Grissmann schlenderte durch den Raum. Er suchte Sonnenberg, aber er konnte ihn nicht entdecken. Die Tische an den Wänden wurden rasch belegt, doch Grissmann fand in der Nähe des Klaviers noch einen freien Tisch und setzte sich. In der Mitte des Saales war Platz zum Tanzen. Aber die Musik würde erst später anfangen, also bestellte Grissmann ein Glas Bier. Er vermisste die anderen nicht. Wenn er Fundholz brauchte, würde er ihn schon finden. Vorläufig kostete er nur Geld, und man hatte nichts davon.

An den Nebentischen saßen überwiegend Paare. Grissmann musterte sie. Er sah viele hübsche Mädchen, aber leider hatten alle schon einen Kavalier. Dann beobachtete er einen alten Mann rechts von seinem Tisch. Er hielt sich kerzengrade, hatte aber im Übrigen bereits das dritte Glas Bier zum größten Teil ausgetrunken, bevor Grissmann sein erstes halb geleert hatte. Der Mann hatte schlaffe Hängebacken und sah melancholisch aus. Er bemerkte Grissmann, und als er das Glas wieder ansetzte, nickte er ihm zu.

»Prost«, sagte der.

Der Mann dankte.

Grissmann versuchte, ein Gespräch in Gang zu bringen. »Schmeckt es?«, fragte er.

Der Mann schüttelte den Kopf. »Nein!« Er winkte dem gerade vorbeilaufenden Kellner zu. »Noch eine Molle.«

»Das Bier schmeckt hier nicht«, klärte er Grissmann auf.

»Ich dachte gerade«, meinte der kühn.

»Nein«, der Mann schüttelte den Kopf. »Übrigens Gerichtsvollzieher Lindner ist mein Name«, stellte er sich vor.

»Grissmann.« Er machte eine kleine, fast ehrfurchtsvolle Kopfbewegung. Gerichtsvollzieher. Dann war der Mann ja Beamter. Gerichtsvollzieher, das waren in Grissmanns Augen mit besonderer Macht begnadete Beamte. »Verkehren Sie oft hier?«, fragte er.

Lindner strich sich über die nackte Oberlippe. »Ganz ordentliches Lokal!«, sagte er gnädig. Dann hob er sein Glas und trank es aus.

Mechanisch folgte Grissmann seiner Bewegung. »Schlechte Zeiten sind das«, sagte er.

Lindner nickte. »Schwere Zeiten, aber man darf den Mut nicht sinken lassen. Ich lasse nie den Mut sinken!«

Grissmann ärgerte sich über die Antwort. Ein Gerichtsvollzieher brauchte den Mut auch nicht sinken lassen. Je dreckiger es für die anderen kam, desto besser ging es ihm. Er hatte schon verschiedene Pfändungen erlebt und wusste, dass Gerichtsvollzieher daran sogar partizipierten. »Ja, Ihnen geht's gut«, sagte er anzüglich. Der andere schüttelte den Kopf. »Na, da irren Sie sich, mir geht es sehr bescheiden.«

Das bestellte Bier kam, und Lindner prüfte es. Es war sonderbar, auch das schmeckte ihm nicht. Je mehr er trank, desto schlechter schmeckte es.

»Na, junger Mann«, sagte er aufmunternd. »Kommt die Braut nicht?«

Grissmann grinste geschmeichelt. »Ich bin alleine hier«, sagte er.

Es wurde lauter im Saal, und sie mussten fast schreien. An den Nebentischen erzählte man sich Witze, und alles brüllte vor Lachen.

»Wohl auf Abenteuer aus?«, sagte Lindner laut und strich sich abermals über seinen gewesenen Schnurrbart.

Grissmann grinste weiter. Er wollte das nicht abstreiten. Er sonnte sich in dem Gefühl, ein Mensch zu sein, der auf Abenteuer aus war.

»Ja, ja, die jungen Leute«, rief Lindner schmerzlich. »Die haben es gut. In meinen Jahren hat man nur noch das Bier.«

Grissmann lächelte bedauernd.

Sie hatten sich ausgesprochen.

Lindner lenkte seine volle Aufmerksamkeit wieder dem Inhalt seines Bierglases zu. Er konnte sich nicht helfen. Es schmeckte widerlich. Er bestellte einen Schnaps, um den schlechten Geschmack herunterzuspülen.

Grissmann bestellte ein großes Helles, der Kellner rannte weiter.

»Kühle Blonde«, brüllte ein Mann durch das Lokal. »Kühle Blonde will ich haben.«

Grissmann fuhr zusammen. Das war doch Sonnenberg, der da brüllte? Das war doch die unangenehme Stimme des Blinden?

Kühle Blonde, das hieß dasselbe wie kaltes Helles und

kaltes Helles, das hieß ein Glas helles Bier, aber kühl. Grissmann war entschlossen, sich der Frau zu nähern, sobald die Musik anfangen würde, denn der Sonnenberg spielte ja wohl auch mit.

21. Kapitel

Fundholz bestellte einen weiteren Schnaps. Er hatte sich die Sache überlegt. Er wollte nicht mehr lange bleiben, sondern rechtzeitig beim Gemüsekeller sein. Wozu bezahlte man schließlich, wenn man nichts davon hatte? Er wollte notfalls sogar auf einen weiteren Schnaps von Grissmann verzichten.

Er hatte lange kein größeres Quantum mehr getrunken. Er merkte schon die beiden ersten Schnäpse und fühlte sich leicht und frisch wie lange nicht. Wenn er drei Schnäpse trank, so würde das ausreichen. Man durfte auch nicht zu unmäßig sein.

Der Schnaps kam, und Fundholz bezahlte, denn es war guter Brauch im Fröhlichen Waidmann, bei allen, außer bei den Stammgästen, gleich bei Lieferung abzukassieren. Da sonst der ein oder andere Gast im abendlichen Hochbetrieb nicht mehr zu erreichen war, wenn der Kellner sein Geld wollte.

Fundholz kippte den Schnaps hinunter. Er hatte dabei das Gefühl, ein inneres Kaltwasserbad zu nehmen. Es kratzte angenehm im Halse und erfrischte den Kopf. Dann sah er sich um. Die alte Frau mit den beiden Reisetaschen schlief immer noch fest. Ihr Kopf war auf die Brust gesunken, und die alte Hutfeder zeigte wie ein Speer ins Nirgendwo.

Auch ein armes Luder, dachte Fundholz.

Der Lärm im Saal brach plötzlich ab. Für einen Augenblick war es ganz still.

Dann erklang Klaviermusik. Es wurde irgendein moderner Schlager gespielt, den Fundholz nicht kannte, doch der Klavierspieler war mit viel Elan bei der Sache. Er nahm keine Rücksicht auf das Instrument und noch weniger auf seine Zuhörer.

Fundholz hatte Musikgefühl. Ein gewisses, intuitives Musikgefühl. Er kannte keine Noten, aber er war früher oft in Konzerte gegangen. Es tat ihm weh, wie machtvoll der Klavierspieler falsche Töne anschlug.

Die alte Frau mit den Reisetaschen erwachte. Sie hob den Kopf und lauschte verschlafen der Musik. Dann bemerkte sie den Alten.

»Ist Wilhelm schon hier?«, fragte sie.

Fundholz zuckte mit den Schultern. »Ich kenne keinen Wilhelm«, brummte er.

Tönnchen schlug im Takt der Musik mit den Fäusten auf die Tischplatte.

Frau Fliebusch begann wieder zu grübeln. Es war wohl noch nicht zehn. Man könnte nochmal einschlafen. Aber sie war nicht mehr müde. Stattdessen sah sie sich um. Der alte Mann war seltsam angezogen, doch sie zerbrach sich nicht den Kopf darüber. Sie hatte ihre eigenen Sorgen.

Herr Hagen kam aus dem großen Saal und war in Eile. Jeden Moment musste der Liederkranz kommen. Er nickte Frau Fliebusch freundlich zu und ließ sie wissen: »Wilhelm wird bald kommen!«

Frau Fliebusch dankte mit einem huldvollen Lächeln.

Hagen kannte Fundholz vom Sehen. Früher war der Alte manchmal mit dem blinden Sonnenberg gekommen. Sonnenberg war Kunde geblieben. Er spielte oft auf seiner Ziehharmonika und verdiente sich etwas dazu.

Hagen hatte nichts dagegen. Was Sonnenberg verdiente, setzte er anschließend bei ihm wieder um.

Er ging ans Büffet und gab eine Bestellung weiter. Dann kehrte er in den Saal zurück. Als er an Fundholz vorbeikam, lächelte er ihm freundlich zu.

Fundholz achtete nicht darauf, sondern nahm einen Zug aus seinem Schnapsglas. Grissmann schlug ihm dabei auf die Schulter. »Sonnenberg ist da«, verkündete er.

Der Alte nickte gleichgültig.

»Komm doch mit rüber«, schlug Grissmann vor.

Fundholz schüttelte ablehnend den Kopf.

Grissmann überlegte. Er hatte den Alten mitgenommen, um Sonnenberg festzuhalten.

»Sonnenberg spendiert«, log er, um Fundholz zu verlocken.

»So«, sagte der mit etwas größerem Interesse, blieb aber sitzen.

»Komm doch, Fundholz. Was willst du hier? Drinnen ist Musik und mächtig Betrieb. Du musst dich auch mal amüsieren.«

Fundholz erhob sich. Weniger der Musik oder des Betriebes wegen. Warum sollte er nicht partizipieren, wenn Sonnenberg, was sehr selten vorkam, Freischnaps spendierte?

Tönnchen lächelte verabschiedend Frau Fliebusch zu und folgte dem Alten und Grissmann in den Saal.

22. Kapitel

Sonnenberg war bester Laune. Vergnügt trommelte er auf der Tischplatte, neben ihm lag seine Ziehharmonika. Er hatte am Nachmittag ein gutes Geschäft gemacht, eine Mark und neunzig hatte er eingenommen. Den morgendlichen Vorfall hatte er bereits wieder vergessen.

Elsi jedoch nicht. Sie saß angespannt neben ihm. Wo blieb nur der Mann von heute Morgen? Sie sah sich ständig nach ihm um, konnte ihn aber nicht entdecken. Wenn der nicht käme, dann würde sie den ganzen Abend keine Freude haben. Sie wollte von dem Blinden loskommen. Sie war nicht hübsch und wusste es. Gerade deswegen hatte sie sich gefreut, diesen netten Menschen kennengelernt zu haben.

Sonnenberg trank sein kühles Blondes. Das Bier schmeckte ihm ausgezeichnet. So erfrischend nach dem langen, trockenen Tag. Er tätschelte Elsis Arm, die es sich nur widerwillig gefallen ließ. Sie hatte noch nichts bestellt, sondern nahm ab und zu einen kleinen Zug aus seinem Glas.

»Trink doch 'ne Weiße mit 'n Schuss«, schlug Sonnenberg großzügig vor.

Berliner Weißbier kostete vierzig Pfennig im Fröhlichen Waidmann. Das wusste Sonnenberg. Aber er war gut gelaunt und wollte ihr was zukommen lassen.

Elsi bestellte sich eine Weiße. Sie bekam das Bier sehr schnell. Man lieferte noch einen Strohhalm dazu, und Elsi begann, mit Appetit daran zu saugen.

»Gib mir auch mal einen Schluck«, bat der Blinde.

Sie gehorchte und schob Sonnenberg das Glas hin, der einen tiefen Zug nahm.

»Ah«, sagte er anerkennend. »Das schmeckt! Das ist der Sekt des kleinen Mannes.«

Sie zog das halbleere Glas wieder zu sich. So war er. Erst bestellte er ihr eine Weiße, und dann trank er, unter weisen Reden, die Hälfte selbst. Elsi ärgerte sich. Vorsichtig zog sie wieder an ihrem Strohhalm, aber die Freude war ihr verdorben.

Sonnenberg wollte ein weiteres Bier. Er schrie in der sicheren Erwartung, dass irgendein Kellner seine Stimme vernehmen würde, die Bestellung einfach in den Saal. Tatsächlich wurde er prompt bedient. Man wusste, dass der Blinde Krach schlug, wenn nicht alles so ging, wie er wollte.

Sonnenberg spielte auf seiner Harmonika. Er zog sie weit auseinander und presste sie wieder zusammen. Die Harmonika heulte eine Sekunde auf, dann verebbte der schrille Ton wieder. Erstaunt drehten sich die Tänzer in seine Richtung.

Sonnenberg grinste. »Das Ding hat mehr Lunge als drei Klaviere zusammen«, behauptete er.

Plötzlich erblickte Elsi Grissmann. Er kam mit den beiden Männern, die sie am Morgen ebenfalls gesehen hatte, auf ihren Tisch zu. Sie lächelte, und er lächelte wieder.

»Tag, Sonnenberg«, sagte Fundholz.

»Ach, Fundhölzchen, komm, setz dich zu uns«, forderte der Blinde auf.

Fundholz gehorchte und holte sich einen Stuhl. Tönnchen tat das Gleiche. Nur Grissmann blieb stehen.

»Ich möchte tanzen«, sagte Elsi.

Sonnenberg runzelte die Stirn. »Na meinetwegen«, erlaubte er zögernd.

Elsi stand auf und ging mit Grissmann auf die Tanzfläche zu.

»Mit wem tanzt sie denn?«, wollte Sonnenberg wissen.

»Mit Grissmann«, sagte Fundholz arglos.

»Grissmann? Ist das nicht der Kerl von heute Morgen?« Sonnenberg wurde unruhig.

»Ja«, sagte Fundholz. »Das ist der, der auf der Bank gesessen hat, als wir uns getroffen haben.«

»Und wer ist das?«, fragte der Blinde misstrauisch in die Richtung, wo Tönnchen saß.

»Das ist Tönnchen.«

»Ja«, bestätigte der Dicke. »Ich bin Tönnchen.«

Sonnenberg beruhigte sich. »Ich habe gehört, Sie wären auf einem Auge taub«, sagte er.

Fundholz lachte. »Auf einem Auge taub ist gut. Der ist auf beiden Backen dämlich, wollen wir lieber sagen. Aber das macht nichts.«

Tönnchen hörte lächelnd der Unterhaltung über sich zu.

Fundholz überreichte ihm das letzte Brötchen. Der Dicke begann sofort zu essen.

»Sag mal, Sonnenberg. Ich habe gehört, du spendierst heute«, ermunterte der Alte.

»Da hast du falsch gehört.« Sonnenberg wurde wieder nervös. Da stimmt doch was nicht. Dass Elsi mit diesem Kerl tanzte, hatte doch Gründe. Na warte, dachte er, wenn ich dir auf die Sprünge komme, dann geht es dir dreckig.

»Was ist denn das für ein Kerl, der Grissmann?«, wollte er wissen.

Fundholz schüttelte den Kopf.

»Na«, forderte der Blinde Antwort. »Halte dich man nicht ein halbes Jahr mit der Vorrede auf.«

»Ich kenn ihn nicht so gut«, brummte Fundholz.

»Siehst du die beiden?«, fragte Sonnenberg.

Fundholz sah auf die Tanzfläche. Grissmann hatte die Frau eng an sich gepresst, sehr eng sogar, und beide lächelten sich an.

»Ja, sie tanzen zusammen«, sagte Fundholz eintönig.

Sonnenberg erbitterte sich. »Dass sie tanzen, das weiß ich! Aber wie tanzen sie? Grinst sie der Kerl etwa an?«

Fundholz merkte die Eifersucht. »Na, sie tanzen, wie alle tanzen«, sagte er ausweichend.

»So ein dummer Hund«, schimpfte Sonnenberg vor sich hin. »Sperr doch die Augen auf, Menschenskind! Du hast ja noch welche. Ich nicht. Sonst würde ich schon aufpassen! Stell dich nicht so dusselig an, Fundholz. Ich will wissen, ob sie fremdgeht, verstehst du?«

»Ich muss gehen«, sagte Fundholz. Er wollte sich nicht in derartige Angelegenheiten mischen. Spendieren würde Sonnenberg nicht. Grissmann hatte gelogen, wahrscheinlich wegen der Frau. Also, was sollte er hier? Ihn ging das alles nichts an.

Sonnenberg sagte ruhig: »Warum denn? Ich wollte gerade einen Schnaps mit dir trinken!« Er brüllte: »Zwei Schnäpse!«

Fundholz blieb sitzen. Den einen Schnaps würde er nehmen und dann gehen.

Sonnenberg beherrschte sich mühsam. Er wollte Fundholz dabehalten. Der sollte aufpassen. Er musste es irgendwie schaffen, den Alten anzubinden. Wenn ich seine Hand erwische, dachte er, dann kommt er heute

Abend nicht mehr fort. Die Elsi, das Luder, soll sehen, dass Sonnenberg nicht so dämlich ist, wie sie glaubt.

Sonnenberg legte beide Hände vor sich auf den Tisch. Er spielte mit dem Bieruntersatz. »Ja«, sagte er, »die Weiber, die schaffen nur Unruhe! Findest du nicht auch, Fundholz?«

Fundholz stimmte zu. »Das stimmt schon, das stimmt schon.«

Sonnenberg sprach weiter. »Da arbeitet man den ganzen Tag bloß für die Frau, und zum Dank lässt sie einen abends sitzen und tanzt. – Du glaubst gar nicht, was mich das Ziehharmonikaspielen anstrengt.«

Er hielt ihm seine rechte Hand hin. »Sieh mal. Alles Schwielen.«

»Ich sehe nichts«, sagte Fundholz.

Der Blinde lachte. »Sehen kann man das vielleicht nicht, aber fühlen. Streich mal mit der Hand drüber, das fühlt sich an wie Leder.«

Der Alte interessierte sich nicht dafür. Gelangweilt strich er über die Hand.

Sonnenberg packte hart zu, als er die Finger des Alten auf seiner Hand fühlte.

»Lass den Quatsch«, sagte Fundholz milde.

Sonnenberg lachte ein unfreundliches Lachen. »Pass auf, Fundhölzchen. Du wirst mir jetzt sagen, was meine Frau macht! Du wirst mir genau beschreiben, wie die beiden tanzen! Wie sich dieser Grissmann und meine Frau anstarren! Und wenn du das nicht tust, dann mache ich aus deiner Hand Eierkuchen.« Der Blinde freute sich, Fundholz in die Falle gelockt zu haben.

Fundholz schwieg einen Augenblick und sagte dann immer noch freundlich: »Lass los, Sonnenberg!«

Der lachte behaglich. »Ich denke nicht daran.«

Fundholz ärgerte sich nicht. Aber er wollte sich auch zu nichts zwingen lassen, was ihm nicht lag. Er war kein Spitzel.

»Hör mal, Sonnenberg«, brummte er, »ich schlage dir das Bierglas, das ich in der Hand habe, an den Kopf, wenn du nicht loslässt.«

Sonnenberg schien das nicht zu befürchten. »Du wirst doch keinen armen Blinden misshandeln wollen«, sagte er grinsend.

Fundholz antwortete nicht. Er versuchte, seine Hand frei zu machen, aber Sonnenberg war stärker als er.

Der Schnaps kam.

»Los, trink!«, forderte Sonnenberg auf.

Beide tranken mit der linken Hand ihr Glas leer.

Die Musik pausierte einen Augenblick.

Sonnenberg knallte sein Glas fest auf den Tisch. »Kommen die beiden hierher?«, fragte er.

Fundholz sah die beiden noch auf der Tanzfläche stehen. »Sie warten wohl den nächsten Tanz ab«, teilte er mit.

Das Klavier begann wieder zu spielen, und die Tänzer setzten sich in Bewegung.

Sonnenberg wütete. »Hör mal, Fundholz, du bist doch mein Freund! Du musst mir helfen! Was soll ich Blinder denn machen? Du musst mir einfach helfen!«

Dann versuchte es Sonnenberg auf die sanfte Tour. Er bemühte sich, seiner Stimme etwas Bittendes zu verleihen, aber Fundholz spürte das Knurren, das dahinterlag.

»Fundholz, bring mich auf die Tanzfläche! Ich will mit Elsi sprechen.«

Das führt nur zu einer Schlägerei, dachte er. Mich geht

die Sache nichts an. »Lass sie tanzen, wenn sie Lust hat. Du musst nicht so eifersüchtig sein, Sonnenberg. Sie ist doch noch jung.« Er beendete seine lange Rede und leerte den Rest des Schnapses.

Sonnenberg knurrte ärgerlich: »Was weißt du denn von Weibern? Nichts weißt du! Aber ich kenne sie! Erst tanzen sie, und dann gehen sie mit den Kerlen ins Bett. Aber mit mir ist das nicht zu machen! Meinst du, ich will wieder alleine sein? Alleine und blind? Das ist nicht nur meine Frau. Das sind auch meine Augen! Aber du verstehst das nicht! Wenn es nach dir geht, kommt Sonnenberg unter das nächste Auto. Das erlebt ihr jedoch nicht! Alle miteinander erlebt ihr das nicht. Ich werde schon aufpassen auf sie. Sämtliche Knochen im Leibe schlage ich ihr kaputt. Sie ist ja meine Frau! Von wegen scheiden lassen und so; ist nicht! Die gehört zu mir, das ist Gesetz! Und ich werde sie schon noch erziehen! Mit dem Knüppel werde ich sie erziehen!«

Sonnenberg bestellte zwei neue Schnäpse. Sein Gesicht glühte vor Wut. »Soll sie sich doch ins Bett legen mit dem Kerl. Soll sie doch. Ich werde sie schon zur Vernunft bringen, und wenn ich sie totschlagen soll! Ich bringe sie zur Vernunft! Mit Sonnenberg ist sie verheiratet, nicht mit Grissmann! Das werde ich ihr schon beibringen!«

Fundholz hörte schweigend Sonnenbergs Wutausbruch an.

Tönnchen langweilte sich. Man wollte anscheinend nichts von ihm, und zu essen gab es auch nichts.

»Tönnchen will gehen«, meldete er sich.

Fundholz brummte: »Warte gefälligst!«

23. Kapitel

Grissmann war kein geschickter Tänzer. Ohne ein Wort zu sprechen, führte er Elsi, und dauernd stießen sie an andere Tanzpaare an. Aber was machte das? Er hatte wieder eine Frau im Arm.

Sie hatte gar keine so üble Figur, wie er erst angenommen hatte. Das Wollkleid saß nur schlecht. Er fühlte ihren Körper an dem seinen. Schlank ist sie, fand er. Er drückte sie beim Tanzen an sich.

»Sie sind aber stark«, bewunderte sie ihn.

Grissmann lächelte geschmeichelt. »Och, das ist nicht so wild.«

»Doch«, behauptete Elsi.

Sie tanzten schweigend weiter.

»Schöne Musik, nicht?«, lobte Grissmann.

Elsi stimmte zu.

»Spielt Ihr Mann nicht mit?«, wollte Grissmann wissen.

Sie schüttelte den Kopf. »Der spielt erst am späten Abend«, sagte sie, das »Der« unfreundlich betonend.

Grissmann fragte weiter. »Spielt er vom Tisch aus, oder geht er zum Klavier?«

»Nein, er setzt sich immer mit dem Stuhl zwischen die Tänzer.«

»Sind Sie oft hier?«, wollte Grissmann wissen.

Elsi nickte. »Fast jeden Abend.«

Grissmann fühlte sich ein wenig schwindelig vom Tanzen. Er verspürte Hunger. Ich habe Geld, dachte er froh. »Nach dem Tanzen wollen wir was essen«, schlug er vor.

Elsi hatte nichts dagegen einzuwenden. Er presste sie noch enger an sich und tanzte mit ihr vom Klavier weg, in die Nähe des Ausgangs. Aber die Musik ging weiter, und als er dachte, der Tanz wäre zu Ende, fing er erst richtig an. Er schwitzte, als das Lied endlich zu Ende war.

»Wollen wir essen gehen?«, fragte Grissmann.

Elsi wollte lieber nochmal tanzen. Sonnenberg hatte sie fast schon vergessen. Sie fand, Grissmann war ein sehr netter Mann. Sie tanzte gerne mit ihm.

Grissmann fügte sich. Das Klavier setzte wieder ein, und sie tanzten weiter.

»Sind Sie schon lange verheiratet?«, fragte Grissmann.

Elsi seufzte auf. »Nein, Gott sei Dank noch nicht.«

Grissmann hörte ihren Stoßseufzer. »Ist wohl nicht viel los mit dem Blinden?«, fragte er.

Elsi bestätigte. »Gar nichts ist los mit ihm. Ich bleibe auch nicht mit Sonnenberg zusammen. Der soll sich eine andere suchen!«

Grissmann wurde nachdenklich. Hoffentlich will sie sich nicht an mich klammern, dachte er. Na, damit hat sie kein Glück.

»Ich mag Sie gerne leiden!«, behauptete er leicht errötend.

»Ich Sie auch!«

Elsi freute sich. Das ist ein anständiger Mensch, dachte sie glücklich. Wenn er einen bloß nicht so an sich quetschen würde.

Grissmann wurde noch mutiger. »Wollen wir nicht du sagen?«, schlug er vor.

Frau Sonnenberg hatte nichts dagegen. »Ich heiße Elsi«, machte sie bekannt.

»Schöner Name«, lobte Grissmann. »Ich heiße Fritz.«

Elsi bekam es plötzlich mit der Angst. »Aber Sonnenberg darf nichts davon wissen, der ist sehr misstrauisch«, bat sie.

Grissmann antwortete geringschätzig »Ach, der.« Er lachte. »Der kann ja nicht sehen. Der merkt nichts.«

Aber Elsi hatte trotzdem Angst vor Sonnenberg. Der war schlau und durchtrieben.

Grissmann dagegen war guter Stimmung. Alles erreicht man, dachte er, alles, was man will. Man muss nur richtig wollen. Es machte ihm Spaß, den Sonnenberg anzuführen. Er sah zu ihm hinüber. Sonnenberg sprach mit Fundholz und umklammerte die Hand des Alten mit hochrotem Kopf.

Aha, dachte Grissmann, der Alte pfeift, der Alte verpetzt. Na, soll er doch. Mich kriegt der Blinde im Leben nicht zu fassen. – Aber das war eine Gemeinheit von Fundholz. Nur Gutes hatte er von ihm gehabt, und jetzt spionierte er für Sonnenberg. Grissmann empörte sich über dessen Schlechtigkeit. Anzeigen müsste man ihn direkt, sagte er sich, wegen seiner Bettelei.

Grissmann hatte an sich wenig Sympathien für die Polizei. Er hatte Angst vor ihr, noch wegen der Sache mit dem Handwagen. Aber jetzt fand er, dass sie nicht genügend aufpasste.

»Die Bettler, diese faulen Hunde, müssten richtig rangenommen werden«, sagte er zu Elsi.

Die nickte zerstreut.

»Unsereins arbeitet doch, wenn er kann, aber diese Bettler, die tun überhaupt nichts als fechten.«

Grissmann nahm sich vor, dem Alten eins auszuwischen. Er wusste ja, wo er schlief. Ein anonymer Brief, und der Alte und der Idiot wurden verhaftet. Fundholz hatte ihm erzählt, wie sehr er sich vor dem Armenhaus fürchtete. Dem wollte er es eintränken. Was ging den Kerl die ganze Sache an? Jetzt sprach der schon wieder mit dem Blinden. Ich werde gleich heute Abend schreiben, nahm er sich vor.

Er lächelte nicht mehr, sondern machte ein wütendes Gesicht.

Worüber ärgerte er sich?, fragte sich Elsi. Hoffentlich nicht über mich. »Tanzt du gerne?«

Grissmann nickte. »Vor allem mit dir.«

Er lachte wieder. »Es muss nicht schön sein, mit so einem Blinden verheiratet zu sein. Sonnenberg ist ein unangenehmer Mensch.«

Elsi bestätigte. »Ja, er ist ein widerlicher Kerl. So brutal.« Sie zitterte ordentlich in seinen Armen.

Grissmann wollte sie beruhigen. »Auf so einen gemeinen Kerl braucht man gar keine Rücksicht nehmen.«

Elsi war ganz seiner Meinung. »Gar keine Rücksichten braucht man auf den nehmen«, stimmte sie zu.

Grissmann trat ihr auf den Fuß und entschuldigte sich.

Elsi strahlte. Wenn Sonnenberg gegen sie anrannte oder ihr auf den Fuß trat, dann brüllte er noch: »Pass doch auf, dumme Kuh.« Grissmann war entschieden der angenehmere Mensch.

»Schön, dass wir uns kennengelernt haben«, sagte er jetzt.

»Ja, das ist schön! Du bist viel netter als Sonnenberg«, sagte sie fast zärtlich.

Grissmann strahlte. »Lass doch den Blinden heute Abend sitzen«, schlug er vor.

Elsi hatte nichts dagegen. Sie wollte den Blinden nicht nur heute Abend sitzen lassen, aber das würde sie ihm später erklären.

Der Tanz war zu Ende, und der Klavierspieler deutete an, eine Pause machen zu wollen.

Elsi ging mit Grissmann in den vorderen Schankraum. Grissmann sah erstaunt, dass die alte Frau immer noch dort saß. Sie schien auf etwas zu warten und sah auch so aus. Na, ihm konnte das egal sein. Er bestellte zwei Paar warme Würstchen.

Sie nahmen neben Frau Fliebuschs Tisch Platz. Grissmann schielte wieder auf ihre Koffertaschen. Die eine stand offen, und Grissmann sah etwas Weißes daraus hervorschimmern. Wird schon nichts Besonderes sein, vermutete er. Die Koffer waren so alt, dafür gab es nichts. Außerdem wollte er sich mit solchen Kleinigkeiten nicht mehr aufhalten. Morgen würde er die anderen Kerle hochnehmen, da kamen sicher auch vierzig oder fünfzig Mark bei heraus. Vielleicht sogar mehr. Und dann wollte er gelegentlich eine große Sache machen. Eine Sache, die wirklich etwas abwarf.

Vorläufig saß er jedoch neben Elsi. Nur sie beide und die sonderbare alte Frau saßen im Schankraum. Grissmann legte seinen Arm um Elsis Schulter. Die ließ es geschehen.

Ein schöner Tag war das. Erst hatte er eine Mark gefunden, dann zehn Mark erobert, und jetzt hatte er eine Frau.

Als die Würstchen kamen, aßen beide mit großem Appetit. Grissmann ließ noch Brötchen kommen, um die

Mahlzeit besser in die Länge ziehen zu können. Aber wenig später war Grissmann bereits mit dem Essen fertig. Elsi aß weiter und wandte dieser Beschäftigung ihre ganze Aufmerksamkeit zu. Endlich hatte auch sie ihren Teller leer. Grissmann zog sie an sich und küsste sie. Elsis Mund war fettig, aber das störte ihn nicht.

Der Büffetbursche grinste.

Frau Fliebusch sah erwartungsvoll zur Tür.

24. Kapitel

Minchen Lindner lehnte sich tief in die Polster des Wagens zurück. Die Taxe fuhr an und beschleunigte dann langsam das Tempo. Sie steckte sich eine Zigarette an. Eigentlich rauchte sie nicht gerne, aber alle Damen rauchten. Es war modern. Sie paffte blaue Wolken in den Wagen.

Heute hatte sie sich nicht besonders rausgeputzt. Sie trug dasselbe Kleid, das sie an dem Tag angehabt hatte, als sie Herrn von Sulm kennengelernt hatte. Ein einfaches, gewürfeltes Kattunkleid. Dazu trug sie einen niedlichen kleinen Hut. Beides stand ihr ausgezeichnet, hatte sie vor dem Spiegel, beim Lippenrot-Auflegen, noch einmal festgestellt. Ihr war es ziemlich gleichgültig, ob sie ein seidenes Kleid anhatte oder ein baumwollenes. Aber Herr von Sulm und die anderen älteren Herren verlangten, dass sie festlich aussah, wenn sie abends zu Besuch kamen.

Heute Abend wollte Minchen bescheiden auftreten. Erstens tat sie das, um ihren Vater nicht zu noch größeren Forderungen zu veranlassen, und zweitens wollte sie sich amüsieren. Das konnte sie nur, wenn sie in den Rahmen des Lokals passte. Sie wollte nicht als neugierige Vertreterin des Kurfürstendamms angesehen werden, sondern als eine gewöhnliche junge Frau, die ohne Freund kam, aber vielleicht nicht ohne Freund ging.

Und Minchen Lindner wollte endlich wieder mal so reden, wie ihr der Schnabel gewachsen war. So wie sie früher gesprochen hatte, ohne Verzierungen und komplizierte Redewendungen. Außerdem wollte sie mit einem netten Jungen ausgelassen tanzen. Sie hatte die älteren Herren gründlich über.

Die Zigarette schmeckte schauderhaft. Sie drückte sie im Aschbecher aus. Ihrer Handtasche entnahm sie den Lippenstift und fuhr damit über den Mund. Heute Abend wollte sie hübsch aussehen. Minchen fing an zu pfeifen. Sie pfiff einen modernen Schlager. Den Text hatte sie vergessen, aber die Melodie gefiel ihr. Sie war so einschmeichelnd.

Der Wagen hatte die feineren Stadtteile verlassen. Minchen Lindner sah durch das Fenster. Die Straßen waren von Arbeiterinnen und Arbeitern bevölkert. Sie gingen spazieren oder wollten ins Kino. Die alten grauen Häuser heimelten Minchen an. Sie öffnete das Fenster der Taxe und beugte sich hinaus.

Da, in dem Haus hatte sie als Kind gewohnt, nachdem ihr Vater ins Gefängnis gekommen war. Das lag nun schon zehn Jahre zurück. Davor hatten sie zu dritt in einer kleinen, hübschen Wohnung in Steglitz gelebt. Ich habe eigentlich eine ganz schöne Jugend gehabt, befand sie. Und sie war ja immer noch jung.

Früher war ihr alter Herr ein vergnügter Mann gewesen. Zu vergnügt, wie sich später herausgestellt hatte. Nach getaner Arbeit waren sie häufig in den Grunewald gefahren. Lokale hatte es da gegeben, die hatten damit geworben »Hier können Familien Kaffee kochen«. Die Familie Lindner hatte von dieser Möglichkeit ausgiebig Gebrauch gemacht.

Dann war eines Tages die gemeine Anzeige gekommen, und ihr Vater war ins Gefängnis gewandert. Als er seine Strafe hinter sich gebracht hatte, kümmerte er sich nicht mehr um seine Familie und ließ sich gehen. Schließlich hatte ihn Minchens Mutter hinauswerfen müssen.

Minchen dachte an die schwere Zeit zurück. Als halbes Kind noch war sie Fabrikarbeiterin geworden, dann hatte sie die Stellung in dem Seifengeschäft bekommen. Ihre Mutter starb, als Minchen siebzehn Jahre alt war, und von der Zeit an hatte sie sich selbst ernährt. Manchmal hatte ihr Vater ihr, wenn er gekonnt hatte, etwas Geld zugesteckt, aber oft war das nicht vorgekommen.

In letzter Zeit ging es ihm immer schlechter. Er verdiente überhaupt nichts mehr. Für eine Weile hatte er noch als Wachmann gearbeitet, aber es war zu oft gestohlen worden, und jetzt beschäftigte ihn keiner mehr, vor allem seit seine Vorstrafen bekannt geworden waren, die er lange sehr geschickt zu kaschieren verstanden hatte. Vor allem unmittelbar nachdem er aus dem Gefängnis entlassen worden war, hatte er zahlreiche kleine Diebstähle begangen und war dafür abgefasst worden.

Minchen Lindner bekümmerte sich nicht darum. Sie half ihm, wenn sie konnte, und in den letzten Jahren hatte sie immer gekonnt. Lindner fragte nicht, woher sie das Geld nahm, was sie ihm gab, und es ging ihn, Minchens Ansicht nach, auch nichts an.

Die Taxe war nicht mehr weit vom Fröhlichen Waidmann entfernt. Minchen klopfte gegen die Scheibe. »Halten«, bat sie. Der Fahrer gehorchte.

Minchen stieg aus und bezahlte. Sie wollte nicht vorfahren, das machte immer so einen Protzeindruck. Und protzen wollte Minchen nicht, schon gar nicht vor ihrem Vater.

Sie langte beim Fröhlichen Waidmann an, trat ein, ging an die Theke und fragte: »Ist Herr Lindner hier?«

Bevor der Büffetbursche antworten konnte, war Grissmann, der mit Elsi gerade noch den nächsten Tanz abwartete, aufgesprungen. »Meinen Sie Herrn Gerichtsvollzieher Lindner?«, fragte er dienstfertig.

Minchen nickte.

»Ja, der ist hier«, sagte Grissmann. Ihm gefiel das Mädchen ausgezeichnet. Viel besser als Elsi. Er freute sich, ihr behilflich sein zu können, und hoffte, sie dadurch kennenzulernen. Der Gerichtsvollzieher hatte sicher keine Freundin. Das war die Tochter oder sonst eine Verwandte. Grissmann hatte heute seinen glücklichen Tag. Den wollte er ausnutzen.

Elsi sah ihn erstaunt an. Der ist höflich, dachte sie harmlos, viel höflicher als Sonnenberg.

Minchen Lindner musterte Grissmann. Er gefiel ihr nicht. Sie fand sein Gesicht zu unterentwickelt und gleichzeitig brutal. »Danke schön«, sagte sie, »ich will in den Saal gehen und ihn suchen.«

»Soll ich Ihnen helfen?«, bot Grissmann sich an.

Minchen Lindner dankte: »Ich finde ihn schon alleine. Lassen Sie man.«

Enttäuscht setzte sich Grissmann wieder. Das war eine zu komplizierte Sache für ihn. Er wollte Elsi festhalten und gleichzeitig auch das andere Mädchen kennenlernen.

Aber er wusste, wer ihr Vater war. Das war immerhin ein Anknüpfungspunkt. Die Tochter des Gerichtsvollziehers reizte ihn. Nicht nur, weil sie ihm gefiel, sondern eben auch weil sie die Tochter des Gerichtsvollziehers war. Dass er schon seit zehn Jahren seinen Beruf nicht mehr ausübte, hatte ihm Lindner nicht anvertraut. Lindner schmückte sich immer noch mit seinem alten Titel – ein Abglanz des Respektes, den er früher genossen hatte.

Minchen Lindner wollte den Schankraum verlassen und in den Saal gehen. Aber im gleichen Augenblick, als sie eintreten wollte, begann die Musik wieder. Sie blieb stehen und sah sich um. Die Tanzpaare verdeckten ihr die Sicht, sie konnte ihren Vater nirgends erkennen. »An welchem Tisch sitzt er?«, fragte sie Grissmann.

Der war inzwischen aufgestanden und wollte mit Elsi tanzen. Er blieb stehen. »Soll ich ihn rufen?«, fragte er erfreut.

»Nein, das ist nicht nötig. Sagen Sie mir nur, wo er sitzt, dann finde ich ihn schon.«

Elsi stand ungeduldig neben ihm. Sie zupfte ihn am Ärmel, doch Grissmann achtete nicht darauf. Stattdessen lächelte er Minchen Lindner werbend zu.

Der wurde das lästig. »Wissen Sie überhaupt, wo er sitzt?«, fragte sie streng.

Grissmann errötete und hörte auf zu lächeln. »Neben dem Klavier sitzt er«, sagte er unfreundlich und verließ mit Elsi den Raum.

Minchen Lindner blieb stehen. Sie beobachtete, wie die beiden tanzten. Die passen ganz gut zusammen, dachte sie. Da hörte sie hinter sich plötzlich eine Stimme. »Wo Wilhelm bloß bleibt? Wenn es nun wieder nichts wäre …« Sie drehte sich erstaunt um.

Eine alte Frau führte anscheinend Selbstgespräche. Sie sah sehr traurig aus und tat Minchen leid. »Wird schon kommen!«, ermutigte sie sie.

Frau Fliebusch sah auf. Das junge Mädchen lächelte ihr freundlich zu.

»Meinen Sie?«, fragte sie hoffnungsvoll.

»Warum soll er denn nicht kommen?«

Frau Fliebusch wiederholte Minchens Worte. »Ja, warum soll er denn nicht kommen!« Dann sagte sie. »Ich warte schon zwanzig Jahre auf ihn!«

Die schüttelte erstaunt den Kopf. »Zwanzig Jahre, das ist eine sehr lange Zeit!«

»Nicht?«, fragte Frau Fliebusch eifrig. »Aber heute Abend werde ich ihn wiedersehen. Heute Abend, endlich!«

»Das freut mich wirklich«, sagte Minchen Lindner. »Das ist sicher sehr schön für Sie.«

Frau Fliebusch sah sie gerührt an. »Sie sind ein lieber Mensch«, behauptete sie.

Minchen Lindner begriff den Zusammenhang nicht ganz. Aber es war ihr natürlich angenehmer, für einen lieben als für einen schlechten Menschen gehalten zu werden. Sie hatte den Eindruck, dass die alte Frau nicht »so ganz richtig im Kopfe« war. Jedenfalls war sie harmlos und angenehmer im Verkehr als eine Menge ihrer Bekannten, die absolut normal waren. Sie lächelte ihr freundlich zu und wandte sich dann um, um den Saal zu betreten.

»Sie sind bestimmt ein lieber Mensch«, bestätigte Frau Fliebusch, die sich stets an einmal errungene Erkenntnisse klammerte.

25. Kapitel

Wilhelm Winter war arbeitslos; ein Umstand, der für sein Leben von einschneidender Bedeutung war. Winter bekam keine Erwerbslosenunterstützung mehr, sondern Wohlfahrt. Wohlfahrtsempfänger war man, wenn die Ansprüche an die Erwerbslosenunterstützung abgegolten waren.

Wilhelm Winter interessierte sich nicht für die feinen Unterschiede. Er stellte nur fest, dass man als Wohlfahrtsempfänger noch weniger bekam. Mit der Erwerbslosenunterstützung hatte er sich noch knapp durchgebracht, als Wohlfahrtsempfänger kam er nicht mehr aus.

Er war sechsundzwanzig Jahre alt und wollte nicht als Diogenes in der Tonne enden, abgesehen davon war er auch nicht philosophisch veranlagt. Er wollte leben. Er stellte keine erheblichen Ansprüche, aber er wollte genug zu essen haben, sich Zigaretten kaufen können, einen Schlafplatz haben und einigermaßen ordentlich gekleidet sein.

Jedes einzelne Bedürfnis hätte er befriedigen können, ja mehr sogar, er konnte zwei, bei großer Bescheidenheit vielleicht drei befriedigen, aber alle, das war unmöglich. Die Unterstützung war ausreichend, um essen und rauchen oder schlafen und rauchen zu können, aber dann durfte er nicht an Kleidung denken, oder er musste sich das Schlafen abgewöhnen.

Viele taten tatsächlich alles nur noch teilweise. Sie

aßen wenig, rauchten wenig, schliefen mit vielen anderen zusammen und kauften sich außer Papierkragen und neuen Schnürsenkeln keinerlei Kleidungsstücke. Wilhelm Winter hatte das ebenfalls versucht. Aber er war zu kräftig, hatte viel zu viel Appetit, rauchte zu gerne, konnte sich nicht entschließen, mit mehreren anderen in einer Dachkammer zu hausen, und wollte gerne gut gekleidet sein.

Er war zu sehr Mensch und zu wenig Kartothekkarte, von der man einfach abstreichen konnte.

Es gab damals viele Parteien, die alle ausgezeichnete Lösungen für die Erwerbslosen in der Tasche hatten. Aber sie arbeiteten auf lange Sicht und machten die Übergabe der politischen Macht an sie zur Bedingung ihrer Hilfe.

Wilhelm Winter wollte nicht so lange warten. Er hatte es eiliger als die Parteien, und darum ging er gesondert vor. Auch hatte er den Eindruck, dass man vielfach die Erwerbslosen zwar als politischen Hebel benutzen wollte, im Übrigen jedoch kein Interesse daran hatte, ihnen vorläufig anders als mit Programmversprechen zu helfen. Im Gegenteil, ein Anschwellen der Erwerbslosigkeit wurde, wenn auch nicht erwünscht, so doch ganz gerne gesehen, da man damit den derzeitig Regierenden Schwierigkeiten bereiten konnte.

Nun ist der Glaube an bessere Zeiten ein alter. Vorsichtige Propheten verlegten diese Zeiten früher in das Paradies, in das man nach dem Tode eintritt. Die skeptischere Neuzeit verlangt andere und realistischere Angebote. So haben dementsprechend auch die moderneren Propheten das Paradies vorverlegt und bereits eine irdische Verwirklichung in Aussicht gestellt. Das uralte menschliche Streben nach Glück ist in Wirklichkeitsnähe gerückt. Die Menschen sollen sich dazu entschließen, an dem, was sie erstreben, selbst mitzuarbeiten, statt sich alleine auf ihren Glauben zu verlassen, obwohl der natürlich immer noch eine maßgebliche Rolle spielt.

Aber Wilhelm Winter wollte weder hoffen noch glauben. Er wollte erleben. Damit konnte man ihm aber nicht dienen. Man eröffnete vage Perspektiven, ja man ging sogar so weit, den Zeitpunkt einer Befriedigung genauer zu terminieren. Aber selbst die günstigsten Prognosen ließen die nächsten Jahre offen, außerdem kümmerte man sich um den Menschen Wilhelm Winter herzlich wenig, da man nur die Masse der Wilhelm Winters erobern wollte. Folglich ging dieser eigene Wege.

Winter war von Beruf ungelernter Arbeiter. Das hieß, er hatte überhaupt keinen richtigen Beruf. Denn ungelernte Arbeiter, das waren die Zahllosen, die keine Gelegenheit gehabt hatten, eine Lehre, ganz gleich welcher Art, durchzumachen, und nun lebenslang Handlanger waren, wenn sie sich nicht infolge günstiger Umstände oder besonderer Intelligenz emporarbeiteten. Sie brachten keine anderen Voraussetzungen in das Erwerbsleben mit als ihre Knochen, und dieser Arbeitsrohstoff wurde überall da eingesetzt, wo weder Können noch spezielles Wissen erforderlich waren.

Die Ungelernten bildeten unter den Arbeitern noch einmal eine besondere Unterschicht, eine Art viereinhalbter Stand. Soziologisch betrachtet, waren sie in einer besonders ungünstigen Lage. Jede Konjunkturschwankung spürten sie als Erste, und auch bei günstiger Konjunktur hatten sie die geringsten Vorteile. Entwicklungsmäßig standen sie unter den Arbeitern, das betraf ihre

Lebenshaltung wie auch ihre Bildung. Das Unsichere ihrer Existenz machte es ihnen außerdem unmöglich, sich geistig oder in ihrer Weltanschauung zu festigen. Sie stellten im Gegensatz zur Arbeiterschaft kein geschlossenes, organisiertes, ausgerichtetes Ganzes dar, sondern waren eine Unsumme Einzelner, die sich sowohl wirtschaftlich als auch geistig auf schwankendem Boden befanden.

Die Arbeitslosigkeit traf diese Menschen besonders schwer. Dem demoralisierenden Elend hatten sie nur sehr geringen Widerstand entgegenzusetzen. Diejenigen aber, die weder den Glauben an die Zukunft noch sonst eine Weltanschauung, welche ihnen Halt geben konnte, besaßen, verloren den Boden unter den Füßen sehr rasch. Sie wurden das, was man landläufig als »asozial« bezeichnet.

Wilhelm Winters häusliche Verhältnisse hatten es ihm nicht erlaubt, einen Beruf zu erlernen. Man hatte nicht abwarten können, bis er ausgelernt hatte, man hatte das Geld sofort gebraucht. Denn er hatte sieben Geschwister gehabt, und der Vater hatte nur knapp die Miete und das Essen verdient. So hatte jedes Familienmitglied das Seine beitragen müssen.

Und bei ihm las sich das so: Er begann mit vierzehn Jahren als Botenjunge. Dann wurde er Zeitungsverkäufer, Zubringer auf Bauten, Tellerwäscher – diesem Beruf haftet, seitdem es ein Tellerwäscher in Amerika zum Millionär gebracht hat, eine unerklärliche Romantik an –, zuletzt hatte er in einer Fabrik als Hausdiener gearbeitet. Das war aber schon Jahre her.

In der Zwischenzeit hatte er noch Versuche unternommen, mit dem Verkauf von Speiseeis, Schnürsenkeln und Füllfederhaltern sein Leben zu bestreiten, aber ohne

Erfolg. Feste Arbeit zu bekommen, war ihm nicht möglich gewesen. Er war als Arbeitsrohstoff schon zu teuer geworden. Die Tarife schrieben vor, dass ältere Hausdiener mehr verdienten als junge. Deshalb stellte man junge ein.

Er lebte von der Wohlfahrt. Bis ihm der Geduldsfaden gerissen war.

Eines Tages hatte Wilhelm Winter eine Privat-Revolte unternommen, war in ein Kolonialwarengeschäft eingedrungen und hatte versucht, sich der Kasse zu bemächtigen. Der Versuch war misslungen. Der Besitzer, für den die Kasse ein Stück Existenz bedeutet hatte, hatte sich mit mehr Mut zur Wehr gesetzt, als Wilhelm Winter dem schwächlichen alten Manne zugetraut hatte.

Es folgte seine Verhaftung.

Das Gericht billigte ihm mildernde Umstände zu und gab ihm Bewährungsfrist.

In der anschließenden vierwöchentlichen Untersuchungshaft hatte Wilhelm Winter einzusehen gelernt, dass eine halbe Million Beamter stärker waren als ein einzelner Mann. Er verübte keine weiteren Einbrüche mehr und wurde entdeckt. Genauer gesagt, er lernte zufällig eines Tages ein Mädchen kennen, ein älteres Mädchen. Sie bat ihn, ihr Freund zu sein. Gleichzeitig gab sie ihm Geld.

So war Wilhelm Zuhälter geworden. Man nannte ihn den schönen Wilhelm. Er hatte eine gute Figur und ein verwegenes Gesicht. Wobei sein Gesicht verwegener aussah, als er in Wirklichkeit war.

Schnell hatte er mehrere Freundinnen, und alle gaben ihm Geld. Zuerst war es ihm ekelhaft vorgekommen, sich von Prostituierten aushalten zu lassen. Aber Zeit und Geld gewöhnten ihn daran. Plötzlich hatte er wieder Geld für Zigaretten. Er trug schöne Anzüge. Er hatte immer zu essen und ein hübsches Zimmer.

Aber Wilhelm hatte auch die Schattenseiten des Berufes kennengelernt und war krank geworden. Bei einer seiner Freundinnen musste er sich angesteckt haben. Er ging ins Krankenhaus. Es war nicht gefährlich, aber trotzdem nicht schön.

Der Tag, an dem er als geheilt entlassen worden war, lag erst wenige Tage zurück. Seitdem hatte er seinen Beruf noch nicht wieder aufgenommen. Die Krankheit hatte ihm viel Zeit für Überlegungen gelassen und einen erheblichen Ekel in ihm wachgerufen. Er wollte nicht länger bezahlter Freund sein von Frauen, die jedem, der sie bezahlte, gehörten. Er wollte noch einmal versuchen, eine Stellung zu bekommen.

Er wusste, dass er als Arbeitender einen Bruchteil dessen verdienen würde, was er als nicht arbeitender Zuhälter erhielt. Aber Moral und Ekel können stärker sein als bares Geld, auch bei einem Zuhälter.

Am Morgen hatte er sich zahlreiche Inserate ausgeschnitten und war den Tag über bei den meisten Inserenten der Stellenangebote vorstellig geworden. Dabei war es ihm ergangen, wie es Stellungssuchenden oft ergeht. Die Anstellungen, die vielleicht richtig gewesen wären, waren bereits besetzt. Für die, die noch offen waren, kam er nicht in Frage.

Man suchte unter anderem einen verheirateten Portier. Einen Hausdiener, der gleichzeitig Gärtner und Chauffeur sein sollte, oder einen Laufburschen mit vierzehn Mark Anfangsgehalt, was ihm entschieden zu wenig gewesen war, aber der Mann hatte ihm ohnehin erklärt, dass es genügend junger Burschen gäbe, die sich freuen würden, überhaupt Arbeit zu bekommen. Außerdem eigne sich ein erwachsener Mann wie er auch gar nicht mehr zum Laufburschen.

Den Fröhlichen Waidmann besuchte er vorläufig weiterhin, als wäre alles beim Alten. Er war jedoch entschlossen, ein Ende zu machen. Heute, dachte er, werde ich zum letzten Mal zum Vereinstreffen gehen. Wilhelm Winter verfügte zudem über ein besonderes Talent. Seine Freunde hielten ihn sogar für sehr begabt, auch wenn ihre Urteilsfähigkeit sicher beschränkt war. Wilhelm Winter dichtete nämlich nebenamtlich. Dies erfüllte seine Freundinnen mit Ehrfurcht, ihn selbst mit Stolz.

Jetzt stand der schöne Wilhelm vor dem Fröhlichen Waidmann. Er benutzte den separaten Eingang, der den Vereinsmitgliedern vorbehalten war. Auf diese Weise vermied es Hagen, dass seine verschieden gearteten Gäste miteinander in Berührung kamen.

Wilhelm Winter trug einen eng auf Taille gearbeiteten schwarzen Anzug und einen steifen Hut. Er ging durch den breiten, dunklen Eingang auf die Tür zu, an der das Schild »Heinrich Hagen« befestigt war. Wilhelm klingelte zweimal kurz hintereinander und einmal lang. Dann, nach einer kurzen Pause, noch einmal kurz. Herr Hagen öffnete ihm persönlich die Tür.

»Tag, Wilhelm«, sagte er und klopfte ihm auf die Schulter.

»Tag, Heinrich«, grüßte Winter, der mit Hagen auf dem Duzfuß stand, zurück.

»Na, du wirst staunen«, sagte Herr Hagen, »deine Mutter ist nämlich gekommen. Nette Frau, aber ein bisschen sonderbar, was?«

Wilhelm schüttelte seine Hand ab. »Du verkohlst mich wohl?«

Hagen verneinte. »Komm mit. Sie wartet vorne auf dich.«

Der schöne Wilhelm folgte ihm erstaunt. Seine Mutter? Das war doch beinahe ausgeschlossen. Er hatte seine Mutter jahrelang nicht mehr gesehen. Sie lebte seit dem Tode seines Vaters in Brandenburg bei seiner Schwester. Er korrespondierte nicht eben viel. In letzter Zeit hatte er ihr verschiedentlich Geld geschickt. Aber sie schien sich nicht sehr darüber zu freuen.

»Du sollst nicht stehlen«, schrieb sie in jedem zweiten Brief, den er von ihr erhielt.

Sie war seinerzeit in seinem Prozess als Zeugin vernommen worden. Als Leumundszeugin für ihren Sohn. Seit dieser Zeit war sie misstrauisch.

Er hatte nicht gewollt, dass sie von der ganzen Sache etwas erfuhr, aber sein Anwalt hatte darauf bestanden. Und schließlich war er ja auch freigekommen und hatte nicht sitzen brauchen.

Er dachte an den Prozess. Ob sie noch böse war? Weswegen mochte sie wohl gekommen sein? Sicher hatte es irgendein Unglück gegeben in Brandenburg. Oder sie würde wieder von der alten Geschichte anfangen, ihn fragen, wovon er lebe. Er konnte doch seiner Mutter nicht erzählen, dass er Zuhälter war. Er freute sich wenig über den Besuch. Wenn sie wenigstens vorher geschrieben hätte, aber ihn hier so zu überfallen …

»So«, sagte Hagen, auf Frau Fliebusch deutend, »da ist deine Mutter.«

Frau Fliebusch hatte die Eingangstür im Auge. Als sie hinter sich Stimmen hörte, wandte sie sich um.

Wilhelm sah sie überrascht an. Das war nicht seine Mutter. Hatte sich da jemand einen Witz mit ihm erlauben wollen?

Er trat auf Frau Fliebusch zu. »Entschuldigen Sie. Mein Name ist Wilhelm Winter. Warten Sie auf mich?«

Frau Fliebusch lächelte. Sie begriff die Situation noch nicht.

»Nein, ich warte auf meinen Mann. Auf Wilhelm Fliebusch, den ›schönen Wilhelm‹.«

Hagen griff ein. Da musste anscheinend ein Irrtum vorliegen oder, was ihm wahrscheinlicher schien, die Frau war nicht ganz normal. »Hier gibt es nur einen Wilhelm. Nur einen ›schönen Wilhelm‹, gute Frau. Und das ist der hier.« Er wies auf Winter.

»Da muss einer einen ganz dämlichen Witz gemacht haben«, sagte Winter.

Vor Frau Fliebuschs Augen drehte sich alles. Sie hielt sich an der Lehne ihres Stuhles fest. Wieder war sie betrogen worden. Wieder hatten niederträchtige, gemeine Menschen sie belogen. Wilhelm war gar nicht hier? Nur so ein junger Bursche, der auch Wilhelm hieß.

Sie fing an zu weinen. »Mein Gott, wie lange soll denn das noch so weitergehen? Immer und immer wieder belügt man mich.« Die Tränen schossen ihr aus den Augen und liefen ihr Gesicht entlang.

Wilhelm bedauerte sie. »Ich kann ja nichts dafür«, entschuldigte er sich. »Ich weiß ja auch von nichts.«

Er wandte sich wütend an Hagen. »Warum machst du denn derartigen Blödsinn, Heinrich? Was soll denn das? Glaubst du, ich lasse mir alles gefallen?« Er sah ihn zornig und kampfbereit an.

Hagen sagte beruhigend: »Mensch, ich weiß doch genauso wenig wie du. Die Frau kommt hierher und sagt, sie möchte den schönen Wilhelm sprechen. Und da habe ich sie eben warten lassen. Ich weiß doch nicht, ob das deine Mutter ist oder nicht. Wenn sie es sagt ...«

Entschuldigend breitete Hagen die Arme aus.

Wilhelm schnauzte weiter. »Wenn ich rauskriege, wer das gemacht hat, dem schlage ich ein paar aufs Maul, dass er monatelang Blut spuckt.«

Frau Fliebusch weinte, durch diese Aussicht anscheinend wenig getröstet, weiter. Was hatte sie denn davon, wenn der Blinde Blut spuckte, wie der unangenehme junge Mensch sagte. Es war zwar niederträchtig von ihm gewesen, aber eigentlich hatte der Blinde sie ja gar nicht direkt angesprochen, sondern nur mit der Frau geredet, die ihn begleitet hatte. Was hatte sie denn davon?

Sie wollte ihren Wilhelm wiederhaben, sonst wollte sie nichts. Wieder war er versunken im Nebel. Wieder konnten Jahre vergehen, bis sie ihn sah. Sie hatte so bestimmt geglaubt, ihn heute zu finden, dass ihre Enttäuschung grenzenlos war.

Langsam wandelte sich ihr Kummer wieder zu Zorn. Wie gemein waren doch die Menschen, wie bösartig. Konnte ihr nicht einer sagen, wo Wilhelm wirklich war? Sicher wussten das viele. Aber alle logen.

Eine Hoffnung tauchte in ihr auf. Vielleicht log der Mann auch. Vielleicht kam Wilhelm doch noch heute Abend, und die niederträchtigen Menschen wollten nur nicht, dass sie ihn traf. Frau Fliebusch war dessen schon fast sicher. Der blinde Mann hatte sie ja nicht sehen können. Der hatte sicher nicht gelogen. Ihr Wilhelm würde schon noch kommen, redete sie sich gut zu. Sicher, der Blinde hatte die Wahrheit gesprochen.

Frau Fliebusch wischte sich die Tränen aus dem Gesicht. »Sie sind gar nicht der schöne Wilhelm. Sie sind auch einer von denen, die mir einreden wollen, Wilhelm wäre tot. Aber ich weiß, dass er noch lebt!« Verächtlich sah sie Wilhelm Winter an. »Ja, tun Sie nur so, als wenn Sie sich wundern. Ich weiß Bescheid. Ich werde hier warten. Ich weiß, dass mein Wilhelm kommt. Und wenn ich jeden Tag hier warten soll!«

Wilhelm Winter sah sie erstaunt an. Der Vorwurf traf ihn zu ungerechtfertigt, als dass er sich darüber geärgert hätte.

Hagen dagegen ärgerte sich. »Bei Ihnen ist wohl eine Schraube los«, sagte er brutal. »Sie sind hier nicht so lange, wie es Ihnen passt, sondern so lange, wie es mir passt. Das merken Sie sich mal! Außerdem möchte ich Ihnen raten, nicht meine Gäste zu beleidigen!«

Minchen Lindner hatte aufmerksam zugehört. Die alte Frau tat ihr sehr leid. Außerdem hatte sie zu ihr gesagt: »Sie sind ein lieber Mensch.« Minchen Lindner fühlte sich durch dieses Kompliment etwas verpflichtet. Die Frau schien ja wirklich verrückt zu sein. Aber das machte nichts. Sie tat keinem was, und der dicke Gastwirt hatte keine Veranlassung, so herumzuschnauzen.

Sie trat an die Gruppe heran. »Nun pusten Sie sich mal bloß nicht so auf«, wandte sie sich an Hagen.

Der sah sich erstaunt nach ihr um. »Wer riskiert denn hier noch 'ne Lippe?«, fragte er.

Minchen Lindner sah ihn spöttisch an. Sie hatte die Arme in die Hüften gestemmt. »Wenn Sie wollen, können ja alle Gäste das Lokal verlassen. Was? Mensch, entweder haben Sie eine Gastwirtschaft oder ein Buddhistenkloster! Wenn Sie aber hier eine Gastwirtschaft haben, dann kann die Frau so gut bleiben wie alle anderen!«

Hagen musste lachen. Das Mädchen gefiel ihm. »Na, wenn Sie das sagen, da kann ich wohl nichts gegen machen!«

Er versuchte, ihr über die Wange zu streichen, aber sie nahm den Kopf weg.

»Da haben Sie recht. Da ist schon das Beste, Sie halten die Schnauze«, sagte Minchen drastisch.

Wilhelm fing an zu lachen.

Hagen ärgerte sich. »Na, na, kleine Krabbe, nun gib mal nicht so an«, verlangte er.

Der schöne Wilhelm trat vor. »Fräulein, wollen wir tanzen?«

Sie musterte ihn skeptisch. Er gefiel ihr ganz gut. Nur sein Anzug kam ihr eigenartig vor. Aber das war ja nicht wesentlich.

»Vielleicht nachher. Erst will ich mal diese Sache ordnen«, sagte sie.

»Mach man, Heinrich«, begütigte Wilhelm. »Die Frau tut ja nichts. Warum soll sie nicht da sitzen?«

»Meinetwegen«, gab Hagen nach, »ich bin kein Unmensch. Bloß frech werden darf sie nicht. Von wegen gemeiner Mensch und so. Ich bin kein gemeiner Mensch. Ich habe eine Gastwirtschaft und kann verlangen, dass meine Gäste was verzehren. Ich bin doch kein Asyl für Obdachlose. Nur weil sie gesagt hat, sie wartet auf dich, habe ich sie so sitzen lassen.«

Minchen Lindner war heute großherziger Stimmung. »Geben Sie der Frau zu essen. Ich bezahle es.« Sie nahm aus ihrem Portemonnaie ein Dreimarkstück und gab es Hagen.

Der verbeugte sich scherzhaft. »Küss die Hand, Gnädigste. Jetzt hat die Frau drei Essen gut. Eins lege ich zu, macht vier.«

Frau Fliebusch war der Verhandlung kaum gefolgt. Sie durfte bleiben, das begriff sie.

Minchen Lindner trat auf sie zu und gab ihr die Hand. »Auf Wiedersehen. Sie haben vier Abendessen gut, lassen Sie sich nicht anschmieren.«

Bevor Frau Fliebusch danken konnte, hatte sie mit Wilhelm den Raum verlassen.

Frau Fliebusch rief hinterher. »Vielen Dank, liebes Kind. Ich gebe es Ihnen wieder, wenn mein Mann zurückgekommen ist.«

26. Kapitel

Sonnenbergs Wut hatte sich unheimlich gesteigert. Ein Tanz nach dem anderen verging, und Elsi kam nicht wieder. Das hatte sie noch nie gewagt. Das war offene Auflehnung.

Fundholz saß noch bei ihm. Sonnenberg hatte seine Hand wieder losgelassen, aber Fundholz blieb auch so, denn es gab Schnaps! Viel Schnaps. Dauernd bestellte Sonnenberg neuen. Er kippte sein Glas mit einem Zug hinunter und forderte das nächste. Seine Wut machte ihm Durst. Er war schon nicht mehr ganz nüchtern.

Auch Fundholz war bereits berauscht. Er achtete nicht auf das, was Sonnenberg vor sich hinknurrte. Er fühlte sich leicht und froh; vergnügt blinzelte er den zornigen Blinden an. Das war doch mal was! So beschwingt hatte er sich seit Langem nicht mehr gefühlt. Er dachte nicht mehr an das Zusammentreffen mit seiner Frau. Er trank nicht mehr, um zur Ruhe zu kommen, es schmeckte ihm, und nach jedem Glas wurde er heiterer.

Tönnchen schlief trotz Musik und Lärm zurückgelehnt in seinem Stuhl den sanften Schlaf eines müden Kindes. Er musste gut träumen, denn er lächelte auch jetzt.

Fundholz betrachtete ihn nicht ohne eine gewisse Rührung. So ein Mensch! Schläft einfach ein. Mitten im Lokal, trotz allem Krach schläft er ein. Er bewunderte den Dicken um seine Fähigkeit, sich in sich selbst zurückzuziehen.

Sonnenberg dagegen schimpfte immer lauter und nahm dabei keine Rücksicht auf die Leute an den Nebentischen. Es schien aber auch niemanden zu stören. Man war ja selbst laut.

An einem Tisch kreischte dauernd eine Frau laut auf vor Lachen. Sie prustete ihre Begeisterung förmlich aus sich heraus. Wenn sie lachte, so lachten viele andere mit ihr, es war ansteckend. Nur Sonnenberg ärgerte sich über sie.

»Wenn man ihr doch ein Bierglas an den Kopf werfen könnte«, stöhnte er. »Dieses Kreischen ist ja nicht auszuhalten! Das klingt, wie wenn eine Bandsäge über Stahl fährt.«

»Bandsäge ist gut«, lachte Fundholz.

Aber Sonnenberg freute sich nicht über Beifall. »Siehst du die beiden?«, fragte er.

Fundholz sah sie. Sie tanzten nicht weit von ihnen. Grissmann hatte die Frau noch enger an sich gepresst als vorhin. Aber Fundholz sagte es dem Blinden nicht. Wozu Unruhe schaffen?, dachte er. Viel wohler ist ihm, wenn er es nicht weiß, als wenn ich es ihm erzähle. Das meiste Unglück kommt immer vom Wissen. Wer nichts weiß, der kann sich auch nicht darüber ärgern.

»Nein«, log er, »ich sehe sie nicht. Der Grissmann hat Geld. Vielleicht hat er sie eingeladen, vorne was zu essen. Ist ja ein anständiger Mensch, der Grissmann!«

Sonnenberg höhnte: »Deine anständigen Menschen kenne ich! Dieser Grissmann ist ein ganz großes Mistvieh!«

Fundholz antwortete nicht. Er war guter Stimmung und wollte sich nicht streiten. Wozu auch? Alles würde doch kommen, wie es kommen sollte. Er konnte Grissmann nicht hindern, Sonnenberg die Frau wegzunehmen.

»Ist alles nicht so schlimm«, sagte er und lachte wieder.

Sonnenberg kam das häufige Lachen des Alten verdächtig vor.

»Du bist wohl besoffen?«, fragte er mürrisch.

Fundholz ging nicht darauf ein. Von ihm aus konnte Sonnenberg auch glauben, er wäre besoffen. Die Hauptsache war, er bestellte noch einen Schnaps.

Sonnenberg hatte ihm in der Zeit, als sie zusammen gebettelt hatten, immer alles Geld weggenommen. Jetzt sollte der mal bezahlen! Und vielleicht, dachte er außerdem, gleicht sich alles einmal aus. Vielleicht muss auch Annie einmal büßen.

Fundholz schlug sich mit der Hand vor den Mund. »Halt, Fundholz«, befahl er sich laut. Er nahm sein Glas hoch, sah hinein und stellte fest, dass noch etwas drinnen war. Er kippte es hinunter. Man soll es nicht berufen, dachte er. Wenn man es berief, dann konnte es einen selber treffen. Seine Pechsträhne fiel ihm wieder ein. »Man weiß nie, wann sie zu Ende ist«, sagte er laut.

Sonnenberg knurrte ärgerlich. »Was brabbelst du denn immer vor dich hin? Führ doch deine Selbstgespräche, wo du willst, aber nicht, wenn du meinen Schnaps trinkst!«

Sonnenberg brauchte einen Blitzableiter, das merkte Fundholz. Soll der ruhig schimpfen, dachte er heiter. Die Hauptsache ist, er bestellt noch einen Schnaps.

Aber vorläufig dachte der Blinde nicht daran. »Was bist du überhaupt für ein Kerl? Säufst den ganzen Abend und kriegst die Zähne nicht auseinander, und wenn du was sagst, dann sprichst du mit dir selbst. Wenn du nicht so ein Trottel wärst, hätt'ste mir schon längst gesagt, wo die beiden sind. Stattdessen sitzt du hier und schwindelst mich an! Vielleicht hilfst du den anderen noch, was?«

Fundholz lachte. »Ich helfe überhaupt keinem! Mich geht das alles nichts an.«

Er war sehr heiter, heute Abend, fast gesprächig. Wieder verwarnte er sich selbst, diesmal aber leise: »Gib man nicht so an, Fundholz.«

Der Blinde ärgerte sich über das vorher Gesagte. »Wenn du mir nicht helfen willst, warum sitzt du dann hier? Hat der Mensch Töne.«

Fundholz ernüchterte sich wieder etwas. Das mit den weiteren Schnäpsen wurde wohl nichts. Das kam, wenn man sich zu früh freute. »Ich will denn man gehen«, brummte er.

Aber das wollte Sonnenberg erst recht nicht. »Das könnte dir so passen. Erst säufst du dich voll, und dann lässt du mich sitzen. Du bist schon ein gemeiner Hund! Das nennt sich nun Freund!«

Fundholz sah ihn überrascht an. »Was soll ich denn nun? Soll ich hierbleiben oder gehen?«

Statt einer Antwort brüllte Sonnenberg nach einem Kellner. »Vier Schnäpse«, befahl er, »aber dalli, dalli!«

Fundholz blieb. Zwei Schnäpse auf seinen Teil wollte er sich nicht entgehen lassen.

Sonnenberg verlangte etwas zu rauchen. Ein Mann mit Zigarren und Zigaretten kam. Sonnenberg wählte zwei Zigarren à 15 Pfennig aus. Fundholz bekam auch eine.

Sonnenberg hatte schon eine größere Zeche gemacht, als er Geld bei sich hatte. Aber das machte nichts, der

Blinde war Stammgast und genoss einen gewissen Kredit.

Fundholz hatte den Blinden noch nie in einer derartigen Gebelaune erlebt. Sonnenbergs Kummer und Zorn waren so groß, dass er verzweifelt freigiebig war. Der Schnaps kam, und sie tranken. Sonnenberg leerte beide Gläser kurz hintereinander, während Fundholz sich sein zweites aufsparte.

Der Schnaps peitschte die Wut des Blinden weiter an. Er kaute auf seiner Zigarre herum und warf sie schließlich zornig auf den Tisch. Fundholz hob sie vorsichtig auf und legte sie in den Aschbecher.

»Unverschämtheit«, brüllte Sonnenberg zu Fundholz hinüber, »so was als Zigarre zu verkaufen. Das ist keine Zigarre, das ist ein Stück zusammengedrehter Dreck! Ruf den Kerl, der sie verkauft hat, damit ich ihm Bescheid stechen kann.«

Fundholz schmeckte seine Zigarre sehr gut. Er dachte gar nicht daran, dem Wunsch des Blinden zu gehorchen. Er wollte keinen Skandal.

Sonnenberg brüllte plötzlich laut durch den ganzen Saal: »Elsi!«

Dann, als niemand antwortete, noch einmal und noch lauter: »Elsi, verdammtes Mistvieh, willst du kommen oder nicht? Ich schlage dir sämtliche Knochen im Leibe entzwei, wenn du dich nicht sofort herscherst.«

Die Leute am Nebentisch lachten. Die Tanzpaare blieben einen Augenblick stehen. Sogar das Klavier setzte aus.

In die entstandene Stille hinein schrie der Blinde: »Na, wird's bald? Oder soll ich dich erst holen?«

Tönnchen erwachte und sah sich ängstlich um.

Fundholz war es unangenehm, durch den Blinden Ziel so vieler neugieriger Augenpaare zu werden. »Mach doch keinen Krach, Sonnenberg«, bat er.

Aber der Blinde hörte nicht hin. »Wenn sie jetzt nicht kommt, dann geht es ihr aber ganz dreckig!«, sagte er ruhig.

27. Kapitel

Grissmann tanzte weiterhin mit Elsi. Aber eigenartig, fand Elsi, er war nicht mehr so bei der Sache.

Grissmann dachte an das hübsche Mädchen, das er eben gesehen hatte. Er verglich sie mit Elsi. Aber da war gar kein Vergleich möglich. Die mutmaßliche Tochter des Gerichtsvollziehers war ein hübsches Mädchen, sogar ein ausnehmend hübsches Mädchen.

Elsi reizte ihn jetzt kaum noch. Sie hatte ein unschönes Gesicht, bemerkte er, vor allem wenn er an die andere dachte. Nachlässig führte er sie. Warum hatte er keine hübsche Freundin? Das Mädchen eben mochte ihn, allem Anschein nach, nicht leiden.

Na ja, dachte er, die kann ganz andere haben. Männer mit Geld. Am Geld lag ja alles. Wenn er Geld hätte, dann würde er auch schöne Frauen haben. Für die waren zehn Mark natürlich nicht viel. Warte man, dachte Grissmann. Eines Tages habe ich auch Geld, und dann wirst du höflicher sein.

Er tanzte dem Klavier zu. Er wollte sehen, ob sie schon den Gerichtsvollzieher gefunden hatte. Elsi schmiegte sich eng an ihn, doch Grissmann achtete nicht darauf. Er suchte Herrn Lindner.

Der Gerichtsvollzieher hatte eine ganze Batterie leerer Biergläser vor sich stehen. Die Kellner kamen bei dem Hochbetrieb nicht zum Abräumen.

Grissmann tanzte dicht an den Tisch heran. »Hallo«, rief er.

Herr Lindner stellte sorgenvoll das Glas ab und sah hoch. »Hallo«, lallte er zurück.

Grissmann rief ihm zu: »Ihre Tochter ist da!«

»Minchen?«, fragte Lindner ohne großes Interesse zurück.

Minchen hieß sie also.

»Jawohl«, bestätigte Grissmann.

Herr Lindner tastete mit der Hand in die Bartgegend. »Hübsches Kind, was?«, lallte er.

Grissmann bestätigte: »Sehr hübsch sogar!«

Geschmeichelt nickte der Gerichtsvollzieher. »Sie sollen sie kennenlernen, Herr …«

»Grissmann«, ergänzte dieser.

»Herr Grissmann«, wiederholte der Gerichtsvollzieher. Er hob sein Glas. »Prost, junge Frau«, sagte er zu Elsi.

Elsi lächelte zurück. »Prost.« Sie fand allerdings, dass sich Grissmann viel zu sehr für dieses Minchen interessierte. Sonnenberg war viel solider. – Aber nun packte Grissmann sie wieder fester.

Grissmann verstand nichts vom Tanzen. Er walzte nicht, sondern drehte sich immer. Er tanzte einen Tanz wie den anderen. Presste die Partnerin an sich heran und drehte sich zum Takt der Musik oder auch außerhalb des Taktes. Mit dieser Tanzauffassung stand er nicht alleine da. Fast alle tanzten so.

Arbeiter nehmen im Allgemeinen keine Tanzstunden. Sie haben weder Zeit noch Geld dafür. Wozu auch? Sie wollen keine Pantomimen tanzen, sie wollen keinen Stil entwickeln, sie tanzen zu ihrer Belustigung, und die finden sie auch so. Aber es gab auch im Fröhlichen Waidmann wie in jedem Lokal Leute, die nicht für sich, sondern für andere tanzten und bewundert werden wollten.

Für sie war der Tanz keine Erholung, kein Vergnügen, für sie war er schwere Arbeit. Sie schwitzten, während sie zu schweben versuchten. Dabei beachtete sie niemand, und das war das Schlimmste.

Im Fröhlichen Waidmann waren das an diesem Abend vor allem die Zuhälter, die sich in ihrer Vereinsstube langweilten und deshalb in den Saal kamen. Die jüngeren Zuhälter, denn die alten saßen weiterhin in ernster Beratung zusammen. Sie entwickelten Stil beim Tanzen. Sie bogen sich in den Hüften und tanzten anscheinend ohne Anstrengung, wobei sie der Ausdruck der Leichtigkeit große Mühe kostete. Doch sie lebten ja von den Damen, wie Schmetterlinge von den Blumen, und kämpften um neue Protektorate.

Es waren nicht viele Prostituierte im Fröhlichen Waidmann, aber die geschulten Blicke der Zuhälter fanden sie mit Leichtigkeit heraus. Sie waren besser und auch kürzer angezogen, geschminkt und hatten viele Eigenschaften, wodurch sie sich von den anderen weiblichen Besuchern unterschieden. Sie gaben sich recht ungezwungen, und ihre Blicke ruhten wohlwollend auf denen, die ihnen gefielen. Die Zuhälter und Dirnen spielten die »Jeunesse dorée« der unteren Schichten. Und wie die tatsächliche Jeunesse dorée lebten auch sie ohne geregelte Arbeit. In diesem Punkt ähnelten sich die goldene Jugend der Oberschicht und die jüngeren Prostituierten und ihre Beschützer, denn die heitere Sorglosigkeit zeichnete beide aus.

Wenn man älter wurde, verkomplizierte sich das Geschäft. Aber vorläufig war man jung und alles nicht so schwer. So dachten die Berufsmäßigen, die sich abgefunden hatten und zufrieden waren. Amateure verkehrten nicht im Fröhlichen Waidmann. Amateure waren auch nicht sorgenlos. Amateure sagten jedes Mal, letztes Mal.

Grissmann bewunderte verschiedene Paare, die leicht und elegant an ihm vorbeischwebten. Er war sich über den Beruf der Tänzer im Klaren. Aber das störte ihn nicht. Er hätte den gleichen Beruf gerne ausgeübt, wenn er gekonnt hätte. Leider wollte ihn niemand.

Abfällig bemerkte er zu Elsi: »Die spielen sich hier auf, als wären sie sonst was. Die Zuhälter!«

Elsi nickte, doch Grissmann sah plötzlich Minchen Lindner. Sie tanzte mit einem gut aussehenden jungen Mann im schwarzen Anzug. Beide tanzten gut, ohne sich zu sehr dabei zu bemühen. Grissmann sah neidvoll zu ihnen hinüber. Dieser Kerl im Ludenrock, wie Grissmann den engen schwarzen Anzug bei sich nannte, hatte ihm das Mädchen weggefischt. Das war eine Gemeinheit. Er trat Elsi auf die Füße, aber diesmal entschuldigte er sich nicht. Er kannte sie ja nun, und überflüssige Höflichkeit war nicht mehr erforderlich, glaubte er.

Elsi folgte der Richtung seiner Blicke. Wieder dieses Mädchen von vorhin. In seinem Gesicht sah sie Wut und Enttäuschung. Elsi war nicht übermäßig mit Intellekt belastet, aber so viel war ihr klar. Der nette Grissmann war bestimmt nicht treu, jedenfalls nicht länger, als er musste. Sonnenberg war viel anständiger. Sonnenberg prügelte. Aber bei Sonnenberg war sie sicher, dass er sie nicht sitzen lassen würde. Was sollte aus ihr werden, wenn Grissmann sie sitzen ließ?

Sie wollte nicht wieder auf die Straße. Sonst aber gab es kaum Verdienstmöglichkeiten, das wusste sie. Elsi schwankte. Grissmann war ihr viel angenehmer als der Blinde. Er sprach schließlich wie ein Mensch und nicht wie ein brüllendes Tier. Aber Sonnenberg hatte auch Vorzüge. Beispielsweise hatte sie immer zu essen gehabt bei ihm.

Grissmann bemerkte die Veränderung nicht. Er wollte sich nicht mehr über Minchen Lindner ärgern und wandte sich wieder Elsi zu. »Heute Abend gehen wir noch woanders hin«, flüsterte er ihr zu. Elsi lächelte, obwohl sie nicht mehr so sicher war, ob daraus etwas würde. Grissmann aber entschied, dass er, was er hatte, nicht eher loslassen wollte, bis er etwas Besseres fand.

Sie tanzten wieder an dem Tisch des Gerichtsvollziehers vorbei. Mit Herrn Lindner war etwas Eigenartiges vor sich gegangen. Er trank nicht mehr und schien mit einem schweren Problem beschäftigt zu sein. Lindner hielt die Hand vor den Mund und starrte auf das Klavier. Als die beiden vorbeitanzten, winkte er ihnen mit der linken Hand zu.

Herr Lindner schien etwas herunterzuwürgen. Gerade als sie dicht bei ihm waren, geschah es. Herr Lindner öffnete den Mund. »Das verdammte schlechte Bier«, wollte er sagen, aber er kam über »das verdammte« nicht hinaus. Dann gab er dem Lokal einen sehr erheblichen Teil des getrunkenen Bieres wieder. Er hatte halt einen schwachen Magen.

Aber das wussten weder Elsi noch Grissman, angeekelt drehten sie sich weg. Es war doch noch so früh. Sie tanzten weiter, und als sich Grissmann nach ein paar Minuten wieder nach Herrn Gerichtsvollzieher Lindner umsah, war schon ein Kellner mit dem Aufwischen beschäftigt.

Herr Lindner saß schwach auf seinem Stuhl. Vor ihm standen zwei geleerte Schnapsgläser. So ein Gerichtsvollzieher musste es doch dicke haben, beneidete ihn Grissmann.

Elsis Zuneigung zu Grissmann hatte ihren Höhepunkt überschritten. Er lässt mich irgendwann einfach sitzen, ahnte sie. So wie sie den Blinden hatte sitzen lassen wollen. Wenn sie nicht so große Angst vor Sonnenberg gehabt hätte, wäre sie gleich zu ihm gegangen. Ängstlich sah sie zu dem Blinden hinüber.

Sonnenberg rauchte eine Zigarre. Der komische Kerl, der ihn heute Morgen begrüßt hatte, lachte, der Dicke aber schlief. Wie konnte der schlafen, wenn Sonnenberg schlechter Laune war? Bei Sonnenbergs Wutausbrüchen kann nicht einmal ein Elefant weiterschlafen, überlegte Elsi. Sie schloss daraus, dass Sonnenberg gar nicht mehr wütend war.

Grissmann erzählte ihr etwas, und sie sah ihn an, doch seine Augen suchten wieder nach dem anderen Mädchen. Nein, der war bestimmt nicht treu. Der ließ sie bald sitzen.

Plötzlich hörte sie ihren Namen rufen. Das war Sonnenberg. Er brüllte so laut, dass für einen Augenblick niemand weitertanzte. Unwillkürlich machte sich Elsi von Grissmann frei. Wenn Sonnenberg rief, dann musste man springen. Das wusste sie.

Grissmann sah sie verdutzt an und wollte Elsi wieder umfassen, doch da brüllte Sonnenberg erneut. Elsi verließ ihn und ging durch die Menge, ohne sich auch nur nach ihm umzudrehen. Grissmann folgte ihr zornig. Er hatte keine Angst vor dem Blinden. Das wollte er doch mal sehen. Die Frau war ja wohl nicht bei Trost. Erst aß sie sich für sein Geld voll, tanzte mit ihm, und dann wollte sie ihn einfach stehen lassen.

»Das wollen wir doch mal sehen«, knurrte Grissmann vor sich hin. Er hatte Rechte zu verteidigen. Eben erst erworbene Rechte. Und deshalb würde er sich das nicht gefallen lassen!

28. Kapitel

Minchen und der schöne Wilhelm sprachen zunächst nicht viel miteinander. Jeder versuchte, sich an den anderen als Tänzer zu gewöhnen. Sie passten sich an.

Minchen Lindner tanzte gerne, und sie freute sich, dass ihr Partner gut tanzte.

»Sagen Sie mal, Sie Herr im schwarzen Anzug, wie heißen Sie eigentlich?«

Minchen Lindner war ganz ungeniert. Sie kannte doch das Leben. Sie war keine Unschuld mehr vom Lande. Sie war die Freundin von Herrn von Sulm und mit recht viel Lebenserfahrung ausgestattet. Sie legte keinen Wert auf Formen und sprach gerne so, wie es ihr in den Mund kam. Deswegen war sie ja auch hierhergekommen, um nicht mit »frisierter Schnauze« sprechen zu müssen.

Wilhelm war von der Anfrage ein wenig überrumpelt. Er war gewöhnt, dass die Frauen so um ihn warben wie gewöhnlich Männer um Frauen werben. Aber Minchens Elan gefiel ihm. Vor allem die Szene mit der alten Frau und Hagen hatte ihm imponiert. Die war nicht auf den Mund gefallen, sondern hatte Haare auf den Zähnen, das hatte er schon festgestellt.

Eine »zünftige Dame« schien sie nicht zu sein. Dann wäre sie besser angezogen. Wilhelm verstand sich auf sein Geschäft und wusste, dass man mit einem richtigen Gesicht sehr gut verdienen konnte. Minchen Lindner hatte das richtige Gesicht, aber er glaubte nicht, dass sie geschäftlichen Gebrauch davon machte.

Der schöne Wilhelm stellte sich vor: »Ich heiße Wilhelm Winter.«

»So, so«, sagte Minchen Lindner. »Sie heißen so, oder tun jedenfalls so, als wenn Sie so heißen. Wenn Sie Wilhelm Winter hießen, dann hätte das der Wirt der Frau doch gleich sagen können. Aber der Wirt weiß, obwohl er Sie kennt, auch nicht genau, wie Sie heißen. Daher rührt die Verwechslung«, folgerte sie scharfsinnig.

Sie glaubte, ihr Tänzer sei das, was man einen schweren Jungen nennt. Einer jener Herren, die unter Ausschluss der Öffentlichkeit arbeiten und deren Bestrebungen gewissen Paragraphen des Strafgesetzbuches stark zuwiderlaufen. Das imponierte ihr. Minchen Lindner hatte Sinn für Romantik. »Schöner Wilhelm« hieß der Mann, aber er schien kein Zuhälter zu sein. Denn er sah nicht danach aus. Er gab sich auch nicht so.

Er gab sich wie ein richtiger aufrechter Verbrecher, wie ein Brigant, nicht wie ein halbstarker Zuhälter. Minchen hatte für aufrechte Verbrecher weit mehr Sympathie als für parasitäre hübsche Jungens. Verbrecher, das waren doch noch Kerle. Die knackten Geldschränke, plünderten Kassen aus und kämpften einen heldenmütigen Kampf gegen den Vater Staat, der so viel stärker war als sie. Für Taschendiebe hatte sie allerdings keine Sympathie, seit ihr mal einer die Handtasche gestohlen hatte. Aber Kassenräuber, das mussten Kerle sein. Kassenräuber heißt Kämpfer sein, dachte Minchen Lindner. Zum Kassenräuber gehört Format. Hoffentlich war der Mann in ihren Armen ein ordentlicher Geldschrankknacker.

Sie schmiegte sich näher an ihn heran. Sie wollte fühlen, ob er vielleicht einen Revolver bei sich hatte. Aber der schöne Wilhelm hatte keinen Revolver bei sich und hatte auch noch nie einen besessen. Enttäuscht legte Minchen wieder etwas Abstand zwischen sich und ihn.

Wilhelm dachte über ihre Worte nach. Sie hatte recht. Hielt Heinrich ihn vielleicht für einen Gesuchten? Der schöne Wilhelm war eigentlich froh, kein Gesuchter zu sein. Sein Sinn für Romantik hatte in der Untersuchungshaft gelitten. Jede Sache hatte zwei Seiten, auch das Leben als Verbrecher, wie er wusste.

»Ich heiße Wilhelm Winter«, wiederholte er, »und habe mich nie anders genannt.«

»Schade«, sagte Minchen verträumt.

»Wieso schade?«

»Ich dachte, Sie wären ein schwerer Junge«, gab Minchen Lindner offen zu.

»Sie denken ja eine ganze Menge über mich nach«, sagte Wilhelm geschmeichelt.

»Bilden Sie sich bloß nichts ein.«

»Sind Sie von hier?«, wollte er wissen.

»Nein, ich bin von dort«, antwortete sie schnippisch.

Wilhelm lachte. »Sie gefallen mir. Sie sind richtig«, erkannte er an.

Minchen Lindner nahm das zur Kenntnis. »Ich heiß Hermine Lindner«, stellte sie sich vor.

Wilhelm Winter schüttelte den Kopf. »Hermine ist viel zu streng. Minchen müssten Sie heißen.«

Minchen Lindner strahlte. »So nennt man mich auch.«

Wilhelm tat eifersüchtig. »Wer nennt Sie so?«

Minchen antwortete nicht. Sie dachte an ihre alten Herren. Es waren keine sehr angenehmen und auch keine sehr freundlichen Gedanken.

»Wer mich so nennt? Das geht Sie gar nichts an!«, sagte sie stattdessen.

Das Mädchen machte ihm Spaß. Es macht überhaupt Spaß, nicht der schöne Wilhelm zu sein, den jede gegen Prozente erwerben konnte. Jetzt war er wieder Wilhelm Winter. Er mochte ein Mädchen leiden, und alles war sauber und einfach.

»Doch, ich möchte es gerne wissen«, lachte er und tanzte schneller.

Sein Lachen gefiel ihr. Er lachte so frisch, so unbekümmert. Nicht so meckernd und greisenhaft wie Herr von Sulm und auch nicht so tölpisch und plump wie einige der anderen. Er lachte wie ein Junge. Das war bestimmt kein Zuhälter. Das war ein Arbeiter oder Angestellter, der sich den komischen Anzug hatte machen lassen, weil er ihm gefiel.

Minchen Lindner war nicht einseitig auf Kassenräuber eingestellt. Es gab wohl auch sonst noch Männer. Auf seine Frage ging sie allerdings nicht ein. Wozu sollte sie ihn anlügen? Das war nicht nötig.

»Sie sind Stammgast hier. Habe ich recht?«

Wilhelm bestätigte.

»Na, dann fragen Sie doch bitte den Klavierspieler, ob er nicht lieber eine Axt nehmen will. Das geht schneller.«

»Was geht schneller?«, wollte er wissen.

»Na«, sagte Minchen ernst, »ich nehme an, der Mann will das Klavier kaputt schlagen.«

Der schöne Wilhelm lachte entzückt.

Minchen Lindner erinnerte sich jetzt, dass sie nicht nur hierhergekommen war, um zu tanzen, sondern auch, um dem Vater das Geld zu bringen. Sie sah ihn einsam und trinkend an seinem Tisch sitzen. Wenn ich ihm das Geld gleich gebe, trinkt er nur noch mehr, erwog sie. Ich werde es ihm nachher geben, der läuft nicht weg.

Der schöne Wilhelm wurde plötzlich angesprochen.

»Tag, Willi«, sagte ein reichlich geschminktes Mädchen.

Wilhelm bekam einen roten Kopf. Er schämte sich vor Minchen Lindner. Das geschminkte Mädchen tanzte neben ihnen mit einem schweren, klobig wirkenden Mann.

»Tag, Elfriede«, grüßte er zurück.

Sie tanzten weiter, und Minchen war um eine Illusion ärmer. Aha, dachte sie, also doch! An sich war Minchen vorurteilsfrei, aber gegen Zuhälter hatte sie eine besondere Abneigung. Sie fand es schmierig, wenn sich ein Mann von einer Prostituierten ernähren ließ.

Wilhelm merkte, wie sie kühler wurde. Er ärgerte sich. Warum musste ihn auch die Elfriede ausgerechnet jetzt ansprechen? Wahrscheinlich war sie eifersüchtig. Er wollte ihr nachher gründlich Bescheid sagen. Aber was nützte ihm das jetzt? Minchen Lindner sah an ihm vorbei.

Er versuchte, einen Witz zu machen. »Berlin ist klein, man trifft seine Bekannten immer dann, wenn man sie nicht treffen möchte.«

Minchen reagierte nicht. Sie tanzte automatisch und unlustig weiter.

Wilhelm ärgerte sich über sie. »Wissen Sie, was ich bin?«, fragte er.

Minchen Lindner schüttelte den Kopf. Jetzt schwindelt er mir das Blaue vom Himmel vor, vermutete sie.

»Zuhälter bin ich! Ganz gemeiner Zuhälter!«

Er ließ sie los. »Da staunen Sie, was? Nun suchen Sie sich man einen anderen Tänzer. Mit einem Zuhälter wollen Sie doch nicht tanzen?«

Minchen lachte. »Warum nicht?«

Das gefiel ihr nun wieder besser, dass er so freimütig sein Gewerbe nannte. Es war kein prunkhaftes Geschäft, aber die Art, wie er sich dazu bekannte, imponierte ihr.

»Warum sind Sie denn Zuhälter?«, wollte sie wissen.

Winter wurde gesprächiger. Er wollte ihr erklären, wie alles zusammenhing. Er war doch nicht aus Freude am Beruf, sondern aus Not bezahlter Freund geworden. »Ich bin arbeitslos«, sagte er.

Minchen Lindner begriff alles, was dahinter lag. Sie hatte es selbst ausgekostet und war ja auch nicht widerstandsfähiger gewesen als er.

»So, Sie sind arbeitslos«, wiederholte sie bedauernd.

Wilhelm wurde wärmer. »Aber ich suche mir Arbeit. Ich habe das satt, verstehen Sie? Mir macht das keinen Spaß. Gar keinen Spaß.«

Minchen antwortete nicht. Ihr Beruf machte ihr auch keinen Spaß. Es war wohl noch schlechter, Zuhälter zu sein, aber sie hatte »die Nase auch gründlich voll«.

»Wissen Sie was?«, lenkte Wilhelm ab, »ich werde Ihnen mal den zweiten Saal zeigen, den Vereinssaal. Sie sind ja wohl kein Spitzel?«

Minchen lachte. »Da können Sie unbesorgt sein.«

Was Wilhelm vorhatte, verstieß gegen ein halbes Dutzend Vereinsstatuten. Aber es war ihm gleichgültig. Er wollte ja sowieso nicht Zuhälter bleiben. Warum sollte er dem Mädchen nicht mal die Sache zeigen? Sie tanzten der Schankstube zu, und als sie die Tür erreicht hatten, ließen sie sich los.

Frau Fliebusch war noch beim Essen. Sie schien sich wieder vollkommen beruhigt zu haben. Sie nickte den beiden freundlich zu.

»Mein Mann gibt es Ihnen wieder«, versicherte sie Minchen Lindner.

»Nicht nötig«, sagte die.

»Doch, doch, darauf bestehe ich. Sie müssen uns dann mal besuchen.«

Minchen Lindner dankte für die Einladung. Verrückten durfte man nicht widersprechen.

Wilhelm führte sie durch den Korridor, den er vorhin mit Herrn Hagen langgegangen war.

»Da können Sie sich ja geschmeichelt fühlen. Mich lädt die Frau nicht ein«, bemerkte er.

Minchen lachte. »Ich glaube, das erleben wir nicht mehr, dass der richtige schöne Wilhelm zurückkommt.«

»Ich bin auch der Richtige«, sagte Wilhelm gekränkt.

»Na, na«, zweifelte sie, »so ganz echt sind Sie auch nicht.«

Sie standen vor der schweren Tür. Dunkles Stimmengemurmel klang zu ihnen.

»Jetzt sagen Sie mal gar nichts. Die werden erst mächtig frech werden«, flüsterte Wilhelm und drückte ihre Hand. Minchen drückte zurück. Ihr machte das Abenteuer Spaß. Jetzt würde sie also einen richtigen Ringverein kennenlernen.

Wilhelm öffnete die Tür, und beide traten ein.

29. Kapitel

Die Musik spielte weiter, und die Tanzpaare beachteten den brüllenden Blinden nicht weiter. Die meisten nahmen an, es sei ein Betrunkener, und das war für den Fröhlichen Waidmann keine Sensation. Nur zu früh war es eigentlich noch. Aber die Menschen waren verschieden. Der eine war erst um zwölf blau und der andere schon früher. Man tanzte weiter.

Elsi hatte entsetzliche Angst vor dem Blinden. Sie überlegte, während sie auf den Tisch zuging, dauernd, ob sie nicht lieber umkehren sollte. Sonnenberg würde ihr Verhalten nicht ungesühnt lassen. Das war sicher. Sie wurde langsamer.

Grissmann wollte sie einholen, aber bevor er sie erreichte, war sie an dem Tisch des Blinden angelangt. »Ja, Maxe?«, fragte sie unschuldsvoll.

Der Blinde horchte auf. Sein Gesicht glühte vor innerer Befriedigung. Sie hatte also doch gehorcht. Sie hatte pariert. Und sie musste immer parieren.

»Komm, setz dich zu mir«, sagte er mit lockender Stimme, in der aber immer noch die Wut schwelte.

Elsi setzte sich gehorsam an den Tisch, dem Blinden gegenüber. Hier glaubte sie, leichter flüchten zu können, wenn er anfing. Seine Ruhe kam ihr unnatürlich vor. Sie sah auf. Grissmann stand vor ihr.

»Na«, fragte er, »wollen wir nicht weitertanzen?«

Sonnenberg schlug mit der Faust auf den Tisch. »Verdrück dich, mein Söhnchen! Sonst gibt es Dresche!

Du bist wohl nicht ganz bei Trost? Weitertanzen. Hier wird nicht mehr getanzt! Hier wird gleich zugeschlagen! Hast du verstanden, Kleiner? Lass dir ja nicht einfallen ...«

Grissmann unterbrach ihn. »Nun machen Sie mal nicht so viel Krach! Sonst klebe ich Ihnen eine, und wenn Sie auch ein Blinder sind!«

Sonnenberg zuckte zusammen. »Ach, du denkst wohl, weil ich blind bin? Du denkst wohl, weil ich meine Augen hergegeben habe für euch Drückeberger, kannst du mit meiner Frau machen, was du willst. Da schneidest du dich.« Er stand auf. »Komm, Kleiner, wir wollen ringen! Komm, gib mir dein Patschehändchen! – Na, wird's bald?«

Grissmann antwortete nicht.

»Naa«, fragte Sonnenberg. »Du willst wohl lieber einen Boxkampf machen? Mir eins von hinten über den Kopf schlagen, was? Oder hast du Angst?«

Von den Nebentischen sah man neugierig herüber. Der Blinde hatte alle Sympathien für sich. Zurufe erfolgten. »Er hat ganz recht!« und »Feiger Hund!«, waren noch die harmlosesten Ausrufe.

Ein sehr stämmiger junger Mann stand auf. Er trat an den Tisch heran. »Setz dich, Blinder. Wenn du willst, klebe ich dem Jungchen ein paar. Ist das dein Söhnchen? Kinder müssen erzogen werden!« Er holte aus und wartete nur auf die Zustimmung des Blinden, um zuzuschlagen.

Grissmann hatte sich die Sache vorhin anders gedacht. Er hatte geglaubt, nur mit Sonnenberg zu tun zu haben. Aber jetzt zog die Sache schon breitere Kreise. Er hatte keine Lust, sich verprügeln zu lassen. »Was denn, was denn«, stotterte er verlegen, »wir haben doch nur einen Scherz gemacht.«

Sonnenberg bestand darauf, die Sache alleine auszutragen. Er war schließlich selbst noch ein Kerl. Sehen konnte er zwar nicht, aber ringen konnte er, denn dann fühlte er den Gegner. Ich mache Kleinholz aus ihm, nahm er sich vor. »Ich danke, aber ich will meine Sache selbst erledigen. Dann weiß ich, dass sie richtig gemacht wird!«, antwortete er dem Mann. Daraufhin wandte er sich an Grissmann. »Komm, Freundchen, gib mir die Hand. Wir wollen uns mal etwas die Hand schütteln und wieder vertragen!« Grissmann zögerte. Er traute dem Blinden nicht. Er machte durchaus keinen versöhnlichen Eindruck, und wie er ihn so vor sich stehen sah – Sonnenberg war ein muskulöser, schwerer Bursche –, bekam er Angst.

Elsi saß ruhig auf ihrem Stuhl und beobachtete. Sie freute sich, die Wut Sonnenbergs von sich abgelenkt zu haben. Sie wünschte Grissmann durchaus nichts Schlechtes, noch viel weniger aber sich selbst.

Fundholz stand auf. Begütigend klopfte er Sonnenberg auf die Schulter. »Lass man, Sonnenberg. Wir wollen noch einen trinken! Nun ist ja alles gut. Der Grissmann hat es ja nicht so gemeint.«

Sonnenberg wies ihn mit großer Ruhe ab. »Setz dich man, Fundholz. Wer sagt dir, dass ich ihm was tun will? Er wollte mir was tun. Er sagte doch, wenn ich nicht blind wäre, dann …«

Fundholz traute ihm nicht. Er kannte Sonnenbergs Tücken. Er besänftigte weiter. »Nun ist ja wieder alles in Ordnung.«

Tönnchen lächelte den Alten heiter an. Der klopfte

dem Dicken auf die Schulter und setzte sich wieder. Heute, wo er sich so leicht und froh fühlte, sollte Sonnenberg keinen Krach machen. Er wollte Ruhe um sich haben.

Der Blinde hielt Grissmann immer noch die Hand entgegen. »Feige, was? Hast wohl Angst, der blinde Sonnenberg könnte dir was tun?« Seine letzten Worte ermutigten Grissmann nicht. Schon wollte sich der junge stämmige Mann auf ihn stürzen und seine Hand in die des Blinden legen. Grissmanns Angst war allen offenbar.

»Auskneifen gibt es nicht«, sagte der junge Mann. »Erst eine freche Schnauze und dann auskneifen! Das kommt gar nicht in Frage.«

Grissmann überlegte in der Tat schon, ob er nicht einfach fortlaufen sollte. Diese Absicht musste sich wohl in seinem Gesicht ausgedrückt haben. Aber er sah ein, dass er damit kein Glück haben würde. Zögernd schickte er sich an, seine Hand in die des Blinden zu legen. Mit der Linken öffnete er vorsichtig in der Tasche sein Messer. Für alle Fälle, dachte er.

Die Gruppe war nicht unbemerkt geblieben. Herr Hagen kam mit zwei eleganten Herren auf sie zu. »Und das ist Sonnenberg«, stellte er vor. »Unser Harmonikaspieler. Er ist leider blind«, setzte er hinzu. Es klang wie eine Entschuldigung.

Alle drehten sich überrascht um. Sie nahmen Herrn Hagen, der ihnen zublinzelte, und die beiden Gutangezogenen erst jetzt wahr.

»Das sind wohl wieder Westenlatscher, die sich unseren Zoo ansehen wollen«, bemerkte ein Mann halblaut zu seinem Mädchen.

Herr Hagen hatte es gehört. Unwillig faltete er die Stirn. »Wem es nicht passt im Fröhlichen Waidmann, der kann gehen«, sagte er. Dem Mann passte es, und er schwieg.

Die beiden Herren hatten die Worte des Mannes verstanden. Sie versuchten durch ein unbekümmertes Wesen den schlechten Eindruck, den sie anscheinend gemacht hatten, zu verwischen. »Kinder, bei euch ist doch noch was los«, sagte der Jüngere anerkennend. Er war Rechtsanwalt und glaubte, dank seiner Menschenkenntnis den richtigen Ton getroffen zu haben. Das Volk liebt Frische, dachte er. Darum sprach er weiter. »Immer habt ihr Betrieb. Immer ist etwas los bei euch. Beneidenswert!«

Der ältere Herr, ein Amtsgerichtsrat aus der Provinz, der sich der Führung seines Freundes anvertraut hatte, stimmte ein: »Beneidenswert!« Ihm war allerdings nicht ganz wohl. Er sah an den Gesichtern, dass Spannung in der Luft lag. Da war scheinbar irgendeine Geschichte zwischen dem stämmigen Blinden und dem schwächlichen Arbeitslosen im Gange.

Es war eine dumme Idee gewesen, diese Vorstadtkneipe zu besuchen. Man hätte lieber in die Fiamettabar oder in sonst ein vernünftiges Lokal gehen sollen. Kam man schon mal nach Berlin, dann brauchte man nicht auch noch in Verbrecherkeller steigen, denn dafür hielt der Amtsgerichtsrat das Lokal. »Beneidenswert«, wiederholte er. »Aber ich möchte nicht stören, komm, Hans.« Er wandte sich um und wollte gehen.

Drohend sah Hagen seine Gäste an. In seinem Blick stand: Wenn jetzt einer den Mund aufmacht, dann nehm ich ihn am Kragen und werfe ihn raus. Sonnenberg sah seinen Blick nicht, und wenn er ihn gesehen hätte, wäre es immer noch zweifelhaft gewesen, ob er sich hätte einschüchtern lassen.

»Beneidenswert«, ahmte er nach. »Beneidenswert. Wir sind beneidenswert? Was seid ihr denn für Kerle, dass euch ein blinder Bettler noch beneidenswert vorkommt?« Bevor die Juristen, die auf solche Fragen nicht vorbereitet waren, antworten konnten und bevor auch Herr Hagen einspringen konnte, gab Sonnenberg selbst die Antwort. »Kerle seid ihr überhaupt nicht! Süße Jungs seid ihr! Beneidenswerte süße Jungs! Spart euch doch euren Schmus und bleibt im Westen. Da gehört ihr hin, ihr Beneidenswerten!« Sonnenberg lachte zu seinen letzten Worten, und nun waren die anderen nicht mehr zu halten. Alle lachten durcheinander und riefen den Juristen Unliebenswürdigkeiten zu.

Sonnenberg hatte ihnen aus der Seele gesprochen. Und deshalb ignorierten sie Hagens Drohgebärden. Sie verzichteten auf Komplimente. Sie gingen nicht in die Westlokale und wollten das Publikum des Westens auch nicht bei sich sehen. Vergessen war die Affäre Grissmann. Man sah nur noch auf die Eindringlinge, die sehr rote Köpfe bekommen hatten.

»Erlauben Sie mal«, sagte der Rechtsanwalt scharf, »was denken Sie sich eigentlich?«

Sonnenberg erwiderte prompt. »Ich denke genau das Gleiche, was ich sage. Macht, dass ihr rauskommt! Fahrt in den Westen! Sauft Sekt oder Himbeerwasser, aber lasst uns hier in Ruhe!«

»Lächerlich«, sagte der Amtsgerichtsrat.

»Was ist lächerlich?«, wollte Sonnenberg wissen. »Wir sind lächerlich, was? Wir sind zum Lachen. Wir sind dazu da, damit ihr hierherkommt und über uns lachen könnt. Wir sind hier Zoo, was? Wir sind hier Film, was? Wir sind hier tanzende, nackte Neger! Und ihr kommt hierher, um zu lachen, was? Ihr süßen Jungens, ihr. Ich bin ja blind, aber ich sehe direkt, wie euch das Himbeerwasser aus dem Maule läuft. – Haut ab, verdrückt euch, geht, aber schnell!«

Der Rechtsanwalt Dr. Kummerpfennig war in seinem ganzen Leben noch nicht so beleidigt worden. Der Mann war nicht satisfaktionsfähig, stand unter ihm, tief unter ihm. Aber Rechtsanwalt Dr. Kummerpfennig, der bekannte Kummerpfennig, der die Gräfin Leindorf in ihrem Scheidungsprozess vertrat, Objekt neun Millionen, nicht die Gräfin, aber ihr Heiratsgut, der Kummerpfennig, der unter tausend Mark Vorschuss keinen Prozess begann, dieser Kummerpfennig konnte sich nicht so einfach von einem Bettler beleidigen lassen.

Der Amtsgerichtsrat wollte seinen Freund gerne abhalten, aber der Rechtsanwalt war zu tief empört.

»Ich weise Sie darauf hin, dass Sie sich der Beleidigung in Tateinheit mit Bedrohung schuldig gemacht haben. Ich werde den ordentlichen Gerichtsweg beschreiten, um Sie für Ihre unerhörten Anwürfe zur Rechenschaft zu ziehen.« Dr. Kummerpfennig nahm sein Notizbuch heraus. »Wie heißen Sie?«, fragte er Sonnenberg, der vor Überraschung einen Augenblick geschwiegen hatte.

»Das geht Sie einen Dreck an«, knurrte er. »Wollen Sie hier Prozesse anfangen oder dämlich quatschen? Was wollen Sie eigentlich hier?« Sonnenberg hatte ruhiger gesprochen als vorhin.

Dr. Kummerpfennigs Widerstandsgeist wurde stärker. »Ich stehe Ihnen hier keine Rede, Herr« – Kummerpfennig konnte wie kein Zweiter das Wort »Herr« klingen lassen – »Sie haben meinen Freund und mich in Zeugengegenwart schwer beleidigt, ohne Grund schwer beleidigt! Ich verlange Ihren Namen und weise Sie schon jetzt darauf hin, dass ich ihn, wenn es notwendig ist, durch einen Polizeibeamten feststellen lassen werde.«

Er wandte sich an Grissmann, der ihn ehrfürchtig ansah. »Wie heißt der Mann?«

»Sonnenberg«, sagte der leise.

Herr Dr. Kummerpfennig hatte nicht recht verstanden. »Bitte etwas lauter«, forderte er.

Diesmal antwortete Grissmann nicht. Alle sahen ihn drohend an. Er hatte Angst vor dem, was folgen würde.

Kummerpfennig wartete eine Weile. Als Grissmann nicht antwortete, sagte er: »Nun gut, wir werden uns wieder sprechen. Der Name Sonnberg oder Sommberg wird ja nicht so häufig sein unter Blinden.«

»Sonnenberg«, verbesserte der Amtsgerichtsrat gewohnheitsmäßig. Er hatte aufgepasst vorhin, als Herr Hagen den Blinden vorgestellt hatte.

»So, Sonnenberg also.« Herr Dr. Kummerpfennig verbesserte den Namen in seinem Notizbuch.

Hagen stand angefressen hinter den beiden. Er wollte sich weder mit seinen Gästen überwerfen noch mit den beiden Herren. Es war eine unangenehme Situation. Sein doppeltes Doppelkinn zitterte vor Aufregung. Am Ende musste er noch vor Gericht erscheinen als Zeuge. Hagen verabscheute Gerichte.

Sonnenberg hatte die Unterhaltung über seinen Namen grinsend angehört. Nun sagte Hagen begütigend zu dem jungen Herrn: »Es war wohl nicht so böse gemeint.«

Kummerpfennig sah ihn erbittert an. »Mir genügt es!«, sagte er ablehnend.

»Du dummer Hund, du«, fuhr Sonnenberg nun wieder fort. »Hast du auch alles aufgeschrieben? Max Sonnenberg heiße ich. Von Beruf Blinder. So, und nun schreib auch noch dazu: Inhaber eines Jagdscheins. Du wirst wissen, was das ist. Ich habe nämlich Kopfschuss. Damit du blöder Hund mich anquatschen kannst, bin ich in den Krieg gegangen. Da lagst du süßes Jungchen noch im Wickelkissen. Ich kann dir ein paar hinter die Löffel schlagen, wenn ich will. Ich habe Jagdschein!« Sonnenberg verkündete es stolz und triumphierend.

Der Inhaber des Jagdscheins fiel unter den berühmten Paragraphen 51, auf dem Dr. Kummerpfennig bei jedem Mordprozess mit besonderer Vorliebe herumritt. Die amtlich festgestellte Unzurechnungsfähigkeit Sonnenbergs war peinlich für ihn, sehr peinlich. Er sah den Amtsgerichtsrat an, der sich mit Mühe ein Lächeln verkniff. »Unerhört«, erklärte Kummerpfennig. »Aber Sie haben mich vorsätzlich beleidigt, Freundchen, vorsätzlich, und eben die Beleidigung auch noch einmal wiederholt.«

Sonnenberg lachte weiter. »Schreib noch dazu: besoffen. Was, Fundholz, wir sind doch besoffen?«

Fundholz bestätigte: »So ein bisschen.«

Von allen Seiten prasselten jetzt Zurufe auf Herrn Dr. Kummerpfennig. »Wir sind auch besoffen! Beneidenswert, was?«

Viele Tanzpaare hatten sich zu der Gruppe gesellt. Sie wussten nicht, worum es ging. Nur das Eine begriffen sie. Der Gutangezogene wollte dem Blinden Scherereien machen.

Kummerpfennig wurde die Situation allmählich sehr unangenehm. »Wir sprechen uns noch«, sagte er. Aber er war selbst nicht ganz überzeugt davon.

Der stämmige junge Mann, der vorhin die Abstrafung Grissmanns übernehmen wollte, drängte sich vor. »Das können Sie gleich haben!«

Demonstrativ krempelte er die Ärmel seines Hemdes hoch. Die Jacke hatte er schon lange ausgezogen. »Wir wollen nur mal eben vor die Tür gehen«, schlug er vor.

Kummerpfennig wurde der Kragen etwas eng. Er fasste unwillkürlich mit der Hand danach. Diese Bewegung löste ein brüllendes Gelächter aus.

Sonnenberg flötete fast: »Komm, gib mir die Hand, wir wollen uns wieder vertragen.« Er streckte die Hand in die Richtung, in der er Kummerpfennig vermutete.

»Ja, er soll dem Blinden die Hand geben! Er soll sich mit dem Blinden versöhnen! Hab man keine Angst, der Onkel tut dir nichts«, rief man von allen Seiten.

Aber der Rechtsanwalt hatte Angst. Richtige, einfache, unanständige Angst. Er war Jurist, kein Boxer. Er bedauerte das zum ersten Mal. Er wollte fort von dem ganzen Gesindel, das auf ihn einbrüllte. Er wollte nur fort. Hilfesuchend sah er sich um.

Der Amtsgerichtsrat war mutiger als er. Er hob seine beiden Hände hoch. »Ruhe«, bat er. Einen Augenblick herrschte Schweigen, nur das Klavier spielte weiter. »Ruhe, meine Herren. Wir haben genug Krach gemacht!« Er hatte bisher kaum etwas gesagt, deshalb ließ man ihn jetzt ausreden. »Ich denke, wir sprechen nicht mehr über die Sache. Herr Wirt«, er wandte sich an Hagen, der sich dienstbeflissen die Hände rieb. »Eine Stubenlage!«

Alles stimmte begeistert ein. »Bravo! Das erste vernünftige Wort, das ihr bisher gesagt habt!«

Sonnenberg sagte nichts. Er hatte schon alles von sich gegeben, was er auf dem Herzen hatte. Außerdem wollte er Grissmann nicht vergessen. Grissmann, das war die Hauptsache. Hoffentlich kniff der nicht aus in der Zwischenzeit.

Grissmann wollte schon. Seit er wusste, dass Sonnenberg einen Jagdschein hatte, hatte sich seine Angst noch vergrößert. Aber er konnte nicht fort. Die Menschen standen dichtgedrängt um ihn herum, und der junge stämmige Mann behielt ihn fest im Auge. Ich werde mit den beiden Herren aus dem Westen zusammen fortgehen, nahm Grissmann sich vor. Doch vorläufig blieben die beiden noch.

Herr Dr. Kummerpfennig überließ die Führung seiner Angelegenheiten ganz seinem Freund. Ihm war etwas kleinlaut zu Mute.

Dann kam Hagen zurück. Er hatte die Bestellung weitergegeben. »Die Kapelle natürlich inbegriffen«, sagte er. Die Kapelle, das war der Klavierspieler.

»Natürlich!«, brüllte alles.

Man setzte sich wieder und wartete auf das Bier. Zuletzt standen nur noch die Juristen, der Blinde, Grissmann und der stämmige junge Mann.

»Grissmann?«, fragte Sonnenberg. »Ist Grissmann noch da?«

Der junge Mann bestätigte: »Wenn du den hier meinst«, er packte Grissmann am Arm, »deinen Freund von vorhin, der ist noch hier! Wir können das nachher erledigen.« Er führte den Widerstrebenden zwei Tische weiter. »Setz dich«, befahl er.

Auch Sonnenberg setzte sich. »Hebt mir ja Grissmann auf«, bat er.

Der junge Mann rief zurück: »Darauf kannst du dich verlassen! Den servier ich dir nachher.«

Grissmann wusste nicht, was er tun sollte. Ängstlich sah er auf die beiden Juristen. Aber die waren froh, sich selbst in Sicherheit gebracht zu haben, außerdem wollten sie sich grundsätzlich nicht mehr in die Angelegenheiten des Blinden mischen. Sie sahen geflissentlich weg. Grissmann hatte Furcht vor Sonnenberg, aber er fürchtete auch den jungen Mann. Krampfhaft hielt er sein Taschenmesser fest. Es war ihm letzte Zuflucht, wenn alles andere versagen wollte.

Der junge Mann machte bekannt: »Ich bin Kellner, und du bist ein Schweinehund. Du wolltest dem Blinden seine Frau wegnehmen. – Halte den Mund und lass klügere Leute reden«, wehrte er Grissmanns Einwände ab.

Er hatte Sonnenberg brüllen gehört und war der Überzeugung, der Blinde hatte recht. Wenn einer blind war, so war das schlimm genug. Der brauchte nicht auch noch betrogen werden. Er trat gerne für eine gute Sache ein und hatte auch die Muskeln dazu. Eine richtige Schlägerei zog er vielem vor. Er war Kellner in einem ziemlich wilden Lokal und hatte Erfahrung in der Behandlung schlechter Menschen, die ihre Zeche nicht bezahlten oder sonst Zurechtweisung herausforderten. Heute hatte er frei, und er hatte mehr Freude daran, wenn es zu guter Letzt noch »rauchte«, als wenn sich alles friedlich abwickeln würde. »Grissmann sollte seine Zeche bezahlen«, dafür wollte er sorgen.

Das Bier kam, und alle tranken.

»Auf das Wohl des edlen Spenders«, krähte Fundholz

vergnügt. Er hatte Tönnchens Bier auch gleich an sich genommen. Nachher wollte er ihm noch etwas zu essen kaufen. Er hatte ja bei dem Abend mit Sonnenberg Geld gespart.

Alles stimmte ein: Die Beneidenswerten sollen leben.

Der Amtsgerichtsrat dankte lächelnd. Dr. Kummerpfennig wollte sich nun auch seinerseits nicht lumpen lassen. »Noch eine Lage!«, bestellte er.

»Bravo, Bubi«, krächzte eine alkoholbelegte Frauenstimme. Alle lachten, aber gutmütiger als vorhin.

Dr. Kummerpfennig bekam einen roten Kopf, doch er sagte nichts. Ich stehe über der Sache, redete er sich ein.

Grissmann bekam plötzlich einen hysterischen Wutanfall. »Sonnenberg, du Schweinehund!«

Der junge Mann schlug ihm mit der flachen Hand klatschend vor den Mund. »Deine Sache kommt nachher. Werde man nicht ungeduldig.«

Alles sah erstaunt auf Grissmann, der mit wutverzerrtem Gesicht auf seinem Stuhl saß. Nur Sonnenberg achtete nicht auf den Zuruf. Er saß ruhig an seinem Tisch. Er wusste, Grissmann war ihm sicher. Seine Wut hatte die Hitze schon überschritten, sie war kalt geworden, aber nicht geringer.

»Grissmann soll es mir bezahlen«, sagte er ruhig, es klang fast gleichmütig.

Fundholz hörte etwas von bezahlen. Er fing an zu denken. Weil er aber nicht mehr ganz nüchtern war, dachte er laut: »Bezahlen? Bezahlen muss man immer. Manchmal glaubt man, man hätte etwas geschenkt bekommen. Aber schließlich muss man immer bezahlen. Jede Freude, alles muss man bezahlen! Immer und immer wieder muss man am Ende dafür bezahlen, und alles bezahlt man zu teuer. Nichts ist den Preis wert, den man schließlich bezahlen muss. Alles ist viel zu teuer! Für jede Minute, in der man sich freut, muss man stundenlang bezahlen!«

Er schwieg und trank tiefsinnig sein Glas aus.

Sonnenberg schnauzte ihn an. »Was du alles so zusammenredest! Wenn du den Mund aufmachst, kommt Blödsinn raus!« Er lachte zornig. »Meinst du, ich habe mich jemals darüber gefreut, dass ich mit den Augen bezahlen musste? Nie habe ich das. Immer ist es mir dreckig gegangen!«

Fundholz zuckte die Achseln: »Ich weiß nicht«, sagte er. Er war müde. Es war eigentlich längst Zeit, sich schlafen zu legen. Warum saß er hier noch rum? Nur wegen der Schnäpse, die Sonnenberg bezahlte, und wegen des Freibiers.

»Schließlich muss ich es doch bezahlen«, murmelte er.

Sonnenberg schlug auf den Tisch. »Nun halt aber den Mund!«

Fundholz gehorchte.

30. Kapitel

Der Liederkranz von neunzehnhundertneunundzwanzig war nicht vollzählig erschienen. Viele Mitglieder waren verhindert, andere kamen nur zu Vereinsfestlichkeiten. Der stellvertretende Vereinsvorsitzende Sommer rügte das. Er war ein gutgenährter, rüstiger Fünfzigjähriger. Hochaufgerichtet stand er am Vorstandsplatz; ein Mann mit Lebenserfahrung, der den Beruf, der sich aus bescheidenen Anfängen in den letzten Jahren zu so guter Organisation entwickelt hatte, schon seit Langem kannte. Herr Sommer war noch vom guten alten Schlag. Er war in seiner Jugend Schaubudenringer gewesen und verfügte immer noch über erhebliche Körperkräfte. Deswegen konnte er sich auch halten als stellvertretender Vereinsvorsitzender.

Sommer trug eine grüne Schärpe. Alle trugen eine. Man war Liederkranz und wollte sich auch die Vorteile, die sich aus diesem Firmentitel ergaben, nicht entgehen lassen. Grün, das hob immer. Schwere seidene Bänder verliehen etwas Feierliches, vermittelten eine getragene Stimmung. Man fühlte ja bürgerlich und wollte das auch zeigen. Vor allem wollte man es der Polizei zeigen. Wer konnte es wagen, einen Liederkranz mit grünen Schärpen und schwarzen Anzügen, der gegebenenfalls noch dazu hinter Notenpulten Aufstellung nahm, einfach zu verhaften? Niemand, der bürgerlich fühlte! Die Polizei aber fühlte bürgerlich, das wusste man.

Sommer sprach ernste, verantwortungsbewusste Worte,

sie unterschieden sich kaum von den verantwortungsbewussten Worten, die Vereinsvorstände anderer Schattierungen im Allgemeinen gebrauchen. »Wo führt es hin, wenn die ernste, sachliche Arbeit am Verein vernachlässigt wird?«, fragte er sorgenschwer. »Es führt zur Auflösung, es führt zum Verfall der Organisation!«

Herr Sommer klopfte an sein Bierglas und hob die Stimme. »Wir sind hier kein Vergnügungsverein! Wir sind ein Verein, der noch sehr viel Arbeit zu leisten hat!«

Ein älterer, gesetzter Herr wachte bei diesem Appell an das Pflichtgefühl auf. »Bravo«, rief er und schlief weiter.

»Jawohl«, bestätigte Herr Sommer, »so ist es. Die Beiträge werden nicht pünktlich bezahlt! Der Verein wird nicht genügend unterstützt. Meine Herren ...«

In diesem Augenblick öffnete sich die Tür, und der schöne Wilhelm trat ein. Minchen kam hinter ihm in den Saal. Es war nicht Unhöflichkeit, nur kluge Vorschau, was ihn bewogen hatte voranzugehen.

Ein Entrüstungssturm brach los. Alle sprangen von den Sitzen. Damen war der Eintritt nach den Statuten verboten.

Sie riefen wild durcheinander, Sommer brüllte: »Ruhe!«

»Meine Dame«, sagte er ernst und zermalmend, »meine Dame, wir sind hier ein Herrenverein! Ich weiß nicht, was sich Wilhelm denkt. Es ist verboten!«

Er sah den »schönen Wilhelm« vernichtend an.

»Die Statuten unseres Liederkranzes sehen für solche Fälle vor, dass die Dame sofort das Lokal zu verlassen hat!«

Herr Sommer sah sich nach Hagen um. Er fand ihn nicht. Er wollte ihn ernstlich verwarnen. Der Liederkranz würde ausziehen, wenn das noch einmal vorkam. Nur dem Umstand, dass Herr Sommer Prozente von Hagen bekam, war es zu danken, dass es nicht gleich geschah.

Wilhelm wollte sprechen, aber Herr Sommer hielt ihm gebieterisch seine Ringkämpferhand entgegen.

»Die Statuten sehen weiter für solche Fälle vor, dass das Mitglied, welches Damen oder überhaupt Vereinsfremde einführt, ausgeschlossen wird!« Wild brüllte er auf. Es klang wie der Notschrei einer gequälten Kreatur. »Meine Herren! Meine Herren, wir sind doch kein Vergnügungsverein! Wir sind doch hier kein Witwenball! Wir sind ein Liederkranz, wir wollen nichts als singen und unsere Vereinsangelegenheiten beraten!«

»Richtig, sehr richtig«, stimmten die anderen ein. »Wir sind ein Liederkranz, wir sind kein Witwenball!«

Immer noch hielt Herr Sommer seine gewaltige Hand Wilhelm abwehrend entgegen. »Die Vereinsleitung beschließt, das Mitglied Wilhelm Winter energisch zu verwarnen. Im Wiederholungsfalle müsste zum Ausschluss geschritten werden.«

»Gleich ausschließen«, riefen einige jüngere Zuhälter, die die Gelegenheit wahrnehmen wollten, sich eine Konkurrenz vom Leibe zu schaffen.

»Ruhe«, gebot Herr Sommer machtvoll. »Ich sage: Ruhe!«

Alle schwiegen, und Herr Sommer fuhr fort. Unwillkürlich ahmte er, wie stets bei besonderen Anlässen, die Stimme des Richters nach, der ihn einmal zu drei Jahren Gefängnis verurteilt hatte. Der Richter hatte eine so schöne Stimme gehabt, dass Sommer das Urteil versehentlich angenommen hatte, nur der schönen Stimme wegen. Sie war so ein wunderbares Gemisch gewesen aus Aktenstaub und Objektivität.

»Die Vereinsleitung beschließt ferner, Herrn Gastwirt Heinrich Hagen ihr Missfallen auszusprechen. Wir wollen vollkommen in Ruhe gelassen werden. Gesang braucht Ruhe! Musik kann nur gedeihen, wenn die Musikanten vollkommene Ruhe haben.«

Herr Sommer hielt die Fiktion des Liederkranzes allen Außenstehenden gegenüber eisern aufrecht.

Minchen Lindner lachte, lachte trotz des verweisenden Blickes des stellvertretenden Vorsitzenden. »Ich liebe aber Musik«, sagte sie.

»Dann gehen Sie in den Tonfilm«, schlug Herr Sommer vor. »Wir musizieren nur vor geladenen Gästen. Außerdem ist heute Abrechnungsabend. Verstehen Sie? Kassenabend! Also ganz interne Angelegenheit. – Aber zum hundertjährigen Jubiläum unseres Vereins sind Sie hiermit feierlich eingeladen!«

Alle lachten. Ja, der Sommer, der war richtig, der konnte so bleiben. Das war ein Vorstand, wie er im Buche stand.

»Wann ist denn das?«, fragte Minchen arglos.

»Im Jahre zweitausendundneunundzwanzig«, verkündete Sommer feierlich.

»Haben Sie kein fünfzigjähriges?«, wollte Minchen wissen. »Dann kann ich doch wenigstens meinen jüngsten Enkel hinschicken!«

Sommer grinste. »Über das Fünfzigjährige ist noch nicht Beschluss gefasst. Wir werden Sie jedenfalls verständigen.«

Minchen knickste dankbar. »Das ist aber nett«, sagte sie, »ich werde Ihnen noch schreiben, auf welchem Friedhof ich liege.«

Ein jüngerer Zuhälter ermunterte: »Lassen Sie sich man nicht aufhalten. Ich empfehle immer Weißensee, ich wohne da in der Nähe!«

»Sehr aufmerksam«, dankte Minchen, »aber im Grabe möchte ich doch lieber allein liegen!«

Der Jubel der Zuhälter war gar nicht zu halten. »Die ist goldrichtig«, rief man begeistert. »Die soll bleiben.«

Herr Sommer, als erfahrener Vereinsvorsitzender, fügte sich immer der Mehrheit, vor allem, wenn er gleicher Ansicht war wie diese, so auch heute. »Moment, meine Dame«, sich an die anderen wendend, fuhr er fort: »Wir wollen Beschluss fassen. Wer dagegen ist, verlasse das Zimmer.«

Alle blieben.

»Somit vertage ich die Fortsetzung unseres Vereinsabends auf den Zeitpunkt, wenn wir die werte Dame wieder losgeworden sind.«

Minchen dankte. »Das können Sie gleich haben!«

Höflich stand Sommer auf. Den offiziellen Teil glaubte er gut erledigt zu haben, jetzt war er bei der gemütlichen Abteilung und hierin war Sommer Meister.

»Meine Dame«, sagte er und sah sie schmachtend an, »da müsste einer ja statt des Herzens einen gefüllten Müllkasten in der Brust haben, wenn er Sie wieder loswerden wollte. Wir sind gemütvolle Menschen. Wir bitten um Ihre Gegenwart.« Er erhob sich von seinem Stuhl und drückte sie mit sanfter Gewalt hinein.

Alle grölten begeistert durcheinander.

»Sommer«, rief einer.

»Ja?«, fragte der aufmerksam.

»Sommer, du musst zum Varieté!«

Sommer wollte wissen, warum.

»Na klar«, riefen die anderen. »Du bist doch ein wanderndes Lachkabinett.«

Sommer lächelte bescheiden. Er trat an eins der jüngeren Mitglieder heran, packte es vorsichtig am Kragen und hob es von seinem Stuhl hoch. »Hol dir einen anderen, Erne. Ich kann nicht mehr laufen, mir tun die Beine weh.« Das Mitglied fügte sich.

Wilhelm hatte lachend Sommers Ansprache angehört. Alles war so verlaufen, wie er sich das gedacht hatte. Er kannte doch Sommern. Er holte sich einen Stuhl und setzte sich neben Minchen Lindner an den Vorstandsplatz. »Es ist nur wegen der älteren Rechte«, sagte er entschuldigend.

Minchen Lindner protestierte. »Ältere Rechte ist gut. Zehn Minuten kenne ich ihn, und schon erzählt er was von älteren Rechten.«

Wilhelm widersprach. »Mindestens schon eine halbe Stunde.«

Sommer schlug auf den Tisch. »Ihr seid hier nicht in einer Liebeslaube, sondern beim Liederkranz von 1929. Vielleicht wartet ihr mit euren Geständnissen und macht mich nicht neidisch.«

»Wir wollen was singen«, schlug jemand vor.

Sommer erhob sich. »Meine Herren, meine Herren, es geht nichts über das Gemüt.« Feierlich sah er sich um. »Wir wollen das schöne Lied singen ›Im Grunewald, im Grunewald ist Holzauktion‹. Wer dagegen ist, halte den Mund.«

Niemand war dagegen. Sie standen alle auf, wie auf

Kommando, und begannen. Nach der ersten Strophe sahen alle auf Sommer.

Der sang alleine weiter. »Ja, das waren noch schöne Zeiten, damals wog ich zwei Zentner«, sagte er melancholisch, als er geendet hatte.

Wilhelm stand auf. »Herr Vorstand«, schmetterte er, »meine Herren. Zum heutigen Freudenfeste und zu Ehren unseres werten Gastes gestatte ich mir, Ihnen meine neueste Dichtung vorzutragen. Ich weise darauf hin, dass ich singe, wenn das vielleicht vor lauter Spannung nicht bemerkt werden sollte.«

Alle sahen ihn achtungsvoll an. Der Wilhelm, der konnte fast so schön reden wie der alte Sommer. Der musste später auch mal in den Vorstand, darüber waren sich viele klar.

Wilhelm begann. Er begleitete seinen Vortrag mit vielsagenden Blicken auf Minchen, die gespannt zuhörte.

Ich bin immer bei dir,
ja, glaube mir,
immer bei dir
ist Casimir.
Es vergehen die Tage,
doch Liebling, ich sage
an jedem Tage
die gleiche Klage:
»Warum ausgerechnet
hin ich in Berlin?
Warum ausgerechnet
ist sie in Stettin?«
Ich schreibe ihr immer
mein Liebesgewimmer,

sie antwortet immer,
doch kommt sie nimmer.
Sie schreibt liebe Briefe,
warum ich sie riefe?
Sehr lange Briefe,
dass sie schlecht schliefe.
Warum ausgerechnet
bin ich in Berlin?
Warum ausgerechnet
ist sie in Stettin?
Ich schlafe nicht mehr,
denn ich sehn mich so sehr.
Ich trinke nicht mehr,
denn mein Herz ist so schwer!
Ich bin immer bei ihr,
ja, glaubt es mir!
Immer bei ihr
ist Casimir.

Alle klatschten Beifall.

Nur Sommer sagte gefühlsroh: »Mensch, wenn man dich singen hört, dann knistern einem die Haare. Du hast einen Bariton wie das Klosett in meiner alten Wohnung. Gott sei Dank bin ich ausgezogen!«

Aber Sommers Bemerkung ging unter in dem Sturm von Fragen, die Wilhelm entgegenwehten.

Ob er es selbst angefertigt hätte? Wo man solche Gedichte abschreiben könne?

Schließlich sagte einer der alten Herren: »Nun bilde dir man bloß nichts darauf ein. Ich habe schon größeren Blödsinn gehört. Ist doch lächerlich! Der Mann heißt Wilhelm, und mit einmal nennt er sich Casimir.

Ich kenne Stettin. Das ist eine ganz öde Stadt! Überhaupt nichts zu machen!«

Wilhelm wurde energisch. »Mensch! Ihr seid ja alle blödsinnig! Ich hab' doch gar keine in Stettin. Das ist doch nur wegen dem Reim! Kapiert ihr denn das nicht? Nur wegen dem Reim.«

Sommer nickte. »Doch, ich versteh schon! Bloß lass dir ja nicht einfallen, vielleicht auf Liederkranz Rattenschwanz zu reimen. Dann wird Sommer gemein!«

Der Dichter setzte sich wieder, und Sommer sprang auf. »Der schöne Wilhelm wird hiermit vom Vorstand des Vereins ganz besonders ausgezeichnet. Der schöne Wilhelm wird zum Vereinsdichter ernannt. Der schöne Wilhelm bezahlt in Zukunft den doppelten Beitrag. Der schöne Wilhelm soll leben!«

Alle stimmten ein. »Der schöne Wilhelm soll leben!«

Sommer ließ sich schwer in seinen Stuhl fallen. »Ich habe gehört, bei Dichtern gibt's Freibier. Was hältst du davon, Wilhelm?«

»Mensch«, brummte der, »außer dichten auch noch Barunkosten. Du bist wohl nicht ganz gesund?«

Minchen tröstete ihn: »Lass man, Casimir, ich werde einspringen. Meine Herren, ich gestatte mir, Sie zu einer Lage einzuladen!«

Sommer zierte sich. »Nicht doch, meine Dame, nicht doch. Aber wenn Sie wollen? Wenn Sie wollen, wie gesagt, Sommern wird nicht dreinreden.«

Ein junger Bursche stand auf und klingelte nach der Bedienung.

Wilhelm bat um Ruhe, er hätte noch was zu bemerken. »Ich will euch mal was sagen. Ihr quatscht hier alle dämlich. Wisst ihr, was? Macht mal selber ein Gedicht.

Quetscht euch doch auch mal für fünfzig Pfennig Grütze aus dem Kopf. Dann werdet ihr sehen, ihr habt sie nicht. Aber eins könnt ihr fabelhaft: dämlich quatschen.«

Einige ernste Herren wiegten sich empört in den Schultern.

»Na, na«, bemerkte einer. »Du bist wohl größenwahnsinnig geworden? Bei dir brummt es wohl?«

Wilhelm erhob sich kampfbereit. Er hatte sich über die Kritik an seinem Gedicht nicht wenig geärgert.

Es gibt Dichter mit Minderwertigkeitskomplexen, die von vorneherein Bauchgrimmen bekommen, wenn sie an die Öffentlichkeit denken, und Dichter, die bereit sind, die Öffentlichkeit totzuschlagen, wenn sie anderer Meinung ist. Zu den Letzteren gehörte Wilhelm.

Auch der unzufriedene Zuhörer stand auf. Sie gingen aufeinander zu.

Sommer fand es an der Zeit einzugreifen. »Achtung«, sagte er, »bei der Verwendung von Stuhlbeinen für Schlägereien lehnt der Vorstand jede Haftung gegenüber dem Wirt ab. Sollten sich Leichen ergeben, so werden wir das schöne Lied singen ›Über allen Wipfeln ist Ruh‹, sollten dagegen Sachen beschädigt werden, so werdet ihr uns kennenlernen. Wir sind doch hier kein Sportverein!« Wieder schrie er schmerzhaft auf. »Wir sind ein Gesangsverein! Liederkranz von neunzehnhundertneunundzwanzig, das wollen Sie nicht vergessen, meine Herren!«

Auch Minchen war aufgestanden. »Ich interessiere mich nicht für Schlägereien. Ich gehe.«

Wilhelm drehte sich um. »Nein, das dürfen Sie nicht! Auf keinen Fall!« Er sah den unbefriedigten Zuhörer ernst an: »Nicht wahr, wir stellen unsere Sache noch zurück! Ich werde dir meine Verse noch ein anderes Mal in den Kopf schlagen.«

Der Mann setzte sich. »Alles, was recht ist. Nichts gegen das Gedicht. Nur deine große Schnauze, die hänge zusammen mit deinem Mantel draußen ab!«

Wilhelm war durch die Rehabilitierung zufrieden gestellt. Währenddessen kam der Kellner, und Minchen Lindner gab ihre Bestellung auf.

Sie hatte sich lange nicht mehr so gut amüsiert wie heute. Zwar wirkte ein Großteil der Gesichter durchaus nicht sympathisch. Es waren im Gegenteil Herren dabei, die Minchen, wenngleich sie keine allzu hohen Ansprüche stellte, nicht lange ansehen konnte, ohne eine gewisse Übelkeit zu empfinden. Aber der »Diktator« Sommer gab der Atmosphäre entschieden etwas Versöhnliches und Heiteres.

»Hier gefällt es mir ganz gut«, sagte sie zu Sommer. »Hier bleibe ich ganz gerne noch etwas!«

Sommer schwächte ab. »Soll uns freuen, meine Dame! Soll uns freuen, nur nicht zu lange. Der Vorstand muss bitten, nicht zu lange. Lieber beim nächsten Ball wieder. Ja, der Vorstand besteht sogar darauf, dass das Mitglied Wilhelm Winter die Dame zum nächsten Ball mitbringt.«

Wilhelm sagte leise: »Das wird nichts werden, Sommer. Ich haue ab!«

Der Vorstand trank sein Bier aus.

»Was, du willst gehen? Was willst du denn machen?« Er scherzte: »Der Vorstand besteht auf dem Vereinsdichter!«

Wilhelm lächelte. »Sommer, ich habe die Nase voll. Ich will wieder einen Beruf haben. Einen richtigen Beruf.«

Sommer räusperte sich. Die Anwesenheit Minchen Lindners beengte ihn in seiner Rede. »Berufe sind nichts für unsereinen. Wir sind Singvögel.« Dann sagte er leise: »Wir sprechen noch darüber.«

Minchen hatte erstaunt Wilhelm zugehört. »Haben Sie denn eine Stellung?«, wollte sie wissen.

»Leider noch nicht. Aber ich werde schon eine finden.«

Sommer zweifelte. »Wer Gott vertraut und Bretter klaut, der hat im Herbst 'ne billige Laube. Lass dir die Zeit nicht lang werden.«

Das Bier kam. »Die gütige Dame soll leben«, prostete Sommer.

Alle stimmten ein. »Die gütigen Damen sollen leben.«

Minchen lachte. »Ihr seid schon Brüder«, aber es lag fast Anerkennung darin.

»Fräulein, wenn Sie mal Schutz suchen sollten. An meiner Brust ist Platz für Sie!«, rief der Weißenseer.

»Halt den Mund«, knurrte Wilhelm. Er legte den Arm um Minchens Schulter. Die ließ es widerspruchslos geschehen.

»Nach dir, nach dir«, beschied sich der Weißenseer.

Wilhelm sah ihn fest an. »Du kannst gleich ein paar von mir in die Zähne haben«, schlug er vor.

Der Vorstand legte ihm die Hand auf den Arm. »Wilhelm, ich glaube, du suchst was, dir fehlt was. Du brauchst nur ein Wort zu sagen, Sommer gibt es dir.«

Insgeheim aber war Sommer verärgert. Der schöne Wilhelm suchte allem Anschein nach Streit. Sommer aber wollte seinen Verein friedlich leiten, und wenn er den Frieden erzwingen musste. Man war nicht prüde im Liederkranz von 1929, man war im Gegenteil recht frei.

Und in dieser Freiheit wollte man sich nicht beengen lassen.

»Wilhelm entwickelt sich zur Jungfrau zurück«, bemängelte Herr Sommer.

Wilhelm schwieg. Er sah ein, dass es töricht war zu verlangen, dass auch die anderen sich umstellten. Man trank und wurde wieder heiterer. Am hinteren Ende des Tisches begann man, berufliche Fragen durchzusprechen.

»Was macht Kitti?«, wollte jemand wissen. »Steht sie noch am Halleschen Tor?«

»Nein«, der Weißenseer lachte. »Hallesches Tor ist aus und vorbei. Da ist nichts mehr zu machen. Jetzt läuft sie Wittenbergplatz, Tauentzienstraße.«

Sommer räusperte sich. »Wir sind hier ein Gesangverein! Vielleicht sprechen die Herren sich über ihre Geschäfte ein andermal aus!«

Minchen lachte. »Meinetwegen können Sie ruhig weitersprechen! Ich kenne Kitti auch! Das ist doch die große Blonde, nicht?«

Der Weißenseer nickte überrascht. »Jetzt hat sie schwarze Haare. Schwarz ist moderner. Aber früher war sie blond!«

Die ganze Versammlung sah interessiert auf Minchen Lindner. Die kannte Kitti auch? Kittis Verkehr beschränkte sich aber hauptsächlich auf Kolleginnen. Also, die Kleine war auch vom Geschäft!

Wilhelm Winter war tief betrübt. Er hatte geglaubt, Minchen Lindner wäre etwas anderes, keine Prostituierte, etwas Anständigeres.

»Wo tippeln Sie denn?«, wollte Sommer wissen.

Minchen war leicht gekränkt. »Ich tipple überhaupt nicht!«, stellte sie richtig.

»Schade«, bedauerte Sommer, aber er glaubte ihr nicht ganz.

Man überfiel Minchen nun mit Fragen. Ob sie die Bertha aus Halensee auch kenne? Die mit dem falschen Gebiss? Zahlreiche Namen wurden ihr zugerufen. Aber Minchen kannte sie alle nicht. In Berlin zählte man die Prostituierten nach Zehntausenden. Wie konnte Minchen da jede Einzelne kennen? Unmöglich war das.

Kitti, die kannte sie. Kitti, das war eine Art Berühmtheit. Das Mädchen mit den großen Umsätzen. Die frühere Freundin einer bekannten Berliner Prominenz, die das jedem erzählte, der es wissen, und auch dem, der es nicht wissen wollte. Kitti hatte eine besondere, eine aparte Note. Sie hatte große grünliche Augen und einen sehr kleinen Mund.

»Kitti macht immer noch ein gutes Geschäft«, erklärte der Weißenseer, auf diesbezügliche Anfrage des früheren Protektors. »Kitti hat dauernd Provinzkundschaft. Aber die zahlen! Ich würde es ja selbst nicht glauben, aber ich sehe es ja. Hundert Mark kriegt sie wie nichts, in den schlechten Zeiten!«

Sommer schüttelte das Haupt. »Man soll es kaum glauben. Hundert Mark! Das Mädchen möchte ich auch haben!« Sommer hatte mehr reifere Jahrgänge mit schlechteren Umsätzen.

Der Weißenseer fühlte sich persönlich geschmeichelt. Er erzählte weiter von Kitti, und alle, selbst Minchen, hörten gespannt hin. Nur Wilhelm interessierte sich weniger dafür. Sie tippelt also nicht mehr, dachte er.

In Berlin tippelten Junge, und es tippelten Alte. Wenn man abends durch die Friedrichstraße ging oder den Kurfürstendamm entlang, so schien es, als tippelte ganz

Berlin. Aber das war natürlich ein Irrtum, viele fuhren auch mit dem Auto.

Berlin war zu dieser Zeit schon zu Bett gegangen oder stand schon wieder auf. Nur die beruflichen Nachtarbeiter hatten noch in der Stadt zu tun. Aber es waren ihrer so viele. Sie gingen unermüdlich und hoffnungsfroh von Straßenecke zu Straßenecke. Liefen den gleichen Weg pendelartig wieder zurück, immer hoffend, immer wartend und selten vergeblich.

Es tippelten nämlich nicht nur Mädchen, es tippelten auch Herren. Die Herren mit dem Vorsatz, ihr Geld auszugeben, die Damen mit der Absicht, es einzunehmen. Beide hatten sich nichts vorzuwerfen und taten das auch kaum. Wenn sie es aber taten, so hatten die Herren es eilig, das Weite zu suchen, denn sie waren doch etwas Besseres. Sie waren doch Kavaliere.

Der Kavalier genießt und schweigt. Die Damen schwiegen nicht immer. Vor allem nicht, wenn Angebot und Nachfrage in zu krassem Widerspruch stand. Vom finanziellen Standpunkt aus gesehen.

Die Damen tippelten viel selbstbewusster als die Herren. Die Herren wollten nicht gesehen werden, die Damen begrüßten freudig Bekannte und sprachen sich aus. Die Herren hatten ein schlechtes Gewissen oder auch nicht, jedenfalls legten sie wenig Wert darauf, Bekannte zu treffen. Sie wollten gerne lange wählen, möglichst ohne selbst gesehen zu werden. Die Damen dagegen wählten nicht, sondern forderten.

Es wäre vielleicht, in diesem Zeitalter der Statistik, ganz interessant, einmal nachzurechnen, wie viele Kilometer, wie viele Tausende von Kilometern zwischen zwei Straßenecken in einem Jahrzehnt zwischen elf

Uhr abends und sechs Uhr früh zusammengelaufen werden.

Wilhelm dachte nicht statistisch, er dachte persönlich. Es freute ihn, dass Minchen anscheinend den Beruf gewechselt hatte. Er hatte nur die dunkle Befürchtung, dass sie trotz allem noch damit zusammenhing. Er wollte sie nachher fragen.

»Wollen wir tanzen?«, fragte er.

Minchen Lindner hatte nichts dagegen. Sie stand auf. »Herr Vorstand, meine Herren! Es war mir ein Festessen!«

»Ganz meinerseits«, sagte Herr Sommer, »ganz meinerseits! Hoffentlich sehen wir uns bald mal wieder, meine Dame!«

»Wer weiß?«, sagte Minchen Lindner.

Dann gingen sie.

31. Kapitel

Frau Fliebusch war fertig mit dem Essen.

Sie hatte Hunger gehabt, großen Hunger sogar! Sie lebte nicht gerade verschwenderisch von den zehn Mark, die Fräulein Reichmann ihr gab. Warm essen konnte sie nur selten. Die Brötchen, die sie sich aus den Automaten zog, sättigten nicht. Sie füllten zwar den Magen und reizten den Gaumen, riefen vorübergehend die Illusion des Sattseins wach, aber reichten als alleinige Ernährung natürlich nicht aus.

Der Magen ist ein sehr rüstiger Arbeiter. Ein seelenloser, unverständiger Arbeiter. Er fragt nicht, woher kommt es und wie kommt es. Er verlangt einfach! Rücksichtslos und brutal stellt er Forderungen. Hoffnung und Glauben sind sehr schöne Dinge, aber leider beschränken sie sich auf den Geist. Der Magen verzichtet auf Hoffnungen und ist unfähig zu glauben. Er will nur Nahrung haben, sonst nichts. Der Mangel an Nahrung, das brennende Gefühl, essen zu müssen, ist stärker als eine schöne Seele.

Hunger ist der beste Koch, sagt man. Er ist nicht nur der beste Koch, sondern auch ein vorzügliches Beruhigungsmittel. Menschen, die einige Wochen nichts zu essen bekommen haben, sind in den meisten Fällen bereit, das Unrichtige ihres Standpunktes einzusehen. Ansichten und Anschauungen werden zu blassen Schemen, wenn man sie nicht füttern kann. Unterernährung schließt Kraftstücke aus.

Menschen sterben, und man glaubt, an dem Verlust selber zu Grunde zu gehen. Einer jedoch stirbt nicht an Seelenschmerzen, und das ist der Magen. Er meldet sich prompt und gewissenhaft und veranlasst sogar überzeugte Selbstmörder, den Strick liegen zu lassen und vorher ein Beefsteak zu essen. Der Terror des Bauches, das ist der Terror, der es mit jedem anderen aufnehmen kann. Selbst eine Niobe konnte, ohne zwischenzeitliche Mahlzeiten, nicht weiterweinen.

Frau Fliebusch aß, und sie aß kräftig. Die Tränen liefen weiter, aber von Tränen wird man nicht satt, das wusste auch Frau Fliebusch. Denn gegessen hatte man auch schon vor dem Krieg.

Es gibt Menschen, die wollen Blut sehen. Die wollen Gefühle in einen Topf füllen und dann das Ganze überkochen lassen. Es sind friedliche nette Menschen, aber sie schätzen das Dramatische. Um diesen Leuten zu gefallen, hätte Frau Fliebusch einen Herzschlag bekommen müssen. Aber leider war Frau Fliebusch eine vitale und lebenskräftige Frau. Ihr Körper war stärker als ihr verwirrter Geist, darum aß sie, statt sich, wie sich das eigentlich gehört hätte, mit entseeltem Körper auf den Boden zu legen.

Das Essen schmeckte ihr gut. Sie hatte so lange nicht mehr warm gegessen. Es schmeckte nur ein wenig salzig, aber das mochten die Tränen sein. Frau Fliebusch hörte zu weinen auf, ihr Körper sagte: »Weinen kannst du immer noch. Warmes Essen gibt es seltener.« Ihr armer verwirrter Geist konnte dem nichts entgegenhalten. Er schwieg. Und der Körper Fliebusch aß mit Vergnügen das nun nicht mehr salzige Essen. Es schmeckte ihr immer besser.

»Drei Abendessen haben wir noch gut«, schmunzelte ihr Magen. Wilhelm wird schon noch kommen, tröstete sie ihre Seele. So ist das im Leben. Auch Lyriker tragen im Winter wollne Socken. Schöngeister können ohne Toilette nicht auskommen, und auch die feinsten Leute schnarchen, wenn sie schlafen. Frau Fliebusch war da keine Ausnahme. Der Geist kann stehen bleiben, der Körper nicht, solange der Mensch lebt. Sie lebte noch, und ihr Körper dachte gar nicht daran zu sterben. Er wollte leben, weiterleben, so lange wie nur möglich. Jetzt war er gesättigt, jetzt trat er zurück, jetzt konnte der Geist wiederkommen, und er kam.

Fliebusch, dachte sie. Wilhelm Fliebusch. Warum kann ich dich nicht finden? Warum kommst du nicht? Warum muss ich dich suchen? Es ist schlecht von dir. Du musst doch fühlen, wie ich dich suche, wie ich dich brauche.

Das junge Mädchen, das ihr vorhin beigesprungen war, kam vorbei, zusammen mit dem jungen Mann, der so tat, als hieße er auch der »schöne Wilhelm«. Frau Fliebusch wollte ihr danken, vor allem wegen des Essens, doch das junge Mädchen ging weiter. Frau Fliebusch sah ihr nach, bis sie die Tür geschlossen hatte. Ja, ja, die Jugend, dachte sie, die fröhliche, unbekümmerte Jugend, die hat es gut.

Einmal war sie auch jung gewesen, achtzehn Jahre alt, und damals hatte sie den Referendar Wilhelm Fliebusch kennengelernt. Den schönen Wilhelm, den schönsten Mann der Stadt. Und der schöne Wilhelm hatte unter allen Mädchen der Gesellschaft gerade sie zu seiner Frau erkoren. Sie durchlebte alle Etappen ihrer Liebe nochmal.

Wirtschaftliche Sorgen hatte sie nicht gekannt. Ihr Vater war Rektor gewesen. Er hatte verdient, was sie brauchten, und über Geld war nicht gesprochen worden. Amalie Kornemann war eine höhere Tochter gewesen. Erst war es wichtig gewesen, versetzt zu werden, und später dann, den richtigen Mann zu finden. Und sie hatte ihn gefunden. Ein Mann wie Wilhelm war sicher einmalig. Sie hatten lange Jahre glücklich gelebt.

Wie war eigentlich alles gekommen? Es war so schnell gegangen. Das Leben war plötzlich in Fluss geraten. Alles hatte sich überstürzt. Frau Fliebusch sah die Ereignisse schon nicht mehr ganz klar, sie begriff den Zusammenhang nicht. Einzelne Ereignisse konnte sie durchaus rekonstruieren, aber sie konnte sie nicht in Verbindung setzen mit dem Gesamtverlauf.

Aus dem Saal nebenan tönte Musik, die Füße scharrten über den Boden. Man tanzte, merkte Frau Fliebusch. Sie hatte früher auch getanzt. Gut sogar, wie Herr Fliebusch gefunden hatte. Sie wollte sich das Ganze einmal ansehen und stand auf.

Aus dem Saal kam ein Kellner herausgestürzt. Auf einem großen Tablett trug er ein Glas Bier. Er stellte es auf ihren Tisch und wollte wieder gehen.

»Ist das für mich?«, fragte Amalie erstaunt.

»Stubenlage«, sagte der Kellner dunkel und verschwand wieder.

Frau Fliebusch setzte sich wieder hin. Stubenlage? Was mochte das sein? Sie trank einen Schluck, aber es schmeckte ihr zu bitter, also stand sie wieder auf.

Plötzlich überfiel sie erneut Unruhe. Wo ist Wilhelm? Wo kann er sein? Er muss doch kommen! Irgendjemand hatte es doch gesagt? Ach richtig, der blinde Mann vorhin. Der Blinde! Wenn sie Wilhelm nicht fand, so wollte sie wenigstens den Blinden finden, der wusste ja, wo Wilhelm war. Der würde es ihr sicher sagen. Sie musste den Blinden suchen, und sie musste Wilhelm suchen! Oder, wenn sie Wilhelm fand, brauchte sie den Blinden nicht mehr suchen. Nur etwas unternehmen musste sie! Sie hatte keine Zeit. Sie musste ihren Mann finden. Sofort!

Frau Fliebusch ging mit eiligen Schritten durch die große Flügeltür.

32. Kapitel

Dem Amtsgerichtsrat machte die Sache jetzt Spaß. Der Kummerpfennig hat sich blamiert, dachte er. Der wollte ihm Berlin zeigen und eckte dabei überall an. Kummerpfennig konnte sich freuen, dass er ihn bei sich hatte. In Zukunft werde ich führen, nahm sich der Amtsgerichtsrat vor, dann trank er. Das Bier schmeckte ihm sehr gut. Er war Kenner.

In der kleinen Stadt, in der er lebte, kannte er alle Lokale, die gutes Bier führten. Lokale, die nicht jeden Tag ein neues Fass ansteckten, waren nichts wert. Bier durfte nicht mit Luft in Verbindung kommen. So war jedenfalls die Meinung des Amtsgerichtsrats, der im Kreis seiner Freunde für alle Bier betreffenden Fragen unbestritten als Autorität angesehen wurde.

»Schmeckt ausgezeichnet«, lobte er. »Richtige Temperatur und auch genau das richtige Maß Sauerstoff.«

Herr Hagen strahlte. »Ich habe auch einen neuen Sauerstoffapparat gekauft«, vertraute er ihm an.

Der Amtsgerichtsrat wollte Näheres wissen, und Herr Hagen erläuterte die Neuigkeit. »Kommen Sie doch mit und sehen Sie sich die Sache mal an«, schlug er schließlich vor.

Auch Rechtsanwalt Dr. Kummerpfennig war plötzlich begeisterter Fachmann. »Gerne«, sagte er. »Interessiert mich auch außerordentlich!«

Der Amtsgerichtsrat schmunzelte und grüßte höflich in die Runde. »Na, dann allerseits auf Wiedersehen!«

»Bleibt, wo der Pfeffer wächst«, knurrte Sonnenberg.

Aber er wurde überschrien. »Wie steht's mit noch einer Lage, Beneidenswerter?«

Der Amtsgerichtsrat winkte ab. Er wollte schließlich nicht die ganze Kneipe finanzieren. »Ein andermal«, rief er munter und unter der Führung von Herrn Hagen begaben sich die Juristen zur Prüfung der neuen Bierdruckmaschine.

Das Klavier spielte einen schneidigen Marsch. Der Klavierspieler wollte sich für das Bier bedanken und nahm an, die beiden Herren wären Offiziere.

Sonnenberg wandte sich an Fundholz. »Sind die Kerle weg?«

Der setzte sein Glas ab und bestätigte wahrheitsgemäß. »Ja, sie sind weg.«

Der Blinde grinste. »Jetzt wollen wir mal die Sache mit Grissmann erledigen!«

Elsi hatte wieder etwas Mut gefasst. Grissmann tat ihr leid, er war doch ein netter Mann gewesen. Sie legte die Hand auf Sonnenbergs Schulter: »Ach Maxe, lass ihn doch in Ruhe!«

Wütend schüttelte der Blinde sie ab. »Du hältst den Mund! Du kommst nachher! Sei froh, dass du gehorcht hast, als ich dich rief, sonst wäre es dir noch dreckiger gegangen! Wir beide sprechen noch miteinander! Glaub nur nicht, schon wieder frech werden zu können!«

Erschrocken schwieg Elsi, und Fundholz kam ihr zu Hilfe. Er versuchte ebenfalls, den Blinden von Grissmann abzuhalten.

»Lass ihn in Ruhe, Sonnenberg! Das führt doch zu nichts. Grissmann ist kein schlechter Kerl. Lass ihn gehen.«

»Vielleicht redet der Idiot auch noch dazwischen?«, fragte er. »Vielleicht haltet ihr alle mal die Schnauze. – Das sind meine Bohnen, nur meine Bohnen, und die werde ich auch alleine kochen!«

Der junge stämmige Mann stand von seinem Tisch auf. Grissmann erhob sich ebenfalls. Er verspürte kaum noch Angst, er hatte ja das Messer. Denen werde ich es zeigen, die werden es bereuen, dachte er.

Sonnenberg stand nun in der gleichen Haltung, die er eingenommen hatte, bevor die Juristen gekommen waren. »Los, Grissmann! Komm her!«

Grissmann stand dicht vor ihm. Seine rechte Hand hing schlaff an ihm herunter. Die Linke hatte er in der Tasche. Das Messer war nicht lang, nur acht Zentimeter Schneide, aber es gab ihm das Gefühl der Überlegenheit.

»Gib die Hand her«, forderte Sonnenberg.

Grissmanns Arm wurde steif. Die Hand ballte sich zur Faust.

»Na, wird's bald?«

Sonnenberg zitterte am ganzen Körper vor Wut und Erregung. Gleich würde er ihn haben, den Kerl, er bebte direkt vor Erwartung. Der sollte es zu spüren bekommen! Der sollte es fühlen, was es heißt, einem Blinden seine Frau wegnehmen zu wollen!

Es ging nicht mehr um diese Sache alleine, es ging darum, dass Sonnenberg blind war und die anderen sehen konnten. Es ging darum, dass er vom Leben benachteiligt war, nein, nicht vom Leben, von den Menschen. Er hatte seine Augen hergeben müssen. Die anderen, die feigen Hunde, die hatten sie noch! Die andern, denen ging es besser, die konnten sehen. Aber er? Auf ihn war alles gehäuft. Er war blind, und er musste betteln.

Ja, sehend betteln, das war nichts. Das war gar nichts. Aber blind sein und von Wohltaten leben müssen! Blinder Sklave der Sehenden! Angewiesen auf die freundliche Hilfe anderer.

Sonnenberg wollte keine Hilfe. Er wollte sich selber helfen und konnte es nicht. Alles andere hätte er sein mögen. Taub, gelähmt oder krank. Nur eins nicht: blind! Er war ein Kraftmensch in Fesseln, und seine Kraft drängte aus ihm heraus.

Grissmann, dachte er, Grissmann, dich werde ich zerreißen, dich werde ich in den Boden stampfen, du Jämmerlicher, du Sehender! Du Vieh mit zwei Augen!

Grissmann, du sollst es mir bezahlen! Ich habe eine große Rechnung offen, und du sollst sie bezahlen!

Sonnenberg knirschte vor Wut mit den Zähnen. »Los!«, brüllte er.

Wollte der Kerl nicht? Kniff er vielleicht? Hatten die anderen es sich noch mal überlegt? Wollten sie den Grissmann vielleicht auskneifen lassen? Alles war möglich, alle standen gegen ihn! Die Sehenden hielten zusammen gegen den Blinden! Natürlich, so war es, sie hatten Angst, er könnte dem Grissmann etwas tun!

Da, plötzlich, endlich fühlte er die Hand. »Ich bin es«, sagte Fundholz fröhlich.

Sonnenberg schüttelte die Hand verächtlich fort. »Was willst denn du schon wieder?«

Fundholz hatte sich zwischen Grissmann und Sonnenberg geschoben. Er war nicht mehr nüchtern, daraus erklärte sich seine Anteilnahme.

»Ach Sonnenberg«, sagte er, »lass uns doch lieber das Bier trinken, das eben gekommen ist.«

Sonnenberg war irritiert. Die anderen lachten. Die

Lage des Rechtsanwalts Kummerpfennig war eben angekommen.

»Lass mich doch mit dem Bier in Frieden!«, knurrte Sonnenberg.

Wieder hielt er seine Hand erwartungsvoll hin. Er fühlte etwas Kühles. Es war ein Bierglas. Zornig stürzte er das Bier hinunter.

Grissmann stand bewegungslos vor Sonnenberg. Fundholz reichte ihm freigiebig Tönnchens Glas. Grissmann trank.

Fundholz hatte genug getrunken. Er wollte nicht mehr. Er stand auf jener haarscharfen Grenze zwischen fröhlichem Rausch und ernster Betrunkenheit. Den anderen machte der fröhliche alte Mann Laune. Sie waren nicht so streitsüchtig und hätten nichts dagegen gehabt, wenn Sonnenberg sich ruhig wieder hingesetzt hätte.

Aber der dachte gar nicht daran. Er warf das leere Glas achtlos auf den Boden. »Jetzt aber los!«, brüllte er.

Erschrocken wich Fundholz zur Seite. Man hielt ihn von hinten fest. Grissmann stellte sein Glas auf den Tisch und machte seinen Arm steif. Der junge stämmige Mann kämpfte mit ihm. Er wollte den Arm hochzwingen.

Endlich wurde der Kellner ungeduldig. »Entweder du gibst dem Blinden jetzt die Hand, oder ich schlage dir sämtliche Zähne in den Hals!«

»Ich gebe ihm die Hand«, sagte Grissmann leise. Es klang ruhig, fast harmlos, aber Grissmanns Augen hatten sich zu einem Spalt verengt. Jetzt werde ich es ihnen zeigen. Elsi werde ich es zeigen, allen werde ich es zeigen. Ich habe keine Angst mehr! Ich stehe allein gegen euch alle, und ich werde mit euch fertigwerden. Alles war so wunderbar einfach. Er brauchte nur zuzustechen, er brauchte nur richtig zuzustechen, und alle Probleme lösten sich von selbst.

Der Konflikt mit Sonnenberg war für ihn keine Schlägerei mehr, hier ging es auf Leben und Tod.

Der Arbeitslose Grissmann stand gegen den Blinden Sonnenberg.

Zwei geprügelte Menschen standen vor der Explosion. Sie explodierten gegeneinander. Sie sahen in sich gegenseitig den Todfeind. Den Feind, dessen bloße Existenz das Leben vergiftete. Sie lagen beide unter den Rädern des Lebens. Ihre Revolte gegen das Leben wurde zu einer Revolte gegen sich selbst.

Die Räder zerquetschten sie, verkrüppelten sie, körperlich oder geistig. Aber die Räder standen jenseits ihrer Fassungskraft.

Das Leben war gegeben, wie es war. Es zu ändern, stand nicht in ihrer Macht.

Sie konnten nur einer den anderen zerstören. Sie konnten sich nur sekundenlang befreien von dem Druck, der auf ihnen lastete, indem sie den anderen vernichteten.

Sie konnten sich nur ein Ventil schaffen, ein Ventil für erlittene Enttäuschungen und für alle Leiden.

So wie zwei Nationen plötzlich ohne scheinbare Notwendigkeit übereinander herfallen, sich begeistert in Kriege treiben lassen für die Interessen Unbekannter und Ungenannter, so gab es auch für Menschen Augenblicke, in denen sie sich hemmungslos dem Vernichtungstrieb unterwarfen. Doch Nationen haben viele Köpfe, viele Sinne. Und das Widerstrebende, das Komplizierte der Interessenkämpfe innerhalb eines Staates verhütet manchen Krieg. Privatpersonen dagegen formieren sich leichter zu einer Unität des Wollens.

Geraten aber schon Staaten mit unzähliger Vielfalt der Interessen mörderisch aneinander, und Millionen sehen in den anderen Millionen plötzlich den Alp auf ihrer Brust, wie viel leichter kollidieren da zwei Menschen? Zwei Menschen, deren Existenzbasis eine so schmale ist, deren Lebensfreude eine so geringe ist, dass die Furcht, sie zu riskieren, leicht vom Hass zur Seite gedrängt werden kann.

Man denkt nicht an Gesetze in solchen Augenblicken. So wenig wie Nationen bei der Kriegserklärung an die zu erwartenden Toten denken. Grissmann und Sonnenberg waren beide Kriegswoller. Ihre Geduld dem Leben gegenüber war erschöpft.

Sonnenberg war ein lebenslang Bestrafter, ein Blinder. Es gibt Menschen, die sich unterwerfen, und es gibt Menschen, die sich nie und unter keinen Umständen mit dem abfinden wollen, was sie als Ungerechtigkeit oder Benachteiligung empfinden. Sonnenberg war bestraft und unschuldig bestraft worden. Er hatte die amoralische Seite des Lebens, die Ungerechtigkeit am eigenen Leib kennengelernt, und sein Glauben an überhaupt eine Gerechtigkeit war vernichtet. Er hatte keine Achtung mehr vor dem Leben anderer, genauso wenig wie er noch Furcht vor dem Gesetz hatte. Denn wo war das Gesetz gewesen, als man ihm sein Augenlicht genommen hatte?

Er hatte erkannt: Verfolgt wurden die Taschendiebe, aber legalisiert die Kriegsveranstalter. Wenn es moralisch war und begrüßenswert, dass man im Krieg die Gegner blind schoss oder tötete, warum sollte es unmoralisch sein, den Mann zu vernichten, der ihm die Frau wegnehmen wollte? Der private Mord ist eine Angelegenheit zwischen zwei oder mehreren Personen, deren Interessen miteinander in Kollision geraten. Er unterscheidet sich vom Völkermord durch die echte Gegnerschaft der sich Bekämpfenden.

Grissmanns Weltanschauung von dem »Schweinehund-sein-Müssen« trug nur in seiner Unfähigkeit, ein großer Schweinehund zu sein, den Stempel der Unrichtigkeit. Für kleine Leute gelten andere Maßstäbe als für große.

Quod licet Jovi non licet bovi. Was Jupiter recht ist, ist noch lange nicht dem Ochsen recht. Grissmann war weder Jupiter noch ein Ochse, aber er war ein kleiner Mann, und dafür wollte er zu viel. Seine Moral war nicht unzweckmäßig, aber seine Gaben waren zu gering, und da er den Mangel an Intelligenz nicht durch Macht oder Geld ersetzen konnte, wurde er trotz aller Rücksichtslosigkeit kein erfolgreicher Mann.

Grissmann wurde Mörder!

Der heutige Tag schien ihm zuerst den Beweis für die Richtigkeit seiner Weltanschauung erbracht zu haben. Alles war so verlaufen, wie er es sich gedacht hatte. Dann, plötzlich, war das Unerwartete eingetreten. Sonnenberg hatte gerufen, und Elsi hatte gehorcht. Jetzt wollte man ihn wieder nach unten pressen. Er sollte wieder abbüßen, was er eben erreicht hatte. Auf ihn sollte wieder alles gewälzt werden.

Er fühlte sich unschuldig, er hatte das Recht dazu gehabt, so zu handeln. Grissmann zweifelte nicht daran. Aber war es denn überhaupt ausschlaggebend, wer recht hatte? Hatte ihn die Straßenbahngesellschaft nicht auch entlassen, obwohl er das Geld nicht gestohlen hatte?

Grissmann war ein einfacher Mensch. Er hatte noch nicht begriffen, wie viel es auf den Schein des Rechtes ankommt und auf die Macht, über die man verfügt. Er dachte primitiv und direkt: Ob Recht, ob Unrecht, ist Nebensache. Ich habe das Messer, und er ist blind!

Sonnenberg fühlte plötzlich die Hand Grissmanns. Mit einem wilden Auflachen riss er ihn an sich heran. »Jetzt habe ich dich, mein Kleiner! Jetzt habe ich dich! Und du sollst es mir bezahlen.«

Er hielt die rechte Hand des Gegners eisern fest. Mit der linken versuchte er den Hals Grissmanns zu umschlingen. Grissmann rang nur mit einem Arm. Die linke Hand war in der Tasche. Sie umspannte das Messer.

Der Blinde wollte ihn in den Schwitzkasten nehmen. Der Schwitzkasten ähnelt einem Friedensvertrag, bei dem der eine auf dem anderen knien bleibt. (Nähere Auskünfte geben die Ringervereine, bei denen Schwitzkästen übrigens verboten sind, jedenfalls in Deutschland.) Der Kniende ist für den Status quo, für die Beibehaltung der gegenwärtigen Lage, der andere für Abänderung. Daraus entsteht dann der nächste Krieg. Im Allgemeinen hat dann der, der das letzte Mal unten lag, die feste Absicht, sich diesmal seinerseits auf die Brust des Gegners zu setzen. Daraus entsteht dann der übernächste Krieg. Der Schwitzkasten ist eine Zwischenlösung zwischen Totschlagen und Lebenlassen. Er ist unvollkommen, wie alle Kompromisse.

Grissmann war nicht für halbe Lösungen, vor allem nicht, wenn sie ungünstig für ihn ausfielen. Grissmann war für den totalen Tod – des Gegners, verstand sich. Er suchte nur noch! Er wartete sekundenlang.

Messerstechen kann man nicht oft erfolgreich. Vor allem nicht, wenn, wie im Falle Sonnenberg gegen Grissmann, zu viele Neutrale herumstehen, die erst dann für den Stärkeren entschieden Partei ergreifen, wenn der Stärkere gesiegt hat. Neutrale sind stets voller Mitgefühl für die Schwächeren und zu jeder Unterstützung des Starken bereit. Sie geben den Verletzten gerne Liebesgaben und den Unverletzten neue Waffen, damit sie sich verletzen können. Ihre eigentliche Aufgabe besteht darin, die kriegführenden Parteien aufzustacheln und, im Falle von Nationen, kriegsfähig durch Lieferung zu erhalten. Neutrale sind weder für noch gegen eine Sache, sie sind für sich, und das genügt ihnen. Dabei haben sie stets recht und immer die richtige Ansicht. Weil sie keine haben und den Ereignissen recht geben. Meistens haben sie alles kommen sehen und es sich gleich so gedacht. Sie sagen es aber erst hinterher, denn sie sind zu taktvoll, sie möchten niemanden mit ihrer Meinung verletzen.

Neutral sind nicht nur Staaten. Neutral sind auch Menschen. Neutralität ist jener angenehme Zustand, in dem man sich, ohne große Unkosten und in Maßen, für alles begeistern kann. Neutral sein heißt nicht feige sein, aber neutral sein heißt vorsichtig sein. Übrigens birgt auch die Neutralität Gefahren. Der Neutrale sitzt leicht zwischen zwei besetzten Stühlen, und die Gegner verbünden sich gegen ihn, respektive der Stärkere nimmt ihn sich später vor.

Neutral war auch jener Mann, der bei der ehelichen Auseinandersetzung, der er freundlich lächelnd beiwohnte, schließlich das Nachtgeschirr über den Kopf bekam. Allerdings hatte er auch schon gegen den ersten Grundsatz der Neutralität verstoßen, nämlich sich weit entfernt vom Kampfplatz aufzuhalten.

Die kämpfenden Parteien Grissmann und Sonnenberg waren von zahlreichen Neutralen umgeben, die aber, dank ihrer Anzahl, vor Angriffen von einem der Kämpfer geschützt waren. Sie redeten gut zu und freuten sich der Abwechslung.

Grissmann wusste, dass die Neutralen sich sofort auf ihn stürzen würden, sobald er das Messer zog. Aber er hatte keine Angst. Er dachte nur: Wie lege ich Sonnenberg um? Zweimal stechen konnte er nicht. Der erste Stich musste sitzen. Das ist das Ideal jeder kriegführenden Partei, auf einmal alle Gegner zu erlegen. Man kommt der Sache immer näher, die Erfindung des Giftgases und der Flugwaffe haben einen wesentlichen Beitrag in dieser Beziehung geleistet. Es ist zu erwarten, dass ein findiger Chemiker entdeckt, wie man die Luft brennbar machen kann, respektive total und für alle Zeiten vergiftet. Diese Innovation würde den Frieden endgültig stabilisieren.

Grissmann hatte es leichter. Er wollte nur einen töten, er wollte Sonnenberg töten. Schwer wäre es gewesen, alle Blinden auszurotten, so wie es schwer ist, alle Angehörigen eines Staates umzubringen.

Die besten Erfolge in der Großausrottung von Menschenmassen haben bisher der Weltkrieg und die Inquisition gezeitigt. Es steht indessen zu erwarten, dass in den nächsten Jahren noch ganz andere Vernichtungserfolge erzielt werden.

Grissmanns Gegner war blind. Hätte Sonnenberg sehen können, so wäre ihm wahrscheinlich etwas an seinem Gegner aufgefallen. Menschen, die morden wollen, ähneln gespannten Bogensehnen. Sie sind aufs Höchste konzentriert und bei der Sache. Alles Menschliche tritt in ihnen zurück, nur eins hebt sich aus ihnen heraus: der beabsichtigte Mord.

Der Mordgedanke kurz vor der Tat ist etwas fast Selbständiges, Unabhängiges. Der Mensch Grissmann ging zur Seite, und der Mörder Grissmann trat an seine Stelle. Der Mörder Grissmann kannte keine Angst, keine Schwäche, keine Feigheit. Der Mörder Grissmann wusste: Ich morde! Gleich morde ich! Und er fragte: Wie morde ich am besten, am schnellsten? Das, nur das war jetzt wichtig. Alles Grissmannsche, seine Schwäche, Mutlosigkeit und Körperlichkeit, lagen hinter ihm.

Ein Mensch, der den Entschluss gefasst hat »Ich morde!«, ein schwacher Mensch, der sich berauscht an dem Gedanken »Ich lege ihn um und ich kann es«, ein solcher Mensch ist über alles andere weit hinaus.

Sonnenberg waren seine Absichten selbst unklar. Er tobte, er hasste, er hätte auch gemordet, aber bei ihm war das Morden nicht zur Überzeugung gereift. Er wollte Grissmann zerreißen, in den Boden stampfen, vernichten, die Tat als solche war aber nicht durchdacht. Das Wie, das Planvolle, jeden einzelnen Schritt hatte Sonnenberg nicht vorher im Geiste schon durchgespielt und ausgeführt.

Grissmann aber hatte dies getan. Er hatte Sonnenberg bereits theoretisch ermordet, bevor sein Messer ihn schließlich berührte. Sein Taschenmesser, Stuck eine Mark im Einheitspreisgeschäft, mit der acht Zentimeter langen Schneide, führte nur aus, was längst entschieden war. Der kleine Gegenstand, der aus dem Plan die Tat werden ließ, dieser objektiv betrachtet unbelebte Gegenstand wies den Weg, wurde zum Instrument des Hasses, zum Führer.

Sonnenberg bog den Kopf nach oben. Das Bewusstsein »Ich kann ihn nicht sehen, ich kann ihn nur fühlen und hören«, ließ ihn mit fast übermenschlicher Anstrengung horchen.

Der Mörder Grissmann erfasste blitzartig seine Chance. Sicher lenkte er den Arm des Arbeitslosen Grissmann. Das Messer fuhr aus der Tasche, und bevor die um sie Herumstehenden schreien konnten, sauste es in die Kehle Sonnenbergs. Der Blinde taumelte und ließ Grissmann los. Mit beiden Händen versuchte er, an seinen Hals zu greifen, aber seine Hände waren wie gelähmt. Aus der Wunde brach ein Blutstrom. Sonnenbergs Mund gurgelte Unverständliches.

Der Blinde hielt sich sekundenlang aufrecht, dann plötzlich fiel er um. Er fiel wie ein lebloser Gegenstand, nicht wie ein Mensch. Er schlug mit dem Hinterkopf auf den Boden auf, bevor jemand beispringen konnte.

Man schrie auf. Frauen wurden ohnmächtig, und die Männer waren sekundenlang wie gebannt. Das war Mord! Feiger, heimtückischer Mord! Mord an einem Blinden!

Das Ganze hatte aufgehört, Unterhaltung zu sein, vergnügtes Zusehen. Es war zum Verbrechen geworden. Wer hatte Schuld?

Der Arbeitslose Grissmann, das war der Mörder!

Aber man hatte ihn herangeschleppt zu dem Blinden. Man hatte Mörder und Opfer aufeinander gehetzt. Man hatte einen Hahnenkampf veranstaltet und war nun empört, dass einer der Hähne ernst gemacht hatte.

Männer beugten sich herunter zu Sonnenberg. Er lebte noch.

Man muss einen Verband anlegen, beschlossen die Neutralen, die nun Partei geworden waren. Partei für den Schwächeren, den Ermordeten, aber auch für den Stärkeren, den Staat.

Man riss sich Tücher aus allen Taschen. Viele waren schmutzig, viele auf dem Wege, es zu werden. Während man nach Verbandstoff suchte, verblutete der Blinde.

Als endlich verbunden werden konnte, wusste man nicht wie. Die Wunde war zu groß. Man hätte ihm den Hals zuschnüren müssen, um das Blut aufzuhalten. Das Messer hatte nicht nur die Schlagader getroffen, sondern auch die Luftröhre verletzt. Man rief nach einem Arzt, aber es war keiner im Saal. Die Musik spielte immer noch weiter. Der Vorgang, der sich binnen weniger Sekunden ereignet hatte, war noch nicht allgemein bemerkt worden.

Ein Arbeiter, der einen Sanitätskursus des Roten Kreuzes mitgemacht hatte, bemühte sich jetzt um den Blinden, aber es war hoffnungslos. Der Blinde war noch nicht tot, aber er starb. Pfeifend entwich die Luft aus seiner Wunde. Der Mund gurgelte.

Fundholz starrte mit weit aufgerissenen Augen fassungslos auf den Sterbenden. Er verstand noch nicht, was vor sich ging.

»Musik, Ruhe!«, brüllte ein Mann.

Der Klavierspieler hörte sofort auf zu spielen. Die Tänzer liefen auf die Gruppe zu. Von den Tischen überall im Saal erhoben sich die Gäste und kamen herbei. Irgendetwas war geschehen. Man musste sehen, was los war. Schnell musste man machen, bevor die anderen kamen.

Nachher, wenn alle dicht davorstanden, war nichts mehr zu sehen.

Eine alte Frau drängte sich durch. »Wilhelm!«, rief sie. »Ist Wilhelm dort?«

Sie sah den Blinden in seinem Blut liegen. Das war der Mann, der wusste, wo Wilhelm war. Das war der Mann! Sie sah mit weitaufgerissenen Augen die Umstehenden an. Dann wollte sie sich über ihn beugen, aber sie fiel, sie war ohnmächtig geworden.

Alle hatten sich bisher nur um den Blinden gekümmert. Elsi war grünweiß geworden. Sie saß noch und bewegte sich nicht.

Maxe, dachte sie, Maxe. Sie hatte nur diesen einen Gedanken, der sich auf ein einziges Wort beschränkte, hinter dem alles lag. Sonnenberg und Grissmann, ihr ganzes Leben, hatte eine gewaltsame Wendung genommen, und die Katastrophe war so schnell gekommen. Der starke Blinde war gefällt worden, umgeworfen von einem Messerstich.

Frau Fliebusch wurde hochgehoben. Man setzte sie auf einen Stuhl. Eine Frau hielt sie fest, damit sie nicht wieder fiel. Sicher ist sie die Mutter, dachte sie mitleidig.

Grissmann aber jagte inzwischen, gefolgt von zwei Männern, davon. Der Mörder Grissmann war nicht mehr. Er war bei der Tat geblieben. Davon lief ein Bündel Mensch: Beine, Körper, Arme und Furcht! Entsetzliche Furcht! Grissmann hielt das Messer immer noch krampfhaft in der Hand.

33. Kapitel

»Minchen«, sagte Wilhelm. »Minchen, der Name passt eigentlich nicht so richtig!«

Minchen Lindner antwortete nicht. Sie dachte an den Verein zurück. Sie hatte sich das alles viel schlimmer vorgestellt. Zuhälter waren also auch nur Menschen. »Zuhälter«, das klang gemein. Zuhälter zu sein, war viel schlimmer als Prostituierte zu sein. Davon war sie überzeugt, aber so schlimm hatte sie die Leute gar nicht gefunden. Sommer war direkt ein netter Mensch. Wie hatte der eine gesagt? Wanderndes Lachkabinett.

Minchen lachte.

»Nicht? Ich habe doch recht?«, fragte Wilhelm.

»Nein. Wieso denn?«, wollte Minchen Lindner wissen.

Wilhelm wiederholte es.

»Ach«, sagte sie. »Sie glauben also, ich müsste Josephine heißen?«

Wilhelm packte sie fester.

»Nein. Josephine brauchen Sie nicht heißen, aber Sie müssen Minchen werden!«

Sie sah ihn erstaunt an.

»Sie sind Dichter, das merkt man! Ich bin schon eine ganze Weile Minchen Lindner, und jetzt kommen Sie und sagen, ich müsste Minchen werden. Halten Sie mich etwa für einen Embryo?«

Der schöne Wilhelm grinste. »Haben Sie gehört, dass ich Embryo gesagt habe? Ich habe nichts Vergleichbares gehört!«

Plötzlich beugte er sich über sie und küsste sie. »So meine ich das«, erklärte er.

Minchen Lindner sah ihn fest an. »Sie sind wohl gar nicht bange, was?!«

»Nein, bange bin ich nicht!«

Sie tanzten weiter. Endlich sagte Minchen: »Na, dann ist es ja gut.«

Wilhelm hatte sich eine sehr hübsche, lyrische Liebeserklärung ausgedacht. Aber die verblüffende Sachlichkeit von Minchen Lindner trieb ihm seine Prosaverse wieder in den Mund zurück. Er wusste einen Augenblick nicht recht, was er sagen sollte, aber das war auch nicht notwendig. Minchen Lindner sprach für beide.

»Mein Herr«, sagte sie, »es ist sehr nett, dass Sie mich so liebevoll an sich pressen, aber mir bekommt es nicht. Ich bekomme so leicht Magenschmerzen.«

Wilhelm bekam einen roten Kopf. »Kess sind Sie.«

»Kess ist gut! Habe ich Sie vielleicht geküsst? Na?«

Wilhelm konnte das nicht behaupten.

»Wollen wir nicht lieber Du sagen«, schlug er vor.

»Das kannst du haben«, erklärte sich Minchen Lindner einverstanden. Sie war eine Freundin rascher Erledigungen. Und Minchen Lindner gab sich immer, wie sie war. Sie wäre sonst vielleicht schon an Unterernährung zu Grunde gegangen und auf ihrem Grabe stände: »Hier ruht eine Jungfrau, sie starb, weil sie es blieb.« Womit nun nicht gesagt sein soll, dass Minchen unbedingt das hätte tun müssen, was sie tat. Aber nahe lag es immerhin.

Minchen war stets auf sich gestellt gewesen, der Gerichtsvollzieher hatte sich, seit er aufgehört hatte, Gerichtsvollzieher zu sein, wenig um sie gekümmert. Es gibt viele auf sich gestellte Menschen, die sich zusammenschließen. Dann ist es leichter: Man singt in der Heilsarmee, und andere singen mit. Man gehört zu einer Kampfpartei, und andere kämpfen mit. Denn alleine singen und alleine kämpfen möchten nicht alle. Gemeinsamkeit schafft größere Sicherheit, so bildet man sich zumindest ein.

Ein einzelnes, junges, hübsches Mädchen hat es zu leicht, aus Hunger und Not herauszukommen. Manch eine würde lieber aus dem Fenster springen, einbrechen oder Banknoten fälschen, statt sich verkaufen zu müssen. Oft fehlt es ihr dazu aber an Mut oder Talent, und daran liegt es wohl auch. Viele verhungern eher, als sich zu verkaufen.

Hat man für sie geboten, dann ist es ein Verdienst, im anderen Falle nicht. Denn dann kann es auch Mangel an Gelegenheit sein. Gelegenheit und Not, das sind Versuchungen, wer ihnen widersteht, nicht einmal, sondern immer, der kann auch dann mit vollem Recht die anderen schamlos finden.

Minchen Lindner hatte nicht widerstanden, und sie bedauerte es auch nicht allzu sehr. Wie das die Ausübenden aller Berufe taten, suchte und fand auch sie für ihren Beruf eine gewisse moralische Begründung, die ihn nicht nur keine Schande sein ließ, sondern fast zu etwas Verdienstvollem erhob. Im Übrigen war sie ein freimütiger Mensch und durch ihren Beruf weniger korrumpiert, als man nach den gängigen Morallehren annehmen müsste. Sie tat auch jetzt nicht so, als ob sie zum ersten Mal mit einem Mann tanzte. Sie spielte kein Theater, weder vor sich noch vor anderen. Sie nahm sich ernst, ohne in ihrem Mikrokosmos die Achse zu sehen, um die die Erde schwingt.

Sie ist ein nettes Mädchen, stellte Wilhelm abermals fest. Ein Mädchen, wie man es nicht alle Tage traf. Auch Wilhelm war nicht schüchtern. Er war Realist, obwohl er gerne reimte und die Dinge deutlich bei ihrem Namen nannte. Wilhelm dichtete wirklichkeitsnah. Und bevorzugte eine äußerst kernige Art der Schilderung, denn er war im Grunde ein kerniger Mensch. Seine lyrische Anwandlung hatte er für heute überwunden.

Minchen war allem Anschein nach derweil auch auf Realistik eingestellt, und so entschloss er sich, es ihr gleichzutun.

»Du«, sagte er, »wollen wir nicht gehen?«

Wohin sie gehen wollten, brauchte er nicht sagen, da seine Wünsche bereits in diesem Satz genügend Ausdrucksmöglichkeiten fanden.

Minchen lächelte. »Ich muss vorher nur mal nach meinem Alten sehen.«

Sie machte sich los und forderte ihn auf zu warten.

»Ich komme gleich zurück, bleib beim Klavier!«

Wilhelm wollte wissen, zu welchem »Alten« sie zu gehen beabsichtige, und Minchen erklärte ihm, dass ihr Vater gemeint war. Dann schritt sie, an den Tanzpaaren vorbei, auf den Tisch des Gerichtsvollziehers Lindner zu.

Lindner sah sehr angegriffen aus. Er hatte sich doch wieder zu Bier durchgerungen, und eine zweite Katastrophe lag nicht mehr allzu fern.

Es gibt Menschen, die sich in hervorragender Weise selbst bezwingen. Vor allem Trinker gehören dazu. Das Bier schmeckt ihnen nicht, der Körper lehnt sich auf gegen jeden Schluck, der Magen revoltiert geheim und öffentlich, aber heroisch trinken sie weiter. Der Geist besiegt den Körper; die Absicht zu trinken ist stärker als der körperliche Widerstand.

Welche Überwindungskraft gehört dazu, den körperlichen Ekel, der immer wieder aufsteigt, zu unterjochen und weiterzutrinken, nur um den Höhepunkt vollkommener Betrunkenheit zu erreichen?

Lindner besaß dieses Überwindungsvermögen in hohem Grad. Das Bierquantum, das er bereits hinter sich hatte, war ausreichend gewesen, um seinen Magen explodieren zu lassen, hatte aber nicht genügt, um sein Gehirn vollkommen zu betäuben. Das war nun allerdings der Zweck seines Trinkens, und mit jesuitischer Grausamkeit misshandelte er seinen Körper, um sein Ziel zu erreichen. Der gute Zweck heiligte ihm die Mittel.

Er trank gerade wieder sein Glas aus, als Minchen an seinen Tisch kam. Mit dem Ausdruck großen Leidens kippte er das Bier herunter. Minchen kannte das bei ihm. Zeitweise bekam der Gerichtsvollzieher a. D. Anwandlungen von Weltschmerz, und dann musste er sich betäuben. Der Verlust seiner ehemaligen Herrlichkeit lastete gerade heute wieder schwer auf ihm.

Als sich Minchen an seinen Tisch setzte, sah er sie melancholisch an. »Das Bier schmeckt hier nicht!«, erklärte er.

»Warum trinkst du es dann?«, wollte sie wissen.

»Ich muss«, sagte er geheimnisvoll.

Minchen wollte sich nicht lange aufhalten lassen. »Ich habe dir Geld mitgebracht.«

»Wie viel?«, fragte der Vater und rieb sich die Schnurrbartgegend.

Der Verlust des Bartes, das war eine Sache, die er nicht verschmerzen würde, und wenn er hundert Jahre alt werden sollte. Ein solcher Schnurrbart, in Jahren gezüchtet und gepflegt, hochkultiviert vom zarten Flaum des Jünglings bis zur harten Borstigkeit des reifen Mannes, das wird mit den Jahren ein Teil von einem selbst. Er war das Wappen des Gerichtsvollziehers gewesen, und sein Verlust bedeutete ihm das Gleiche wie einem Ritter in früherer Zeit sein Wappenschild.

Er hätte sich längst einen neuen Schnurrbart züchten können, und ein anderer als der ehemalige Gerichtsvollzieher Lindner hätte das auch getan. Aber er war nicht über den Versuch hinweggekommen. Das Embryonale des ersten Wachstums, in dem der Schnurrbart aussah wie ein gemähtes Weizenfeld, hatte ihn von weiteren Versuchen Abstand nehmen lassen. Es war eben vorbei!

Die Zeit der Macht lag hinter ihm und die des Schnurrbarts auch. Man kann ein Wappen wieder flicken, und Schnurrbärte können auch wieder schön werden. Aber ein geflicktes Wappen und ein neuer Schnurrbart sind immer unvollkommen.

Mit dem verlorenen Schnurrbart war der Verlust seiner bürgerlichen Stellung verbunden gewesen, auch ein neuer Schnurrbart konnte sie ihm nicht wiederbringen. Wozu also ein neues, qualvolles Wachstum? Wozu ein so verstoppeltes Gefühl?

Lindner hatte sich deshalb mit einer glatt rasierten Oberlippe beschieden. Als man ihm im Gefängnis, entsprechend den Gefängnisregeln, den Bart abgenommen hatte, war das bitterer als das Urteil selbst gewesen, das ihn ins Gefängnis geworfen hatte. Denn die Gefängnisbeamten hatten auch schöne, machtvolle Bärte getragen.

Der Bart, das war seit jeher das Privileg des Vorgesetzten gewesen. In der Armee hatte früher dem zum Unteroffizier beförderten Manne außer einer höheren Besoldung auch das Bartrecht zugestanden. Lindner hatte schon als Gefreiter angefangen, sich einen heimlichen Bart zu unterhalten. Man hatte das wohlwollend geduldet, weil man zufrieden mit ihm gewesen war. Als er aber Unteroffizier geworden war, da hatte es beim Wachstum des Schnurrbartes kein Halten mehr gegeben.

Lindner hatte sein Ziel schneller erreicht als der Reichsvorstand, der in kummervollen Nächten mit der Schnurrbartbinde um die Höhenziele seines martialischen Bartes hatte kämpfen müssen. Lindners Bartwuchs war sogar schneller und üppiger gewesen als der seiner Majestät des Kaisers. Sein Bart war ein Musterbart gewesen, der schönste Bart des Regiments.

Jetzt aber hatte er ihn nicht mehr, und das war für Lindner erschütternder als der Verlust seiner Frau, die ihn im Übrigen herausgeworfen hatte. Er sprach nicht darüber. Er trug sein Leiden still mit sich herum. Aber auf ihm lastete das Gefühl der Krüppelhaftigkeit.

Minchen war zu modern, um für verlorene Bärte und ihre Tragik Verständnis aufzubringen. Sie verstand sich selbst, und das reichte ihr völlig aus.

Sie gab dem Vater fünfzig Mark, und Lindner nickte anerkennend. So war das heute. Man musste sich von seiner Tochter unterhalten lassen!

Der Feldwebel – denn diese Machtposition hatte der spätere Gerichtsvollzieher Lindner, der frühere König der kleinen Leute, beim Militär erlangt – lebte heute von der Unterstützung seiner Tochter. Die Welt war im Begriff auseinanderzubersten, das war Lindner klar. Wenn Gerichtsvollzieher schon wie gemeines Volk im Gefängnis saßen, wenn Gerichtsvollzieher schon, der Not der Zeit gehorchend, Diebe wurden, dann war die Welt reif.

Lindner beurteilte sich selbst sehr milde. Er vergaß, dass er Geld unterschlagen hatte und sich hatte bestechen lassen. Er erinnerte sich, nur aus Gutmütigkeit verschiedene Male fruchtlos gepfändet zu haben.

Für diese Gutmütigkeit hatte man ihn hart bestraft. Für sein Mitleid hatte er im Gefängnis sitzen müssen. Seine Nächstenliebe hatte ihn vernichtet. Davon war Lindner überzeugt. Er bemitleidete sich und fühlte sich als Opfer, fast als Märtyrer der Güte.

Heute aber war sein Kummer ein besonders großer.

Man hatte bei ihm eine Hausdurchsuchung abgehalten, weil man ihn erneut eines Diebstahls verdächtigte. Man hatte nichts gefunden, und er war auch unschuldig. Aber diese seine Unschuld fand er ergreifend. Man hatte alles durchwühlt und seinen Versicherungen keinen Glauben geschenkt. Seine Zimmervermieterin hatte bei dieser Gelegenheit erfahren, dass Lindner vorbestraft und kein Gerichtsvollzieher mehr war, und ihm daraufhin gleich gekündigt.

Unschuldig war ihm gekündigt worden!

Der ehemalige Gerichtsvollzieher Lindner wurde von irgendeiner Frau vor die Tür gesetzt, als wäre er ein gewöhnlicher Mensch und Strolch! Das ging ihm sehr nahe, denn trotz äußerlicher Strenge war Lindner ein weicher Mensch. Weich und verständnisvoll. Jedenfalls sich selbst gegenüber.

Er musste trinken, um sein Unglück zu vergessen. Und pflichtbewusst, wie er früher in glühender Sommerhitze Rekruten auf dem Kasernenhof gedrillt hatte, betrank er sich nun.

Minchen verabschiedete sich kühl, doch Lindner ließ sich dadurch nicht stören. Das war der Lauf der Welt. Sie war ein junges Ding und er ein alter, gebrochener Mann. Er konnte von ihr kein Verständnis verlangen. Sie war ein gewöhnlicher Mensch, er aber ein ungewöhnlich Unglücklicher.

So dachte Lindner und bestellte kummervoll neues Bier.

34. Kapitel

Wilhelm stand neben dem Klavierspieler und sah zu, wie der Mann auf die Tasten schlug. Klavierspielen muss schwer sein, grübelte er, Klavierspielen erfordert sicher große Fachkenntnisse. Der Mann las aus Noten und vertonte die schwarzen Punkte und Striche. Er machte laut, wie man in Berlin mit seltener Treffsicherheit das Herstellen von Musikgeräuschen nannte. Er machte laut, aber er machte es schön, fand Wilhelm. Schwer muss das sein, dachte er noch einmal. Wilhelm konnte es nicht. Er konnte gut pfeifen, aber nur aus dem Gedächtnis, nicht nach Noten.

In der Schule hatten sie Gesangsunterricht gehabt. Als kleiner Junge hatten sie »Heil dir im Siegerkranz« und später »Siegreich wollen wir Frankreich schlagen« gesungen. Da war der Krieg schon zu drei Vierteln verloren gewesen. Später hatte er dann Arbeiterlieder gesungen, »Brüder, zur Sonne, zur Freiheit« und andere, aber er sang stets nur mit Überzeugung, nicht mit Musikgefühl. Der Liederkranz hatte auch nicht viel für seine musikalische Weiterbildung getan.

Die Noten, die er in der Schule gelernt hatte, waren lange vergessen. Er hatte sich damals auch weniger für Noten als für die Möglichkeiten, Kartoffeln zu beschaffen, interessiert. Das tat ihm jetzt leid. Wenn man Musik verstände, könnte man Schlager dichten, dachte er.

Er beneidete den Klavierspieler, der mit hochrotem Kopf auf dem Instrument herumhämmerte. Der Klavierspieler wieder beneidete die Tänzer, die nicht jeden Abend bis in die späte Nacht hinein klimpern mussten. Er war kein Genie, sondern Werkstudent. Seine bescheidenen Kenntnisse der Musik machten es ihm möglich zu studieren. Eins hatte er sich jedoch geschworen: Wenn ich endlich ausstudiert habe, Doktor bin und eine Praxis habe, fasse ich im Leben kein Klavier mehr an!

Der Klavierspieler wollte sich freihämmern. Er bearbeitete das Klavier und meinte sein Leben. Seit drei Jahren spielte er. In diesen drei Jahren hatte er sich als Klavierspieler kaum vervollkommnet, dafür aber immerhin die Hälfte seines Studiums hinter sich gebracht. Er konnte nicht besser spielen als zu Beginn, aber nun konnte er es auswendig. Er spielte so mechanisch, wie ein Arbeiter am Fließband seine Tätigkeit ausübte. Er nahm Operationen vor, vollführte Kaiserschnitte, entfernte Schädeldecken, während er die Kompositionen der Schlagerfabrikanten in sein Klavier und aus ihm herausschlug.

Der Spieler hatte ein offenes und angenehmes Gesicht. Wilhelm hätte ihn gerne angesprochen, aber er traute sich nicht. Wenn ich ihn anspreche, kann er vielleicht nicht weiterspielen, dachte er. Er glaubte, dass Klavierspielen so eine Art Hellseherei sei und Hellseher, Wahrsager und Spiritisten nicht gestört werden dürften, da es sonst ein Unglück gäbe.

Ich werde nachher oder morgen mit ihm sprechen, nahm sich Wilhelm vor. Wir werden vielleicht einen Schlager zusammen machen können. Für Schlager gab es immer Geld. Er hatte in der Zeitung gelesen, dass ein Schlagerkomponist in einem Jahr mehr verdiente, als der große Mozart in seinem ganzen Leben. Er kannte Mozart nicht, aber er nahm an, dass der ganz schön verdient hatte, wo sie doch »der große Mozart« geschrieben hatten. Große Leute verdienen immer, das wusste er.

Dann sah er Minchen auf sich zukommen, und Wilhelm stellte die Musik vorläufig zurück. Bei einem so netten Menschen wie Minchen Lindner vergaß sogar Herr von Sulm zeitweilig seinen Konzern und dessen Sanierungsbedürfnisse. Wilhelm aber war jünger und daher noch weitaus entflammter als der Gewaltige. Er lief ihr entgegen und umfasste sie wieder.

Minchen war schlechter Laune. Das war sie stets, wenn sie mit ihrem Vater zusammen gewesen war. Der alte Lindner deprimierte sie.

»Ärgerst du dich über mich?«, wollte Wilhelm wissen.

»Das auch«, sagte Minchen einsilbig.

»Wieso denn?«, fragte er.

»Du sprichst zu viel.«

Wilhelm überlegte, was sie damit meinen mochte. Sicher will sie mehr Handlung, dachte er.

In diesem Augenblick lief ein Mensch an ihnen vorbei. Ein Mensch mit einem Messer in der Faust.

Aufschreiend wich Minchen zurück. Das war doch der Kerl, der ihr gesagt hatte, dass ihr Vater hier sei?

Der Mund des Mannes stand offen, und die Augen waren weit aufgerissen. Sein Gesicht drückte irrsinnige Angst aus. Er raste, von zwei Männern verfolgt, durch den Saal. Seine Angst hielt man für Wut, deshalb wichen die Tänzer, die ihn sahen, ängstlich zur Seite. Der Mann lief auf die Tür zu. Er keuchte vor Anstrengung sowie Furcht und sprang mehr, als er lief. Leichtfüßig und mit großen Sätzen durchmaß er den Schankraum.

Seine Verfolger hatten verzerrte Gesichter. Sie stießen unverständliche Worte aus, und im Laufen öffnete einer der beiden ebenfalls sein Messer. Die ganze Jagd ging gespenstig schnell vor sich.

»Musik, Ruhe!«, brüllte eine aufgeregte Stimme.

Der Tanz brach ab.

»Der läuft wohl Amok?«, flüsterte Minchen Lindner zitternd und schmiegte sich ganz eng an Wilhelm.

Der umhalste sie schützend, aber der Mann hatte den Saal bereits verlassen, und alles stürzte nun auf eine Gruppe von Menschen zu, die aufgeregt irgendetwas umstanden.

»Der hat einen umgebracht«, sagte Wilhelm nüchtern.

»Schrecklich«, flüsterte Minchen.

»Sicher, der hat einen umgelegt.«

»Wie entsetzlich der Mann aussah! Gemordet hat er, und er wollte sich auch an mich heranmachen.« Minchen zitterten die Knie.

So sah also ein Mörder, ein richtiger Verbrecher, aus. Das war kein Held, nein, ganz bestimmt nicht! Der war sicher genauso feige wie gemein.

»Wie kann man bloß einen Menschen umbringen?«, fragte Minchen entsetzt.

Sie hatte doch mit dem Mann gesprochen. Sicher, es war ein unangenehmer Bursche gewesen, aber ein Mörder? Einen Mörder hatte sie sich ganz anders vorgestellt, ganz anders!

»Aber wenn so ein Mann plötzlich zum Mörder wird, ist das nicht grauenvoll? Ich kenne ihn doch! Er hat mir doch gesagt, wo mein Vater sitzt, sicher wollte er auch tanzen mit mir. Er sprach genau wie andere Menschen auch.«

»Wir wollen mal sehen, was überhaupt los ist«, schlug Wilhelm vor.

Sie traten an die Gruppe heran. Die verrückte, alte Frau saß auf einem Stuhl und wurde von hinten festgehalten. Minchen wollte sie fragen, was sich ereignet hatte, aber die Frau war ohnmächtig. Dann erst sahen sie einen Mann am Boden liegen.

Wilhelm erkannte ihn. »Das ist der Sonnenberg!«

Minchen war die Sicht verdeckt, weil Leute vor ihr standen. Sie versuchte, sich an ihnen vorbeizuschieben. Doch plötzlich wurde sie beiseitegerissen.

Herr Hagen schob sich nach vorne. »Was ist hier los? ... Ist der Mann tot?«

Eine Frau schrie aufgeregt auf: »Ermordet!«

Hagen zuckte zusammen. »Donnerwetter, das hat mir gerade noch gefehlt! Können sich die Leute nicht woanders abstechen?«

Dann sah er Frau Fliebusch: »Was hat denn die mit der Sache zu tun? Hat die auch was abgekriegt?«

»Ach wo«, brummte ein Mann, »die Alte ist in Ohnmacht gefallen.«

Hagen stieß den schönen Wilhelm an und zog ihn zur Seite.

»Hör mal, sag drüben Bescheid. Ich muss die Polizei anrufen! Die sollen machen, dass sie wegkommen!«

Wilhelm gehorchte. »Warte auf mich«, entschuldigte er sich bei Minchen und lief zum Vereinszimmer.

Hagen aber trat den schweren Gang zum Telefon an. Die dritte Sache war das nun in diesem Monat. Wenn das bloß nicht die Konzession kostete!

Der Mann, der vor Minchen stand, wandte sich zum Gehen. Er hatte genug gesehen.

Minchen sah jetzt Sonnenbergs Gesicht. Ihr schien es, als zuckte der Mund noch. Das war zu viel für ihre Nerven. Sie fing an zu weinen.

Bloß fort von hier, dachte sie, bloß nicht länger dieses Gesicht sehen!

Sie wandte sich ab.

35. Kapitel

Es gibt wenig Dinge im Leben, die absolut einmalig sind.
Zweierlei aber kann man nur einmal: geboren werden und sterben!

Geboren wird man ohne Bewusstsein. Zwar lebt man schon, aber man denkt noch nicht oder ist jedenfalls noch nicht im Stande, Eindruck und Denken in einen Zusammenhang zu bringen. Ein Mensch, der stirbt, büßt seine Fähigkeit zu denken so lange nicht ein, so lange sein Gehirn nicht in seinen Funktionen behindert ist. Er ist also im Stande, sein eigenes Sterben wahrzunehmen. Bruchteile von Sekunden können es sein, in denen der Mensch noch denkfähig ist, oder aber sehr viel länger und nicht unbedingt stellt sich parallel zur geistigen, eine körperliche Ohnmacht oder eine Lähmung ein.

Sonnenbergs Tod trat sehr schnell ein.

Aber etwas musste ihn noch während des Sterbens beschäftigt haben. Mehrere Male hatte er zu sprechen versucht, aber es war ihm misslungen. Man darf vermuten, dass es Worte des Hasses gewesen sind, die ihm auf der Zunge lagen. Denn er war im Leben ein guter Hasser gewesen, und es war nicht anzunehmen, dass er vor seinem Tod Liebreiches zu sagen hatte.

Die Umstehenden hatten erschrocken mit angesehen, wie der Sterbende sich vergeblich zu sprechen bemüht hatte. Aber die als Brücke zwischen Sonnenbergs Gehirn und den anderen Menschen fungierende Sprache war ihm genommen worden.

Sonnenbergs Gesicht hatte im Augenblick des Todes sehr unzufrieden ausgesehen. Als die Muskeln nachgegeben und die Verkrampfung sich gelöst hatte, war eine weitere Veränderung eingetreten. Seine Augenlider, die zu Lebzeiten die schon Jahre vor Sonnenberg gestorbenen Augen verborgen hatten, waren nun geöffnet. Die heruntergezogenen Mundwinkel verliehen seinem Gesicht etwas Schmerzliches.

Das Sterben des Geistes war sicher schneller gegangen als das des Körpers, wenngleich Sonnenberg eigentlich erst in dem Augenblicke tot gewesen war, in dem Minchen Lindner seinen Mund hatte zucken sehen.

Fundholz war keine Phase des Sterbens entgangen. Er glaubte rein gefühlsmäßig nicht an eine höhere Gerechtigkeit, er glaubte auch nicht, dass das Leben so ein besonders hoher Wert sei. Aber der Tod war auch für jemanden, der ihn schon oft gesehen hatte, etwas Aufrüttelndes. Vorausgesetzt, er war nicht abgestumpft.

Fundholz war es dem Leben gegenüber wohl schon sehr, aber er hatte zuvor nie so bewusst einen Menschen sterben sehen. Noch niemals in seinem Leben hatte er die einzelnen Etappen des Sterbens so mitfühlen können wie bei Sonnenberg. Er hatte auf das Gesicht des Blinden geblickt, aber es war ihm gewesen, als habe er durch es hindurchgesehen, als habe nicht Sonnenberg mit dem Tode gerungen, sondern er selbst.

Fundholz sprach nicht. Er vermochte es nicht. Aber Fundholz dachte wie selten in seinem Leben.

So ist es also. Man stirbt, und wenn man stirbt, dann lebt man noch während des Sterbens. Niemals hatte er darüber nachgedacht, was zwischen Tod und Leben liegen mochte. Man lebt, und dann ist man tot, hatte er bisher gedacht. Aber nun fühlte er, dass dazwischen noch etwas Eigenes lag. Sterben, das war nicht nur der äußere, der körperliche Prozess, das unbelebte Fleisch, das zurückblieb, sondern auch die den Menschen treibende Kraft, der Lebensfunke, der erlosch.

Diesen Prozess des Erlöschens, dieses so kurze und gleichzeitig so lange Sein zwischen hell und dunkel, das vermeinte er bei Sonnenbergs Tod fast körperlich miterlebt zu haben.

Er war ein alter Mann und stand folglich dem Tod näher als junge Menschen. Mit dem Gedanken, eines Tages nicht mehr zu existieren, hatte er sich längst abgefunden. Daher war für ihn das Sterben Sonnenbergs anders gewesen als für die meisten der Leute, die immer noch den Blinden umstanden. Für die anderen hatte sich ein Unglück ereignet, für Fundholz war es mehr als das, er begriff das Problem des Sterbens an sich.

Er war kein komplizierter Geist, deshalb vermochte ihn dieses Erlebnis auch so voll und ganz zu beschäftigen. Er betrauerte Sonnenberg nicht groß. Aber er sah den Blinden und dachte über ihn hinaus. Der Tote hielt ihn bei seinen Gedanken fest. Fundholz dachte über die Naturgewalt des Todes nach, obwohl sein Gehirn nicht oder nicht mehr auf problematisches Denken eingerichtet war. Deshalb fiel es ihm schwer, und seine Gedanken waren keine angenehmen. Doch trotzdem dachte er weiter. Dachte so angespannt, dass er glaubte, der Kopf müsse ihm platzen.

Tönnchen stieß ihn an. »Tönnchen will gehen«, sagte er weinerlich.

Wie erlöst drehte er sich um. Der Gedanke an das Sterben war verschwunden. Es blieb nurmehr der Gedanke an Sonnenberg. Hierüber aber kam er dank seiner Lebensphilosophie, deren Grundsatz es war: Je weniger man an Sachen denkt, die nicht zu ändern sind, desto besser ist es, leichter hinweg.

36. Kapitel

Grissmanns Mut hatte mit der Tat geendet und nur so weit wie die Klinge seines Messers gereicht. Nachdem er sie herausgezogen hatte, hatte er gewusst, dass er ein Mensch war, der soeben sein Leben zerstört hatte. Einer, der noch lebte, aber bereits unter dem Beil des Henkers stand. Er sah die Konsequenzen seiner Tat erst jetzt, da sie begangen war.

Der Mord war leicht gewesen, aber das Nachher wurde schwer. In dem Moment, wo er das Messer aus dem Hals des Blinden zurückgerissen hatte, war die Angst vor dem eigenen Tod, der sich daraus ergeben konnte, in ihm hochgekommen. So wie er geglaubt hatte, durch einen Messerstich alle Probleme lösen zu können, so glaubte er unmittelbar nach der Tat, sein Leben läge in der Schnelligkeit seiner Beine.

Männer, die mit Leichtigkeit über das Leben anderer hinweggehen, die mit Leichtigkeit töten, hegen meistens gleichzeitig eine umspannende Liebe zu sich selbst. Jedes Glied, jeder ihrer Knochen ist für sie etwas Sakrales, unendlich Wertvolles. Das Liebste aber ist ihnen ihr Kopf.

Werte, die in Gefahr sind, erkennt man. Aber das Selbstverständliche wird erst dann zur Kostbarkeit, wenn es umstritten ist. Grissmanns Leben war nun umstritten.

Und erst jetzt, wo die Tat begangen war, erkannte er, wie ungeheuer wertvoll sein Leben ihm doch war. Er stand jetzt nicht mehr gegen Sonnenberg oder selbst gegen die Gäste des Fröhlichen Waidmann, er stand jetzt gegen die ganze zivilisierte Menschheit. Die Gesellschaft wollte ihn ergreifen, um ihn vertilgen oder unschädlich machen zu können. Sein Leben lag in seinen Beinen, so glaubte er. In der unmittelbaren Gefahr vergaß er das ferner Liegende.

Während der Flucht durch das Lokal waren ihm die beiden Verfolger als die ganze Gefahr erschienen. Gedanken an die Polizei und die anderen Hilfsmittel der Gesellschaft waren ihm angesichts der beiden Männer noch gar nicht gekommen. Und das war auch jetzt noch so, wo er die Straße gewonnen hatte. Im Laufen drehte er den Kopf. Er sah, einer seiner Verfolger hatte ebenfalls ein Messer in der Hand. Grissmanns Angst vergrößerte sich noch. Er fürchtete, dass der Mann ihn ohne Weiteres umbringen würde. Grissmann blickte nur noch nach vorne.

Ich enteile ihnen, dachte er mit jäh aufsteigendem Optimismus. Aber hinter ihm schrie es nun: »Mörder! Aufhalten!«

Grissmann zuckte wie von einem Peitschenschlag getroffen zusammen. Seine Angst wurde wieder verzweifelter. Nur nicht sterben! Weiterleben um jeden Preis!

Wenn man doch wüsste, dass man nur Zuchthaus bekommt. Aber genauso möglich war es, dass man geköpft wurde. Sicher würde man ihn zum Tode verurteilen!

Sie verstanden ihn doch alle nicht. Wenn sie mich kriegen, muss ich sterben. Sie dürfen mich nicht kriegen! Laufen, laufen, viel schneller laufen muss ich! Wer mich aufhält, wird mich kennenlernen!

Menschen blieben stehen. Sie hörten das wilde Brüllen hinter Grissmann, aber sie sahen auch das Messer in seiner Hand. Niemand wollte sein Leben riskieren. Wozu gab es eine Polizei?

Ein Auto holte Grissmann ein, fuhr an ihm vorbei und bremste zehn Meter vor ihm. Der Fahrer sprang aus dem Wagen und auf Grissmann zu. Der hob sein Messer abwehrbereit. Der Mann wich zur Seite und ließ ihn vorbei.

Grissmann raste weiter. Dann verspürte er einen Schlag im Rücken. Er stolperte, fiel und ließ das Messer fallen. Der Mann hatte ihm einen Schraubenschlüssel ins Kreuz geworfen, war herangeeilt und wollte ihn überwältigen. Aber Grissmann leistete keinen Widerstand mehr.

Die anderen Verfolger kamen heran. Der Chauffeur übergab ihnen den Mann, und sie packten ihn.

»Wenn du geköpft wirst, möchte ich dabei sein!«, sagte der eine.

Grissmann heulte.

Die Männer sprachen mit dem Chauffeur und berichteten ihm im keuchenden Rhythmus ihres Atems, was sich ereignet hatte.

»Wie ist das, habe ich nicht eine Belohnung zu bekommen?«, fragte der teilnahmslos.

Er nannte ihnen seinen Namen, überlegte einen Augenblick, ob er Grissmann noch einen Tritt geben sollte, tat es dann aber nicht, sondern stieg wieder in das Auto und fuhr davon. Gleich darauf rief er alle Zeitungen an und teilte ihnen den Mord mit und dass er den Mörder gefasst hatte. Jede Einzelne versprach ihm ein Honorar. Vergnügt fuhr er nach Hause. Er brauchte heute Nacht nicht mehr Taxe fahren. Er hatte genug verdient.

Grissmann aber wurde in den Fröhlichen Waidmann zurückgeschleppt. Dort wollte man ihn der Polizei übergeben.

37. Kapitel

Wilhelm riss die Tür auf. »Dünne machen«, brüllte er. »Hier ist einer kaltgemacht worden! Die Polizei kommt gleich!«

Alle sprangen erregt auf. Sommer erfasste sogleich die Situation. »Ruhe!«, schrie er. »Wer sein Bier noch nicht bezahlt hat, zahlt es morgen früh bei mir ein. Ich werde das Geld weitergeben.

Der Raum darf nicht truppweise verlassen werden! Einzeln gehen! Winter, lauf sofort raus und stell fest, ob Polizeiwagen vor der Tür halten. Jeder, der die Kneipe verlässt, macht, dass er aus der Gegend kommt! Wahrscheinlich gibt es eine Razzia nach dem Täter. Wenn einer festgehalten werden sollte, soll er sich hinter die Ohren schreiben: Keine Aussage, bevor er nicht mit dem Anwalt gesprochen hat! Das gilt vor allem für die, hinter denen die Greifer noch wegen alter Sachen her sind. Wir haben nichts gesehen! Wir wissen von nichts! Wir sind ein Liederkranz! Wer's Maul nicht halten kann, wird mich kennenlernen!«

Wilhelm kam zurück. »Alles sauber«, erklärte er.

Die Vereinsmitglieder verließen das Lokal. Sie gingen einzeln durch den Ausgang Heinrich Hagen und verschwanden in den Seitenstraßen. Nur Wilhelm ging trotz des ausdrücklichen Befehls Sommers nicht mit. Er wollte Minchen holen. Sommer brüllte ihn vergeblich an und verließ dann als Letzter, ein markiges Schimpfwort auf den Lippen, das Lokal.

Wilhelm ging in den großen Saal zurück und fand dort Minchen, die weinend vor Frau Fliebusch stand. Sie wusste eigentlich nicht, warum sie weinte. Der Tote hatte sie aufgeregt, aber es war kaum Mitleid mit dem Blinden, es war mehr der Ekel vor dem Geschehenen, vor der Unromantik des Verbrechens, denn ein Ermordeter hat nichts Romantisches an sich.

Die schäbige Seite kannte sie auch. Den Mörder, der vorhin an ihnen vorbeigerast war. Über der Tat lag der üble Geruch der Feigheit.

Sie hatte den großen schweren Kerl vor sich liegen gesehen, der nur deshalb von dem schwächlichen Grissmann ermordet worden war, weil er das Unglück gehabt hatte, blind zu sein. Denn sonst, davon war sie überzeugt, wäre der Ermordete sicher mit seinem Mörder fertig geworden.

Frau Fliebusch kam wieder zu sich. »Ich will den Blinden fragen«, sagte sie leise.

»Er ist tot«, sagte Minchen Lindner.

Frau Fliebusch protestierte. »Das hätte ich nicht von Ihnen gedacht, dass Sie sich auch den Lügnern anschließen. Pfui!«

Minchen Lindner versuchte vergeblich zu erklären, dass sie den Blinden meinte, aber Frau Fliebusch hörte nicht hin.

»Alle lügen«, sagte sie bekümmert. »Alle! Aber das macht nichts! Ich werde ihn trotzdem finden! Ich werde ihn suchen, und ich werde ihn finden«, versprach sie. Den Blinden hatte sie schon wieder vergessen. Sie verließ den Saal und in der Tür drehte sie sich um. »Wilhelm lebt«, rief sie mit fester Stimme. Dann ging sie aufrechten Hauptes durch die Schankstube auf die Straße.

Frau Fliebusch hatte ihren Schlachtruf und ihr Lebensprogramm zurückgewonnen. Sie hatte ihre Mission. Solange sie daran glaubte, hatte ihr Leben für sie Sinn. Der heutige Tag und alle Ereignisse, die auch in ihr Leben eingegriffen hatten, waren überwunden. »Wilhelm lebt.«

Der schöne Wilhelm hatte verwundert die Aufregung und den machtvollen Abgang der alten Frau mitangesehen. Jetzt wandte er sich an Minchen Lindner. »Du weinst ja«, stellte er fest. Minchen antwortete nicht.

»Warum weinst du?«, wollte er wissen.

Sie sah ihn böse an. »Ich weine gar nicht«, behauptete sie.

Aber sie weinte immer noch.

Wilhelm zog sie weg. »Komm, lass uns gehen. Wir können den Toten nicht wieder lebendig machen. Wir bekommen höchstens Scherereien mit der Polizei, wenn wir noch lange hierbleiben. Die werden jeden Augenblick hier sein.«

»Du bist roh«, behauptete Minchen, aber sie ging doch mit.

Als sie auf der Straße waren, nahm Wilhelm sein seidenes Taschentuch und wischte ihr die Tränen ab. Sie nahm es ihm weg und schnupfte hinein. Die Tränendrüsen mussten wohl in Zusammenhang stehen mit der Nase.

Sie versuchte zu lächeln, aber es gelang ihr nicht. Die Sicherheit, die sie sonst nie verließ, war verschwunden. Sie fühlte sich überhaupt nicht überlegen, sondern so wehleidig wie nie zuvor.

Wilhelm tröstete sie. »Es ist recht schlimm, aber wir können nichts daran ändern!«

Minchen fuhr auf. »Recht schlimm? Nein, es ist eine solche Gemeinheit! Denk bloß an, einen Blinden zu erstechen. Einen Blinden!«

Dann küssten sie sich.

Wilhelm sprach wie von selbst: »Wollen wir heiraten? Zusammen Schluss machen mit dem ganzen Dreck?«

Minchen antwortete: »Ich habe siebentausend Mark. Wir könnten einen Kolonialwarenhandel aufmachen.«

38. Kapitel

Niemand kümmerte sich um Elsi. Minuten waren seit dem Tod des Blinden vergangen, und Elsi saß immer noch wortlos da und blickte auf Sonnenberg. Er lebte nicht mehr, daran war kein Zweifel möglich. Sonnenberg war tot. Grissmann hatte ihn erstochen.

Von einer Minute zur anderen war aus dem blinden Terroristen und Ernährer gefühlloses Fleisch geworden. Elsi war in ihrer Denkfähigkeit beschränkt. Die Konsequenzen dieses Todes jedoch übersah sie sofort. Wäre Grissmann nicht so ein zweifelhafter Mensch gewesen, hätte sie den Blinden sitzen lassen, und alles wäre anders gekommen. Oder aber, wenn sie Grissmann am Morgen erst gar nicht kennengelernt hätte, auch dann wäre nichts geschehen.

Sicher trug sie einen Teil der Schuld. Sie war der Differenzgrund gewesen, die Ursache des Streites, der zu einem Mord geführt hatte. Aber nicht das bedrückte sie. Nicht der Tod Sonnenbergs an sich beschäftigte sie, sondern die Auswirkungen, die er für sie haben würde.

Sie würde des Nachts wieder auf den Straßen herumirren und Männer suchen müssen. Männer, das wusste sie, die unfreundlich und gemein zu ihr sein würden, sie als eine schlechte Ware betrachten und wie einen Gebrauchsartikel behandeln würden. Wieder würde sie laufen müssen. Nächtelang vergeblich. Hunger im Magen und ein eingefrorenes Lächeln im Gesicht. Alles fing wieder von vorne an. Das Alte war vorbei.

Einmal hatte sie wählen können zwischen zwei Männern, zwischen Grissmann und Sonnenberg, und sie hatte falsch gewählt. Sonnenberg war tot. Er hatte es hinter sich, aber vor ihr lag noch vieles. Viele endlose Jahre, in denen sie leben würde und Männer suchen müsste.

Elsi dachte nicht mehr über die vergangenen Ereignisse nach. Der Blinde war tot. Seine Brutalität und Gemeinheit, aber auch seine Fürsorge lagen hinter ihr. Vor ihr aber breitete sich das Alte aus, dem sie einst durch Sonnenberg hatte entfliehen können.

Sie hatte ausgeharrt bei dem Blinden, um nicht dorthin zurückzumüssen, hatte Schläge und Gemeinheiten über sich ergehen lassen, nur um nicht wieder laufen zu müssen.

Dann war Grissmann aufgetaucht.

Als sie ihn gesehen hatte, hatte sie geglaubt, vielleicht ihr Schicksal verbessern zu können. Vielleicht, so hatte sie gedacht, gab es auch für eine Frau wie sie einen besseren Mann als Sonnenberg. Das war ihr Fehler gewesen.

Sie hatte weder den Blinden, noch überhaupt irgendeinen Menschen je geliebt. Sie war immer eine Benachteiligte gewesen und hatte stets nur auf eine Verbesserung ihres Schicksals gehofft. Sonnenberg war der einzige Mensch gewesen, der sie in seltenen, freundlichen Stunden wie einen Menschen behandelt hatte. Aber Sonnenberg hatte seine gelegentliche Güte, die sie auch nicht richtig verstanden hatte, immer bald wettgemacht durch verdoppelte Brutalität. Sie war eine Sklavin gewesen. Aber als Sklavin Sonnenbergs war es ihr immer noch besser gegangen als als Freie.

Dann hatte sie sich einen neuen Herrn suchen wollen. Einen, der nicht so brutal war, einen, der weniger prügeln würde. Sie hatte sich gar nicht eingebildet, dass jemand sie ernsthaft lieben würde, es genügte ihr schon, anständig behandelt zu werden. Grissmann, hatte sie geglaubt, würde sie anständig behandeln.

Dann aber war die Angst über sie gekommen, Grissmann könne genauso ein gemeiner Kerl werden wie Sonnenberg, oder noch gemeiner, er könne sie einfach stehen lassen. Das hatte sie nicht gewollt. Sie wollte lieber verprügelt werden als nochmals auf die Straße zu müssen.

Elsi hatte keinen Mut mehr. Diese törichte Hoffnung auf Grissmann hatte sie ihre letzte Zuflucht gekostet. Ich muss wieder tippeln, dachte sie und fand diesen Gedanken trauriger, als wenn ein ganzes Dutzend Menschen in ihrer Gegenwart ermordet worden wäre.

Ihr eigenes Leben lag so schmutzig grau vor ihr, dass sie kein Verständnis mehr für die Tragik oder das Unglück anderer hatte. Sonnenberg war ihr nur in einer Hinsicht wertvoll gewesen: als der Mann, der sie vor der Straße bewahrt hatte. Jetzt konnte er es nicht mehr. Sonnenberg war tot, Grissmann ein Verfolgter, und Elsi war wieder allein mit ihrem Beruf.

39. Kapitel

Fundholz sah den Wagen der Mordkommission halten. Jetzt nehmen sie mich fest, dachte er. Er war zu spät losgekommen, weil er zu lange gegrübelt hatte. Jetzt würden sie ihn festnehmen und ihn vielleicht nie wieder freilassen.

Die Männer stiegen aus und gingen auf das Lokal zu. Fundholz stand mit Tönnchen wie gebannt auf der Straße, dicht neben dem Eingang. Er wagte nicht zu gehen. Wenn ich gehe, dann sieht es verdächtig aus, überlegte er, wenn ich bleibe, dann werden sie mich festnehmen.

Diese Pechsträhne. Diese ekelhafte Pechsträhne würde ihn jetzt noch seine Freiheit kosten. Er war wieder vollständig nüchtern. Sonnenbergs Tod hatte ihn wie eine kalte Dusche von jedem Alkoholnebel befreit.

Die Männer gingen an ihm vorbei. Der Erste sah ihm flüchtig ins Gesicht und fragte: »Waren Sie in dem Lokal? Haben Sie was gehört oder gesehen?«

Fundholz war geistesgegenwärtig genug zu erwidern: »Wir warten hier auf 'nen Freund. Der holt sich Zigarren.«

Der Mann nickte und lief weiter.

Fundholz stieß Tönnchen an, der schläfrig vor sich hin lächelte. Beide setzten sich in Bewegung und bogen in eine Seitenstraße ein. Dann begann Fundholz plötzlich zu laufen. Zum zweiten Mal an diesem Tag, aber ebenso schnell. Tönnchen folgte schnaufend. Endlich blieb er stehen. »Tönnchen bleibt stehen«, rief er.

Fundholz drehte sich um. »Komm«, sagte er. »Sie wollen was von uns.«

Der Dicke lächelte verschmitzt. »Tönnchen hat Hunger!«

Der Alte kehrte um und fasste ihn am Ärmel. »Los komm. Wir essen nachher!«

Der Dicke gehorchte.

Fundholz hatte jetzt keine Angst mehr. Er hatte sich außer Reichweite der Polizei gebracht. Die Pechsträhne ist zu Ende, ahnte er. Sie war noch glimpflich für ihn abgelaufen.

Als die beiden so nebeneinander hergingen, überkam Fundholz plötzlich ein Gefühl der Freude. Vielleicht war es der Schnaps, vielleicht auch Erleichterung.

Er kniff Tönnchen in den Arm.

»Wir beide«, sagte er, sonst nichts.

Tönnchen lächelte.

Nachwort des Herausgebers

Ein Tag im Leben der Großstadt Berlin. Ein Zug fährt ein in die noch schlafende Stadt. Der Blick schweift über die Häuserschluchten, taucht ein in das Gewirr der leeren Straßen, verweilt im Schaufenster eines Bekleidungsgeschäfts, eine Katze huscht den Bordstein entlang. Nachtschwärmer schlendern nach Hause, zwei Polizisten laufen Streife, während ein paar Straßen weiter Arbeiter in Gruppen den Fabriken zuströmen, Angestellte in Büros und Kinder in die Schule eilen. Straßenbahnen, S-Bahnen, Busse, dichter Verkehr am Potsdamer Platz, überall Menschen. Alles bewegt sich im rasenden Rhythmus der Millionenstadt. Später am Tag Caféhaus-Szenen, flanierende Paare, Müßiggang und geschäftliches Treiben, qualmende Schlote neben Parkidyllen, Luxushotels und Branntweindestillen, die Heilsarmee sammelt Geld, Arbeiter agitieren, Soldaten ziehen vorbei, Verkleidete laufen für Bullrichsalz Reklame, ein Bettler hebt eine weggeworfene Zigarettenkippe auf.

Wer die Bilder von Walther Ruttmanns abendfüllendem Dokumentarfilm »Berlin – Die Sinfonie der Großstadt« aus dem Jahr 1927 vor Augen hat, nimmt auch die Kulisse von Ulrich Alexander Boschwitz' 1937 bei Bonnier in schwedischer Sprache erschienenen Debütroman »Menschen neben dem Leben« in den Blick. die unversehrte und wenige Jahre später mit dem Bombenkrieg untergegangene Weltmetropole Berlin. Angereichert ist sie aber inzwischen – der Roman spielt Anfang der 1930er-Jahre – mit dem Heer der Arbeitslosen, den zahllosen Prostituierten und Bettlern, die seit der Weltwirtschaftskrise das Stadtbild mit prägen, denn zwischen 1927 und 1932 steigt die Zahl der Arbeitslosen in Deutschland von etwa einer Million auf über sechs Millionen an.

Aus diesem von der Wucht der Ereignisse entwurzelten und aus dem Takt geratenen »Menschenmaterial« rekrutiert er sein Romanpersonal und schildert, nah an der Realität und durchaus am Zeitgeist orientiert, in aller Sachlichkeit ihren zermürbenden Alltagkampf. Literatur von unten, die einerseits die Stilmittel der Neuen Sachlichkeit, der Sozialreportage und des proletarisch-revolutionären Erzählens kennt und punktuell einsetzt und gleichzeitig genüsslich unterläuft.

Denn Wahrhaftigkeit, das weiß Boschwitz, erlangen seine Figuren vorderhand nicht durch einen scheinbar objektiven Realismus, sondern durch das gleichzeitige Sichtbarmachen der naiven, gefühlsgesteuerten, mal rücksichtsvoll, oft rücksichtslos ichbezogenen und von Traumata durchzogenen Lebenswirklichkeit von Fundholz und seinen Freunden, bei denen Irrationalitäten, Selbstbetrug und Verdrängung notwendiger Bestandteil der Überlebensstrategie sind.

Und so kompiliert Boschwitz frei Erzähltechniken des Zeitromans mit Elementen aus der »Dreigroschenoper«, verknüpft sie mit einem Erzählwitz im Geiste Ödön von Horváths und würzt seine schicksalhafte Romanhandlung mit märchenhaften Zügen à la »Zauberer von Oz«.

Da ist die Vogelscheuche Fundholz, Tönnchen, der zumindest entfernt an den Blechmann erinnert, der feige Grissmann. Elsi, die geistig zurückgebliebene Gefährtin des erblindeten und von Wut zerfressenen Sonnenberg und die aus der Zeit gefallene und verrückt gewordene Frau Fliebusch.

Sie bewegen sich in einem tragischen, immer wieder aber auch komischen und von einer überwältigenden Menschlichkeit grundierten Ereignisgeflecht ungelenk und doch stetig aufeinander zu, bis sie sich schließlich alle eingefunden haben an dem Ort ihrer schicksalhaften Begegnung.

Dort, im »Fröhlichen Waidmann«, entstehen im Kopf des Lesers neue Bilder, die an die raschen mit Kohlestift oder Aquarellkreide gezeichneten Milieustudien Heinrich Zilles erinnern und, im Falle Sonnenbergs, auch an die Krüppelbilder von Otto Dix oder die Lithographien eines George Grosz.

In einer Zille-Biografie, die Hans Ostwald 1929 unter Mitwirkung von Heinrich Zille verfasste, heißt es an einer Stelle:

»Wenn man Zille will verstehn, muß man in Zillekneipen gehn. Also in die Lokale, in denen das einfache Volk verkehrt und auch in solche Gastwirtschaften, in denen allerlei Entgleiste und Verunglückte, vor allem auch die Armen im Geiste und im Gelde eine billige Geselligkeit und eine wohlfeile Betäubung ihres Elends suchen. Dort wird man nicht nur seine Menschen finden, sondern zugleich auch manche Aufschlüsse über sie.

Aus seinen Schilderungen wird das Berliner Kneipenleben der letzten Jahrzehnte wach. Sie sind ein Stück Kulturgeschichte der Reichshauptstadt.«

In diesen Kneipen entstanden auch zahlreiche Zille-Bilder von Zuhältern und ihren Damen, von Ringvereinsfesten und Sitzungen, wie sie von Ulrich Alexander

Boschwitz in »Menschen neben dem Leben« humorvoll geschildert werden, mit Vereinsbanner und Blaskapelle und allem Pipapo, oder wie in einer von Zilles Bildunterschriften zu lesen ist: *In der Kaschemme. Der Wirt: »Polente kommt, singt een frommet Lied!« Alle: »Heil dir im Siegerkranz.«*

Ulrich Alexander Boschwitz, der bis zu seiner Emigration im Jahr 1935 mit seiner Mutter und Schwester am Hohenzollerndamm 81, einer der großen innerstädtischen Tangenten, die die Ortsteile Wilmersdorf, Schmargendorf und Grunewald mit der westlichen Innenstadt und dem Stadtbezirk Steglitz-Zehlendorf verbindet, lebte, kannte vermutlich Kneipen wie diese aus eigener Anschauung, vielleicht waren es aber auch die Schilderungen Dritter, die dem jungen Schriftsteller als Vorlage für den »Fröhlichen Waidmann« dienten.

Beides oder eine Kombination aus beidem ist möglich. So wie es auch denkbar ist, dass er den Film »Berlin – Die Sinfonie der Großstadt« tatsächlich im Kino gesehen hat, einer Aufführung der »Dreigroschenoper« am Schiffbauerdamm beiwohnte und eine Inszenierung von Horváths »Kasimir und Karoline« besuchte. Ferner ist es nicht unwahrscheinlich, dass Ulrich Alexander Boschwitz Hans Falladas »Kleiner Mann – was nun«, Irmgard Keuns »Das kunstseidene Mädchen« oder Erich Kästners »Fabian« und Gabriele Tergits »Käsebier erobert den Kurfürstendamm« gelesen hat. Und sicher kannte er viele der populären Schlager und Chansons seiner Zeit, die Gassenhauer ebenso wie die einfühlsamen. Ernst Buschs damals sehr bekanntes »Stempellied« beispielsweise, das auch Boschwitz' Figur des Wilhelm Winter im Munde führen könnte und in dem Busch nach der Mu-

sik von Hans Eisler das Schicksal der Arbeitslosen auf
den Punkt brachte:

(...) Stellste dir zum Stempeln an
wird det Elend nich behoben. –
Wer hat dir, du armer Mann,
abjebaut so hoch da droben?

Ohne Arbeit, ohne Bleibe
biste null und nischt.
Wie 'ne Fliege von der Scheibe
wirste wegjewischt. (...)

Ebenso ist zu vermuten, dass der werdende Schriftsteller Alfred Döblins »Berlin Alexanderplatz«, den wohl bis heute bedeutendsten Großstadtroman deutscher Sprache, gelesen hat. Dort wird der Rhythmus der Stadt an einer Stelle wie folgt beschrieben:

»*Ruller ruller fahren die Elektrischen, Gelbe mit Anhängern über den holzbelegten Alexanderplatz, Abspringen ist gefährlich. Der Bahnhof ist breit freigelegt, Einbahnstraße nach der Königstraße an Wertheim vorbei (...)*«

Bei Boschwitz selbst klingt das zarter und ins Komische gedreht:
»*Die Tauentzienstraße bebte. Die riesigen, zweistöckigen Autobusse sausten wie fahrende Häuser von Haltestelle zu Haltestelle.*
Straßenbahn folgte auf Straßenbahn. Sie surrten vorbei, klingelten und benahmen sich so anspruchsvoll wie nur möglich.

Die Ketten der Autos rissen nicht ab.
Um die Mittagszeit fuhren alle Direktoren und Direktörchen zum Essen. Sie hatten es eilig und zeigten es auch. Sie hupten und tuteten wild durcheinander und fraßen die Nerven der Leute, die zu Fuß gingen.«
Und ein paar Zeilen später: »*Hysterisch klingelten die Straßenbahnen. Dumpf grollten die großen Autobusse. Leise meckerten die Klingeln der Fahrräder. Die Autos und Lastwagen stießen eine dunkle, mit hellen Tönen gemischte Musik aus. Vorwärts!*«
Walther Ruttmanns durchrhythmisierter, von über eintausend unterschiedlichen Einstellungen und Schnitten geprägter und von Edmund Meisel aufwendig orchestrierter Film ähnelt formal durchaus der Literatur der Neuen Sachlichkeit. Auch die Prosa jener Epoche lebte von raschen Szenewechseln, der Satzbau war oft fragmentiert, die Dialoge pointiert, in leicht verständlicher und mit Dialekteinfärbung versehener Sprache verfasst. Der Roman der Neuen Sachlichkeit musste, so drückte es der Schriftsteller Erik Reger 1931 aus, »die Bedeutung einer Zeugenaussage vor Gericht, das Drama die einer vollständigen Beweisaufnahme haben«.
Boschwitz' Erzählen folgt parallel dazu noch einer anderen Idee und transportiert dadurch eine weitaus langsamere Herzfrequenz der Reichshauptstadt, weil er sich auf das Zeitmaß einpendelt, in dem Fundholz und seine Freunde die Stadt durchstreifen. Das nüchterne, emotionslose, von allem Pathos befreite Schreiben ist seine Sache nicht. Er respektiert das gefühlige, oft eindimensionale und durch fehlende Bildung und allerlei tatsächlicher und eingebildeter Hindernisse und Verwerfungen eingeschränkte Denken seiner Figuren, und die Hand-

lung und die Dialoge ordnen sich dieser durch einfache Wünsche und Wahrheiten unterfütterten und mitunter repetitiv mäandernden Selbstvergewisserung unter. Ihr Leben ist ein Überleben, das ihnen nur deshalb gelingt, weil sie sich maximal auf das existentiell Notwendige fokussieren, im Extremfall ist, wie bei Tönnchen, alles Menschliche auf die Grundbedürfnisse Essen und Schlafen zusammengezurrt, das Denken ausgeschaltet oder auf Grund traumatischer Erlebnisse nicht mehr möglich. Die Sehnsüchte orientieren sich bei denen, die noch welche hegen, an sentimentalen, vom Massengeschmack geprägten Romanlektüren, Kinofilmen, Schlagertexten. Und am Schluss des Romans münden sie in der Begegnung zweier Protagonisten ganz unsentimental in einem Verbrechen. Der Arbeitslose Grissmann steht gegen den Blinden Sonnenberg.

Zwei geprügelte Menschen, wie Boschwitz schreibt, *»stehen vor der Explosion. Sie explodierten gegeneinander. Sie sahen in sich gegenseitig den Todfeind. Den Feind, dessen bloße Existenz das Leben vergiftete.«*

Die deutsche Erstausgabe des Romans »Der Reisende« wurde, man darf das so uneingeschränkt sagen, als bedeutende literarische Wiederentdeckung gefeiert. Deshalb kann man gespannt sein, ob das Buch »Menschen neben dem Leben« den Erfolg seines Vorgängers zu wiederholen und den postumen Ruhm seines Verfassers weiter zu festigen vermag.

Erwartbar ist dies, denn Ulrich Alexander Boschwitz fügt auch mit diesem Roman der Literatur seiner Zeit eine ungewöhnliche, berührende, ja geradezu herzzerreißende und sehr eigenständig erzählte Geschichte hinzu, die, so meine ich, die Jahrzehnte ebenso unbeschadet überstanden hat wie die schon genannten Klassiker von Keun, Fallada, Kästner, Tergit oder Vicki Baum.

Leider werden auf dieses Buch keine weiteren Erst- oder Wiederveröffentlichungen seiner Romane folgen. Zwar schrieb Ulrich Alexander Boschwitz noch zwei andere Romane, aber beide sind verschollen. Das Manuskript des Romans »Das große Fressen« wurde ihm im Juli 1940 an Bord des Truppentransporters HMT Dunera entwendet, mit dem er gemeinsam mit 2541 anderen Männern von England aus nach Australien verbracht wurde. Das andere Romanmanuskript trug er am Tage seines Todes bei sich, als das von der britischen Regierung gecharterte Schiff M. V. Abosso am 29. Oktober 1942 – Boschwitz befand sich nach seiner Freilassung aus einem Internierungslager für Enemy Aliens auf der Rückfahrt nach England – 700 Seemeilen nordwestlich der Azoren torpediert wurde und sank.

Das ist aus vielerlei Hinsicht bedauerlich und traurig. Vor allem auch deshalb, weil das seltene Talent von Ulrich Alexander Boschwitz unter anderem darin bestand, unbekümmert seine Menschenliebe und seinen Humanismus dergestalt in den Mittelpunkt seines Erzählens zu stellen, dass man als Leser gar nicht umhin kommt, die Aufmerksamkeit und Würde vorbehaltlos zu teilen, die er seinen »Menschen neben dem Leben« entgegenbringt.

Niemand will sich Hartherzigkeit oder fehlende Empathie nachsagen lassen, doch bei der Lektüre von Ulrich Alexander Boschwitz wird einem zumindest die eigene alltägliche Gleichgültigkeit gewahr, denn man weiß von fremdem Unglück immer so viel, wie man wissen will. Der Schriftsteller Ulrich Alexander Boschwitz hingegen hatte es zu seiner Herzensangelegenheit gemacht.

Die vorliegende Fassung seines Romans wurde, wie auch schon der Roman »Der Reisende« vom Herausgeber behutsam editiert, weil das deutschsprachige Originaltyposkript zu Lebzeiten von Ulrich Alexander Boschwitz nicht lektoriert werden konnte.

Peter Graf, Berlin im Frühling 2019